Infinite Dendrogram
인피니트 덴드로그램

10. 폭풍 이후, 폭풍 전야

카이도 사콘 지음
타이키 일러스트
천선필 옮김

"대박이야, 유 쨩."
"너무 심하셨어요, 스승님."

그녀가 바로 내 억지 스승님.
나와 마찬가지로 〈예지의 삼각〉의 전 멤버이자······
언니의 친구.
그리고 '창궁가희'라고도 불리는
카르디나의 〈초급〉 아홉 명 중 한 사람.

내가 풀 죽어 있자니
우리 클랜 오너 겸,
내 '감옥'에서의 집주인 겸,
이 가게의 마스터인
[범죄왕] 젝스 뷔펠이
걱정스럽게 말을 걸었다.

〈IF〉 오너
젝스 뷔펠
젝스

"오너…… 아이스 커피 줘.
내가 좋아하는 돌고래 잔으로……."
"흐음, 알겠습니다."

〈IF〉 멤버
가베라
가베라

인피니트 덴드로그램

10. 폭풍 이후, 폭풍 전야

카이도 사콘 지음 타이키 일러스트
천선필 옮김

커버 그림, 본문 일러스트 | **타이키**

Contents

□■관리 AI 작업영역

"으으…… 일이 너무 많아……."

수많은 창이 떠 있는 공간에서 하얀 고양이 한 마리가 열심히 손을 놀리고 있었다.

관리 AI 13호, 체셔이다.

전 문화 유포 담당, 현재 잡일 담당인 그는 다른 관리 AI가 떠넘긴 여러 가지 잡일을 필사적으로 처리하였다.

지금 이곳에서 일하는 그 말고도 그의 분신이 새로 온 〈마스터〉의 튜토리얼이나 아바타의 활동도 동시에 진행하고 있다.

분신을 이용한 분할 처리 능력이 뛰어나기 때문에 그가 잡일 담당을 맡게 된 것이다.

"오랜만에 본체를 써서 처리 능력이 떨어졌는데……."

얼마 전 카르티에 라탱의 〈유적〉에서 그의 본체…… [무한 증식 그리말킨]의 힘을 해방시켜 선선대 문명의 병기들을 섬멸했다.

그 능력에도 대가는 존재한다.

평소에 분신을 움직일 때와는 달리 본체의 능력을 전부 활용하게 되면 연산 능력에 부하가 남는다. ……쉽게 말해 지친다.

"으으, 그래도 톰으로서 나갈 시합 전에 정리하고 연산 능력에 여유를 만들어야지……."

지쳤다 해도 그가 할 일이 줄어들지는 않는다.

체셔를 포함해 겨우 열셋이 관리, 운영을 맡고 있기 때문에 쉴 수가 없다.

……그리고 체셔보다 일과 피로가 많이 쌓인 동료도 있기에 더더욱 쉴 수가 없다. 악덕 기업의 악순환과 비슷했다.

하지만 24시간 내내 가동되며 동시 접속자수가 항상 수십만 명이 넘는 〈Infinite Dendrogram〉을 운영하는 이상, 관리 AI는 느긋하게 쉴 수가 없었다.

막대한 연산 능력을 이용하며 무리를 할 수밖에 없다.

"지금 생각해보니 서비스를 시작하기 전까지 이쪽 시간으로 2000년 정도는 꽤 편했지~. ……[패왕(록펠)]하고 [용제(후안 롱)] 때문에 죽을 뻔한 적도 있긴 했지만."

체셔는 예전에 [묘신(더 링크스)] 슈뢰딩거 캣으로 활동하던 시대를 떠올리며 쓴웃음을 지었다.

지금은 삼강 시대라고 부르곤 하는데, 체셔가 보기에는 이강 플러스 원 시대다. '버그 캐릭터 아니야?'라는 말을 하고 싶어지는 녀석들에게 휘둘린 기억밖에 없다.

"저번 사건 때는 그 시절 생각이 좀 났지……."

선선대 문명의 병기를 상대로 맹활약. 삼강 시대에도 비슷한 상황이 있었다.

그 시절을 '고생했지'라고 떠올리는 것과 동시에 정겹다는 느낌도 들었다.

"그러고 보니……."

체셔가 다음에 떠올린 것은 한 루키…… 아니, 이제 루키라고 부를 수 없는 한 〈마스터〉였다.

체셔가 말한 '자유'라는 말을 기억하고 있었던 사람…… 레이 스탈링.

저번 카르티에 라탱 사건에도 함께 나섰고, 상성 때문에 체셔도 승리할 수 없었던 [아크라 바스타]의 반쪽을 쓰러뜨린 그.

그는 지금 어떻게 지내고 있을까, 체셔는 그렇게 생각했다.

"레이 군도 꽤 고생을 많이 하니까……."

레이는 시작한 지 얼마 지나지도 않아서 폭풍처럼 사건에 계속 휘말리고 있었다.

카르티에 라탱 사건도 그렇고, 그 직전에 토르네 마을에서 [모노크롬]과 싸우거나 〈월세회〉가 문제를 일으켰을 때도 휘말렸다.

"쉴 수가 없는 나와는 다르게 레이 군은 좀 쉬어도 되는데~."

사건이 일어나지 않는 휴식 시간. 또는 태풍이 지나간 뒤의 짧은 휴식.

그런 시간이 있어도 좋겠다, 체셔는 그렇게 생각했다.

Open Episode 『Break time』

□2045년 4월 3일 무쿠도리 레이지

4월의 첫 번째 월요일 아침, 나는 평소보다 일찍 눈을 떴다.

지난주 금요일에 입학 안내와 수속, 동기들과 만나는 자리까지 가졌기에 오늘부터는 드디어 수업, 대학생다운 생활이 시작된다.

……왠지 이날을 맞이하기까지 시간이 정말 오래 걸린 것 같은 기분이 든다.

입학 안내가 끝난 뒤로 1년 정도 시간이 지난 것 같은데…… 그럴 리는 없겠지만.

분명 연휴 때 있었던 일이 인상에 깊게 남아서 그럴 것이다. 사람을 찾기 위해 갔던 토르네 마을에서 벌인 [모노크롬]과의 전투. 전직하기 위해 갔던 카르티에 라텡에서 했던 〈유적〉 탐색, 그리고 [마장군(헬 제네럴)]과 [바스타(고래)]와 벌인 전투.

덴드로를 시작한 뒤로 기데온에서 사건이 끝나기까지, 처음 며칠 동안에 필적할 정도로 밀도가 높았다. 싸우기만 했던 것 같기도 하다.

그렇게 매우 밀도가 높았던 덴드로의 나날들은 일단 제쳐두고, 지금은 대학교 생활에 집중해야지.

부모님이 제시하셨던 혼자 사는 조건에 따라 합격한 국내 톱 클래스인 T대.

하지만 합격했다 해도 수업을 따라가지 못하면 의미가 없다.

만약 '덴드로에 너무 오래 로그인해서 유년했습니다'라는 상황이 된다면 큰일이다.

아니, 부모님께 면목이 없는 것도 정도가 있지.

그렇지 않아도 누나와 형이 끼치는 마음고생 때문에 피곤하실 텐데, 나까지 폐를 끼칠 수는 없다.

덴드로와 현실의 균형을 잘 잡아 대학교 생활을 확실하게 해 나가야지.

그러고 보니 어제 누나한테서 전화가 왔다. '입학 축하해', 그렇게 누나치고는 평범하게 이야기를 시작해서…… 오히려 심장이 아파졌다.

예전부터 누나는 이리저리 돌아다니곤 했는데, 지금은 해외에서 일하는 모양이었다. 바쁘기도 하고 시차 때문에 지금까지 연락을 하지 못했다고 했다.

뭐, 일이 바쁜 건 좋은 거지. 애니화가 결정된 작가처럼 바쁘겠지만 아마 행복할 거야. 누나는 작가가 아니지만.

누나와 근황 이야기나 추억 이야기(생각하니 다리가 떨렸다)를 30분 정도 하고 나서 '입학 선물로 받고 싶은 거 있어?' 하고 묻길래 '해외 과자가 좋겠어. 최대한 유명한 회사 과자로'라고 대답했다.

누나에게 '뭐든 상관없어'라고 말하면 안 된다. 만약 그렇게 말해버리면 내 상상의 범주를 훨씬 뛰어넘었다는 것 말고는 전혀 알 수가 없는 것을 받게 된다.

예전에 그렇게 말한 형은 선물로 인해 후지산 수해에서 엄청난 문제에 휘말려서 죽을 뻔했던 모양이다.

참고로 시기는 언크라 세계 대회에 도전하기 얼마 전이어서 무술가로서 꽤 강했던 시기의 형이지만…… 그런 형인데도 죽을 뻔했다.

지금 내가 그 수준의 문제에 휘말리게 되면 학업과 덴드로를 완전히 망칠지도 모르기에 '유명한 회사 과자'라는 뻔한 대답밖에 할 수가 없었다.

약간 두려움이 섞여 있긴 했지만, 누나와의 통화는 기본적으로 즐거웠고 무사히 끝났다.

그런데 전화를 끊기 직전에 왠지 모르겠지만 폭발음이 들려서 '여전하네'라는 생각이 들었다.

누나는 장르를 따지면 덴드로보다 더 살벌한 세계에 살고 있는 것 같다.

대학교에는 조금 일찍 갔다.

아파트에서 별로 멀지도 않았기에 전철도 타지 않고 자전거로 다닌다.

그리고 도착한 뒤에는 학생들을 위해 아침부터 영업하는 식당으로 가서 아침 식사를 하며 휴대 단말기에 넣어두었던 전자 버전 실라버스…… 각 수업의 개요를 확인했다.

일부 선택 수업을 제외하면 시간이 정해져 있었던 고등학교와는 달리 대학교에서는 필수 기초 과목이나 종합 과목 중에서 자신이 수업을 선택하고 시간표를 짜야만 한다. 집에서도 확인하긴 했지만, 평생을 좌우할지도 모르는 문제이기에 신중하게 생각했다.

"필수 외국어는…… 일단 영어 II 인가? 영미권 사람하고 이야기하는 기술은 써먹을 데가 있겠지."

……뭐, 요즘에는 매우 정확도가 높은 통역 어플도 있긴 하지만. 덴드로 같은 곳에서는 상대방이 어떤 나라 사람이라도 상관없이 일본어로 통역되어서 들리니까.

루크와 피가로 씨는 영국, 첼시는 미국, 신우는 중국……이아니라 싱가폴이라고 했던가? 유고는 이름으로 볼 때 프랑스?

아마 찾아보면 더 특수한 언어를 사용하는 지역도 있을 것이다.

"하나 더 선택해야 하지……. 어디로 할까."

네메시스도 있으니 그리스어도 흥미가 있긴 한데, 제2외국어 중에는 없단 말이지.

……그 녀석 출신이 그리스 신화 맞겠지?《복수는 나의 것(벤전스 이즈 마인)》같은 건 신약 성경에 나오는 말인데.

뭐, 됐어. 그리스어가 없으니 어쩔 수 없지.

그런데 제2외국어는 뭘 선택해야 할까…….

"야호~! 레이찌 잘 지냈어?"

갑자기 누가 등을 세차게 때리면서 밝은 목소리로 인사했다.

돌아보니 낯익은 사람이 있었다.

"……나츠메 양이구나."

곱슬머리와 원포인트 페이스 페인트가 눈에 띄는 그 사람은 동기인 나츠메 소프라노였다. 만나서 자기소개를 할 때 덴드로 유저라는 것을 알게 된 동기 네 명 중 한 사람이다.

참고로 高音(고음)이라고 쓰고 '소프라노'라고 읽는 모양이다. 예전에는 그런 이름이 별로 없었던 모양인데, 내가 유치원 때부터는 같은 나이 또래 다섯 명 중 한 명은 그런 이름이었다.

"그냥 나츠메라고 부르라니까! 그건 그렇고 뭔가 고민하는 모양이네! 괜찮아? 실뜨기할래?"

나츠메 양…… 나츠메는 그렇게 말하며 자신의 손에 얽혀 있던 실을 내밀었다.

"……실뜨기는 왜?"

"머리 운동?"

……그렇게 되물으면 대답하기가 곤란한데. 그쪽이 제안한 거면서.

"무쿠도리 씨. 나츠메 씨. 좋은 아침이에요."

그렇게 나츠메와 이야기하고 있자니 또 누군가가 인사했기에 돌아보았다.

"그래. 좋은 아침, 아키야마 양."

"스바찌, 좋은 아침~!"

그렇게 인사한 사람은 아키야마 스바루. 나츠메와 마찬가지로 내 동기이자 덴드로 유저다.

그녀는 나츠메처럼 인사와 터치가 한 세트거나 실뜨기를 권하지 않았다.

그런데…… 그녀가 입고 있는 옷은 기장이 긴 메이드복이었다.

……대학교는 복장이나 헤어스타일이 자유긴 하지만 그녀처럼 평소에 코스프레를 하는 사람은 그리 많지 않을 것이다.

그런데 그녀의 말에 따르면 코스프레가 아닌 모양이었다. 지난주에 만났을 때 이야기를 들어보니 어떤 집에서 메이드로 일하면서 대학교를 다니고 있어서 그 메이드복은 작업복이라고 했다.

그럼 갈아입으면 되지 않느냐고 말해보았는데, '하루에 여러 번 옷을 갈아입는 게 귀찮아서요'라고 메이드답지 않게 칠칠치 못한 대답을 듣게 되었다.

그리고 이 두 사람 말고도 덴드로 유저 동기가 남자 두 명이 더 있는데, 양쪽 다 그녀들만큼 개성이 강한 사람이었다. 아마 내가 개성이 제일 약할 것 같다.

……아니, 위쪽 학년에는 여자 괴물 선배들도 있고…… 이상한 사람이 많네, T대.

"그건 그렇고 일찍 오셨네요. 약속했던 1교시는 아직 한 시간도 넘게 남았는데요."

"그래, 대학교에서 시간표를 좀 생각하려고."

약속이란 건 수업 관련 약속이다. 오늘은 문과 1학년 덴드로 유저 다섯 명이서 각각 선택식 종합과목 견학을 할 예정이다.

첫 번째는 다섯 명이 각각 다른 수업을 견학하고 얻은 정보와 메모를 한데 모아 선택할 과목을 판단한다. 최대한 편해 보이는 것을 고를지, 제대로 도움이 되는 수업을 고를지, 또는 아무것도 고르지 않을지는 각자에게 달렸지만 판단할 재료는 많을수록 좋다. 실라버스만으로는 알 수 없는 것도 있을지 모르고.

그리고 선배에게 물어본다는 방법도 있다. 노력가인 비 쓰리 선배, 아니, 후지바야시 선배는 여러모로 잘 가르쳐줄 것 같다.

……여자 괴물 선배? 학부도 다르고, 갚지 못할 빚을 지게 될 것 같으니까 패스.

"견학하기도 전에 무슨 고민을 하는 거야~?"

"제2외국어. 아직 뭘 들을지 정하지 못해서."

내가 그렇게 말하자 둘 다 '아직도 못 정했어?'라는 표정을 지었다.

"레이찌라면 그냥 독일어 아닌가?"

"그렇죠, 독일어가 어울릴 것 같아요."

내 고민을 듣고 두 사람이 그렇게 말했다.

"……어째서?"

내가 묻자 두 사람은 한 번 서로 얼굴을 마주 본 다음 내 쪽을 돌아보고 한 목소리로 이렇게 말했다.

""덴드로 쪽 중2 패션을 생각하면 독일어가 어울릴 것 같으니까.""

"좋았어~, 너희들 언젠가 덴드로 안에서 만나면 결투다."

대체 내 장비 어디가 중2병이라는 거지? 실례잖아.

……그래도 뭐, 일단 필수 제2외국어는 독일어로 할까?

멋지기도 하고.

"최신 버전 패션도 진짜 장난 아니던데. 아, 좋은 의미로 장난 아니라는 뜻이거든?"

"악마를 뜯어먹고 계셨죠…….."

"…………."

최신 버전이라는 건 [마장군]과 전투를 벌인 직후에 업로드되었다는 동영상일 것이다. 어디 사는 누가 찍었는지는 모르겠지만 전투의 내용이 확실하게 담겨 있었다.

"음~, 그런데 그 동영상은 미성년자 관람불가(잔혹) 같은 느낌이니까 중2는 못 보지 않을까?"

"아, 불건전한 동영상에 해당될 것 같네요."

"사람을 성인물 취급하지 말아줄래?!"

진짜 마음에 안 들거든요?!

"아. 드래찌가 메일 보냈네."

나츠메가 그렇게 말하면서 휴대 단말기를 보았다. 드래찌라는 건 동기인 카스가이일 것이다.

그리고 '드래찌'라는 호칭을 통해 알 수 있듯이, 성은 카스가이, 이름은 '드래곤'이다.

항상 모히칸 & 선글라스 스타일이기에 메이드복을 입고 있는 아키야마보다 더 눈에 띈다.

"'어제 여자들이랑 노느라 피곤해서 1교시 수업 견학은 일단

쉴게'라는데."

"오늘이 수업 첫날인데?!"

너무 자유롭지 않나? 대학생?!

"괜찮은 거야?! 아니, 수업 견학은 어떻게 할 건데?!"

"……작전 타임!"

"미리 예정했던 수업 중에서 가장 우선도가 낮아 보이는 걸 빼도록 하죠."

"아니, 우선도가 낮다는 말은 수업을 담당하고 있는 교수님께 실례일 것 같은데?"

수업을 듣지도 않았는데 그렇게 쳐내는 것도 좀 그렇고.

"그렇긴 하네요. 그럼 공평하게 주사위로 정하죠."

아키야마는 그렇게 말하고 주머니에서 주사위를 꺼냈다.

"……스바찌, 왜 주머니에 주사위를 넣고 다녀?"

……그렇게 말한 나츠메도 왜 실을 가지고 다니냐고 따지고 싶긴 하지만, 말하진 말자.

"도박을 좋아해서요."

"……메이드에게 듣고 싶지 않았던 말인 것 같은데."

기장이 긴 메이드복을 입고 있어서 척 보기에는 능력 있는 메이드 같지만 '갈아입기 귀찮다' 발언도 그렇고, 외모와는 달리 게으른 타입인 것 같다.

그래도 이 학교에 합격했으니 공부는 성실할지도 모른다.

……주사위로 수업을 고르려 하고 있긴 하지만.

아무튼 카스가이가 빠져서 그만큼 줄여야 하니 제안을 받아들이기도 했다.

"어라? 알레찌도 메일을 보냈네."

나츠메가 그렇게 말하면서 다시 휴대 단말기를 꺼냈다.

알레찌라는 건 동기 덴드로 유저 중 마지막 한 명. 후유키 알렉스다.

이름을 보면 알 수 있듯이 혼혈인데, 왠지 모르겠지만 실내에서도 오버 코트를 계속 입고 있는 남자다.

아직 쌀쌀한 기운이 남아 있는 봄이니까 괜찮지만, 여름이 되면 어떻게 할 생각일까.

"……………어라."

"……후유키가 뭐래?"

메일과 나츠메의 반응을 보니 좀 전에 봤던 광경이 데자뷔처럼 느껴졌다.

"알레찌는 오늘 쉰대."

"1교시는커녕 온종일?! 오늘은 수업 첫날이잖아!"

갑자기 위험한 영역에 파고드는 거 아닌가?!

"아니, 아파서 결석했을 가능성도 있지. 두꺼운 옷을 입고 있던 후유키도 감기에 걸릴 수도…….."

"이유는 '덴드로 때문에 바빠서'래."

"아파서 결석한 게 아니었네?!"

덴드로와 현실의 균형, 내가 스스로 다짐하고 있던 것을 후유키는 첫날부터 내동댕이쳤다.

……하지만 나도 후유키에게 뭐라고 할 입장은 아닌지도 모르

겠다.

만약 〈유적〉을 둘러싸고 벌어진 싸움이 지금 이 시간에 벌어졌다면, 나도 학교를 쉬었을 거라는 상상을 쉽게 할 수 있었기 때문이다. 앞으로 그런 상황이 더 많이 생길지도 모른다.

하지만 그건 그렇고, 후유키의 대학교 생활이 조금 걱정되었다.

하지만 우리가 걱정하는 와중에 결국 후유키는 정말 온종일 학교에 오지 않았다.

그 녀석, 괜찮을까…….

□■2045년 4월 3일 천지

천지라 불리는 섬나라가 대륙의 동쪽에 존재한다.

이 나라는 7대 국가 중에서도 매우 '특이하다'는 것으로 유명하다.

국가의 특색이…… 그런 게 아니다.

국가의 특색으로 따지면 판타지 쪽으로 분류되는 〈Infinite Dendrogram〉 중에서도 환상적이라는 요정향 레전더리아나 국토 전부가 바다 위에 있는 선단인 그란바로아가 더 개성적일 것이다.

천지에도 아즈치 모모야마 시대나 에도 시대 일본과 비슷한 문화가 있긴 하지만 '특이하다'는 이유는…… 문화가 아니다.

이 나라가 '특이한' 점은── **항상** 내란이 일어난 상태라는 점이다.

나라라는 형태이기에 일단 [정이대장군(컨퀘스트 제네럴)]이라 불리는 우두머리가 존재한다.

하지만 형식상으로는 [정이대장군] 아래에서 각 지역을 다스리는 다이묘들이 항상 다른 다이묘들과 싸움을 벌이고 있다.

애초에 [정이대장군]조차 가장 많은 영지를 다스리는 다이묘에 불과하다.

그 증거로 틈만 나면 지위를 빼앗기는 경우가 많다.

천지는 내란과 인간들끼리 사투를 벌이는 것이 일상다반사인 나라다.

왜 이 천지에서 내란이 계속 벌어지고 있는지 정확한 이유는 알 수 없다.

사람들마다 이유가 각각 다르고 그것이 연쇄적으로 싸움을 계속 일으키고 있었으며 특정한 누군가가 국토를 통일한 적도 없다.

많은 다이묘 가문이 멸망했지만 시간이 지나자 그 가문들을 흡수한 다이묘 가문이 분열되어 다이묘 가문이 늘어나며 내란이 계속 이어졌다.

마치 계속 싸우는 것이 유전자에 새겨지기라도 한 것처럼…… 그들은 싸운다.

그것이 이 천지라는 나라의 구조다.

이 나라의 시스템을 알게 된 〈마스터〉 중 대부분은 천지를 **수라의 나라**라고 부른다.

그것은 시스템뿐만이 아니라 천지의 주민들 때문이기도 하다.

천지의 티안 무예자 평균 레벨은…… 300이 넘는다.

계속 싸우고 있는 나라이기 때문에 다른 나라보다 훨씬 강한 전사가 자라난다. 경험치 효율이라는 점으로 볼 때 몬스터보다 티안 쪽이 더 높다는 점도 이유 중 하나일 것이다.

만약 이 천지가 내란을 벌이지 않고 국가가 한데 뭉쳐 서쪽을 침략했다면…… 역사는 크게 변했을 거라 한다.

하지만 〈마스터〉가 증가한 최근에도…… 천지의 내란은 잠잠해지지 않았다.

◇

천지 북부, 어떤 숲속에서 세 사람이 움직이고 있었다.

그 세 사람은 다들 복장이 특이했다.

첫 번째 사람은 마치 **오징어** 같은 묘령의 미녀.

등에 기계 촉수가 열 개나 돋아나 있고, 지면에 그것을 꽂은 뒤 몸을 끌어당겨서 빠르게 이동하고 있었다.

몸에 딱 맞는 보디 슈츠를 입고 있었기에 SF 닌자 같은 모습이었다.

두 번째 사람은 음양사 같은 차림인 장년 남자.

그는 코끼리만큼 큰 거대 개미 위에 가부좌를 틀고 앉아 있었고, 그 거대 개미는 촉수 여자와 나란히 달리고 있었다.

그는 문양이 그려져 있는 [부적]을 들고 뭐라고 중얼거리고 있었다.

세 번째 사람은 두꺼운…… 너무 두꺼운 코트를 입고 있는 소년.

자그마한 체격에 어울리지 않는 크기의 코트. 헐렁해서 움직이기 힘들어 보이는 그는 여자의 촉수 중 하나에 감긴 채 끌려가고 있었다.

그리고 특징을 하나 더 들자면…… 그의 이마에 [부적] 한 장이 붙어있다는 점일 것이다.

마치 황하의 [강시] 같은 모습이지만 그는 [강시]도 아니고 언데드도 아니다.

"어때, 빈터바움. 그 [부적]의 효과에 문제는 없나?"

거대 개미를 타고 있는 남자가 촉수에 휘감긴 소년── 빈터바움에게 말을 걸었다.

"네, 이시탄 씨. 덕분에 멀미도 안 하고 편하네요."

"하하하. 뭐, 가벼운 병독 계열 상태이상을 막아주는 정도에 불과한 [부적]이다만 멀미에도 효과가 있을 게다. 프로브의 사슬팔은 승차감이 안 좋을 테니 필수지."

거대 개미를 타고 있는 남자── 이시탄은 빈터바움의 대답을 듣고 웃으며 그렇게 말했다.

"내 **새끼 개미**에 태워줄 수도 있긴 하다만. 이 녀석들은 익숙하지 않은 자가 타면 떨어뜨려버리니까. 그러니 떨어질 걱정이 없다는 점만 놓고 보면 프로브가 더 낫지. 안 그런가? 프로브."

"…………."

이시탄이 그렇게 말하자 촉수 여자── 프로브는 아무 말도 하지 않았다.

분위기가 험악한 것처럼 보일 수도 있겠지만, 두 사람 사이에 그런 분위기는 느껴지지 않았다.

이게 두 사람의 평소 때 모습일 것이다.

그 사실을 증명하는 듯이…….

『BUOOOOOO!』

『BUAAOOOW!』

그들이 나아가고 있던 방향에서 두 거대 멧돼지…… 아룡 클래스 몬스터가 덤벼들었지만.

"…………."

한 마리는 프로브의 촉수 중 하나로 인해 순식간에 해체되었고.

"돼지고기이긴 하지만 먹을 만한 곳이 없는 것 같군."

다른 한 마리는 땅속에서 나타난 거대 개미 세 마리에게 물린 뒤 곧바로 뼈만 남았다.

"…………."

빈터바움은 그 광경을 프로브의 촉수에 감긴 채 보고 있었다.

그는 두 사람과는 다르게 루키였고, 그 거대 멧돼지가 덤벼들면 1분도 못 버티고 죽을 정도로 스테이터스가 낮았다.

그런 그가 보기에 두 사람의 전력은 세계 자체가 달랐다.

(둘 다 엄청나네……. 이게 호쿠겐인 가문 최상층의 실력…… 그중 일부인가.)

빈터바움은 긴장하고 흥분해서 숨이 막혔다.

호쿠겐인 가문.

수많은 다이묘가 군웅할거 하는 이 천지에서도 특히 유명한 다이묘 가문 중 하나.

북부에 넓은 영지를 지니고 있고, 강한 무사들을 다수 거느리고 있는 큰 세력이다.

그렇기에 티안뿐만이 아니라 〈마스터〉 전력도 많다.

그리고 호쿠겐인 가문에 고용된 〈마스터〉 중에서도 극히 일부, 호쿠겐인 가문 사천왕이라 불리며 이 천지에서 공포의 대상인 자들이 있다.

그중 두 명이 지금 빈터바움과 함께 행동하고 있는 자들이다.

'해체기' [편신(더 웹)] 프로브 USA 원.

'군대 개미' [음양박사(음양 닥터)] 이시탄.

준 〈초급〉으로 유명한 강자이자 각각 천지의 결투 랭킹과 토벌 랭킹에 이름을 올리고 있는 진짜배기 강자이다.

(……아, 정말 운이 좋았지.)

빈터바움은 운이 좋게도 그들의 눈에 들어 두 사람과 파티를 짜고 호쿠겐인 가문이 내준 퀘스트에 참가하게 된 루키이다.

(최상층 사람들이 퀘스트를 하러 함께 가자고 부탁했으니까. 퀘스트 보수도 정말 좋으니 대학교에 가지 않고 참가할 가치는 있지……. 다른 사람들에게는 미안하지만.)

빈터바움…… 현실에서는 무쿠도리 레이지의 동기인 후유키 알렉스는 그렇게 생각하며 혼자 고개를 끄덕였다.

동기 친구들과 약속했던 개별 수업 견학에 빠진 건 미안하지만 어쩔 수 없다.

이 빚은 나중에 점심이라도 사면서 갚자, 후유키는 그렇게 생각했다.

"왜 그러지? 뭔가 고민하거나 생각에 잠긴 듯한 표정인데."

그런데 이시탄이 빈터바움을 보고 있었다.

"아뇨, 저기…… 오늘은 대학교를 하루 내내 빠져버렸다 싶어서……요."

동경하는 사람에게 거짓말을 할 생각은 들지 않았기에 빈터바움은 솔직하게 말했다.

그 말을 듣고 이시탄은 걱정하며 물었다.

"……일본의 대학교는 4월에 수업을 시작하지 않던가? 괜찮은 거야?"

"이제 막 수업을 시작한 날이니까 따라잡을 수 있을 거예요."

국내 톱 클래스 대학교이긴 하지만 하루 빠진 것만으로 끝장날 거라는 생각은 하고 싶지 않았다.

(뭐, 그래…… 이번 주는 주로 수업 견학을 할 테고, 첫 번째하고 두 번째 수업 이후로 수업을 바꾸는 사람도 있을 테니 아직 따라잡을 수는 있……겠지?)

그렇게 말하고 나서 불안해졌는지 빈터바움은 마음속으로 그렇게 되뇌었다.

"공부자금. 양친부담. 오락무위. 안돼절대."

그때 지금까지 말이 없었던 프로브가 약간 엄한 말투로 그렇게 말하고 나서 빈터바움의 이마를 살짝 때렸다.

하지만 그 말을 들은 빈터바움은 프로브가 한 말이 무슨 뜻인지 잘 알 수가 없었다. 아니, 그냥 알아듣지 못했다.

"……뭐라고요?"

"'대학교에 다니는데 드는 돈도 부모님이 내줄 테니 놀면서 망치면 안 된다'라고 혼내는 것 같은데…… 확실하게 통역된 건 아니지만."

"대학생활. 공부우선."

프로브는 '흥흥'이라는 소리가 나올 것 같은 표정으로 그렇게 말했다.

"네, 죄송합니다……"

빈터바움은 혼나서 약간 진짜로 풀죽으며 사과했다.

"그래도 오늘은 이미 수업이 끝났을 테니 계속 참가하게 해주세요……"

"…………."

"그래, 그래. 이제 됐잖나. 이미 지난 일은 어쩔 수 없지. 그리고 그가 있어주면 도움이 된다는 건 사실이잖나."

"……투덜투덜."

프로브는 납득이 되진 않지만 어쩔 수 없다는 기색이었다.

그래도 빈터바움을 내려놓지는 않고 계속 데려가고 있었다.

"뭐, 다음부터는 현실 쪽 일이 있으면 그쪽을 우선하도록."

"네……."

빈터바움은 두 사람에게 걱정을 끼쳐서 미안하다는 마음이 들었다.

그런데 그와 동시에 어떤 의문도 들었다.

"……이제야 싶긴 한데요, 왜 프로브 씨는 사자성어로 말하는 거죠?"

"그건 나도 모르겠구나. 모르겠지만 말이 아예 안 통하는 것도 아니니 그냥 내버려두고 있다."

"네에⋯⋯."

빈터바움은 '역시 덴드로는 위로 올라갈수록 이상한 사람이 많은 건가?'라고 생각했다. 실망하지는 않았지만.

"⋯⋯아, 두 분. 슬슬 세 번째 마을이 나올 거예요."

빈터바움은 몸통에 촉수가 감긴 채 지도를 펴고 두 사람에게 그렇게 말했다.

"으음. 그런데 빈터바움. 네 호루스에 따르면 현장은 어떤 상황이지?"

"지금 **보겠습니다.**"

빈터바움은 그렇게 말하고 왼쪽 손 문장에서 **돋보기**를 꺼냈다. 그리고 그 돋보기로 지도에 그려져 있는 마을을 들여다보았다.

"아⋯⋯. **전투 중**⋯⋯이라고 해야 하나, 습격을 받고 있어요."

돋보기 렌즈에는 확대된 지도가 아니라 상공에서 드론으로 내려다본 것 같은 광경이 비춰지고 있었다.

빈터바움의 〈엠브리오〉인 호루스는 먼 곳을 보는 〈엠브리오〉다.

이집트 신화로 전해져 내려오는 '태양과 달을 눈으로 삼은 천공신'이 모티브인 이 〈엠브리오〉는 지도에 올려놓으면 그 지점의 실시간 영상을 얻을 수 있다.

실내는 보이지 않는다는 단점이 있긴 하지만 정보수집이라는 점에서는 우수한 능력이다.

그렇기에 루키인 그가 실력자들과 함께 이 퀘스트에 동행한 것이다.

그리고 지금, 호루스의 돋보기에는 마을을 습격하는 도적들과 그에 맞서는 주민들의 모습이 또렷하게 비쳤다.

"역시 그렇군. 지금까지 본 두 곳은 무사했지만 **중간 지점**인 마을은 노리기 편할 테니까. 아무튼 우리 퀘스트는 포고뿐만이 아니라 순찰도 겸하고 있다. 서둘러야겠어."

"초미지급."

이시탄과 프로브는 그렇게 말하고 마을로 더 빠르게 가려 했다.

하지만…….

"음, ……뭐지?"

갑자기 이시탄이 좀 전부터 들고 있던 [부적]에 귀를 가져다 댔다.

"이시탄 씨?"

빈터바움이 묻자 이시탄은 손을 들어 침묵을 요구했다.

그렇게 그가 몇 초 동안 [부적]에 귀를 가져다 댄 뒤…….

"……흐음. 우리가 서두를 필요가 없어졌다."

그렇게 말하며 거대 개미의 속도도 늦추었다.

그뿐만이 아니라 진로를 변경하기 시작했다.

"네 번째 마을로 가지. 세 번째 마을로 가봤자 이미 늦었을 테니까."

"설명요구."

"선수를 쳤군. **그 녀석**이 벌써 마을에 도착했다. 지금 우리가 가봤자 할 일은 아무것도 없어."

"네?"

그 말을 듣고 빈터바움은 다시 마을의 모습을 보았다.

그러자 완전히 변한 광경이 보였다.

"…………"

"이런, 이런. 이번 퀘스트는 **그 녀석**이 나중에 출발했을 텐데. 정말, 이러니까 **그 녀석**도 그렇고 사키도 규격에서 벗어났다는 거지."

빈터바움이 호루스를 통해 본 그 광경에 넋이 나가 있던 동안 이시탄은 투덜대는 듯이 그렇게 말했다.

그리고 프로브는……

"……안개."

처음으로 사자성어가 아닌 말을 중얼거리면서…… 시야 너머 구석에 끼어 있는 안개를 보고 있었다.

이 천지는 수라의 나라.

티안의 평균적인 전투력이 7대 국가 중에서 가장 뛰어나기도 하여 이 나라에서는 다른 나라들처럼 악당 〈마스터〉들이 날뛰지 못한다.

티안 상대로도 질 가능성이 크기 때문이다.

그래도 예외는 있다.

"빼앗아라! 빼앗아아아아아!"

"아이와 여자는 죽이지 마라! 팔아치울 거니까!"

어떤 산속 마을이 도적 집단에게 습격당하고 있었다.

자주 볼 수 있는 광경이라고 할 수 있지만, 기이한 점이 두 가지 있다.

도적 집단의 왼쪽 손등에 다들 문장이 있다는 점과 마을 사람 쪽에는 맞설 전력인 젊은 남자가 거의 없다는 점이다.

노인 몇 명이 창을 들고 맞섰지만, 숫자에 밀리고 있었다.

"월척인데요, 두목."

동료들이 마을 사람들을 잡고 있는 모습을 보면서 도적——〈마스터〉 중 한 사람이 우두머리 도적에게 말을 걸었다.

우두머리 도적은 덩치가 크고 험상궂게 생긴 자였다. 그리고 가부키 배우처럼 화려한 옷을 입고 있었고—— 두 손에는 'BAN'이라는 글자가 새겨진 글러브를 끼고 있었다.

그 남자의 이름은 가키도 기가마루.

권사 계통 쇄권사 파생 초급 직업 [분쇄왕(킹 오브 글라인드)]이자 도적 클랜 〈육도혼돈〉의 오너이며, 격전구인 천지의 결투 랭킹 10위인 남자이다.

"후후, 내 생각이 맞았군. 이 마을도 전력이 되는 무예자들을 쿠로와 가문에 바친 모양이야. 그리고 싸움에서 졌으니 돌아오지도 않을 테고. 크크큭, 지금이 바로 벌어들일 때다."

며칠 전, 이 근처를 다스리는 다이묘인 쿠로와 가문과 인접 영지의 다이묘가 싸움을 벌였다.

그때 쿠로와 가문은 크게 패했다. 지배권이 매우 축소되었고 영토도 줄어들어 버렸다.

이 마을도 그렇게 줄어든 영지 중 일부지만 승리한 다이묘의 지배가 아직 확립되지 않았다.

기본적으로 천지는 다이묘 가문들에 의한 분할통치가 이루어지고 있으며 그 다이묘 가문들마다 법이 존재한다.

그리고 이 마을은 쿠로와 가문의 영지가 아니게 되었기에 쿠로와 가문의 법에서 제외되었고, 아직 담당자가 부임하지 않았기 때문에 상대 쪽 법도 효력을 발휘하지 못하고 있었다.

말하자면 어떤 다이묘의 비호도 받지 못하는 무법지대였다.

그 틈새를 도적 클랜인 〈육도혼돈〉이 노린 것이다.

그들이 티안을 습격한 것은 이번이 처음이 아니었다.

하지만 지금까지 그 범행이 발각되지 않았기에 지명수배를 당하지는 않았다.

그렇게 범죄에 익숙해진 그들에게도 이번 습격은 규모가 꽤 큰일이었다.

"마을을 지킬 전사도 없고, 권리를 지킬 법도 없어. 이렇게 짤짤한 먹잇감은 별로 없지. 그런데 팔아넘길 곳은 정말 괜찮은 거야? 아무리 그래도 천지 안에는……"

"문제없습니다. 최근에 노예 상인 연줄이 생겼거든요. 얼마든지 산다고 했고, 팔아넘긴 다음에는 그쪽에서 전부 다 책임진다고 합니다."

"호오. 그거 괜찮은데. ……그래서 그 녀석 이름이 뭐라고 했지? 깜빡했는데 말이야. 라, 리…… 리라 쿠마라고 했나?"

"라 크리마입니다. 전쟁 이야기하고 이곳을 포함한 각 마을의 위치를 알려준 것도 그 녀석이에요. '친하게 지내게 된 기념으로'라고 하면서 성능이 좋은 액세서리도 멤버 모두에게 나눠주고 남을 정도로 줬고요, 실제로도 효과가 대단하던데요. 좋은 녀석이죠, 그 녀석."

멤버는 그렇게 말하면서 귀걸이형 액세서리를 보였다.

가키도는 이미 장비하고 있던 액세서리의 성능이 더 좋았기 때문에 장착하지 않았지만, 다른 멤버들에게는 충분히 좋은 물건이었다.

"하하하, 그거 잘 됐군. 클랜을 크게 만들려면 돈이 필요하지. 결투를 하기 위해서 더 좋은 무구를 실력이 좋은 대장장이에게 만들어달라고 할 때도 돈이 필요해. 그러니 돈을 벌 수 있는 이야기를 놓칠 수는 없지. 아, 중개해준 네 몫은 좀 늘려주마."

"헤헤, 저도 알아요. 두목은 배포가 크시니까."

가키도가 멤버와 이야기하고 있던 동안 다른 멤버는 마을 사람들을 대충 다 잡은 상태였다.

마을 가운데에 사슬로 묶인 마을 사람들이 한데 모여 앉아 있었다.

그런데 잘 살펴보니 네다섯 명만 따로 떨어져서 앉아 있었다.

그 사람들은 마을 사람 중에서도 반반한 여자와 소녀, 그리고 소년이었고, 사슬이 아니라 수갑만 차고 있었다.

"흐응? 이건 **그런 거**겠지?"

가키도가 묻자 멤버는 비열함이 담겨 있는 웃음소리를 내며
대답했다.

"나는 저기 빨강머리 여자다. 나머지는 너희들 마음대로 해."

"역시~! 두목님은 말이 잘 통해!"

떠들어대며 소녀와 소년에게 몰려드는 멤버들.

가키도도 마찬가지로 자신이 지정한 빨강머리 여자에게 손을
뻗었고.

──어떤 **이상 기후**를 눈치챘다.

"…………안개?"

어느새 짙은 안개가 마을 전체에 피어오르고 있었다.

이 마을에는 우물이 있긴 하지만 안개가 낄 만한 강과는 거리
가 좀 떨어져 있을 것이다.

그들이 '어째서 이렇게 갑자기……'라고 의아해하고 있자니.

"으음. 안 되지, 안 되고말고."

낯선 목소리가 그 자리에 있던 모든 사람의 귀에 들렸다.

"세상의 여성, 그리고 미소년에게는 시간과 함께 변하는 아름
다움이 있다. 그걸 봉오리일 때 난폭하게 뜯어버리면 아깝지.
사랑스럽게 쓰다듬을 때는 바로 사랑이 필요한데 말이다."

그 목소리를 낸 사람은 마을 민가 지붕에 있었다.

근육 덩어리 같은 남자였다.

하지만 흉측하게 부풀어 오른 것이 아니라 2미터가 넘는 키에 균형이 잘 잡힌 채 한계까지 근육이 꽉 차 있는 느낌이었다.

짙은 갈색 머리카락은 아무렇게나 길렀고, 수염도 깎지 않았다.

그리고 그 몸에는 비비 모피를 난폭하게 벗겨낸 것 같은 옷을 입었고, 허리에는 손도끼 같은 날붙이를 차고 있었다.

외모만 보면 도적 클랜인 가키도 일행이 도적인지 그가 도적인지 구분이 되지 않았다.

"넌 뭐야?"

가키도가 묻자 그 남자는 품속에 손을 넣고 금속제 곰방대를 꺼내며 이름을 말했다.

"나 말이냐? 나는 빅맨이다."

남자는 그렇게 말하고 곧바로 곰방대에 불을 붙인 다음 빨아 들이기 시작했다. 느긋한 움직임이었지만 가키도를 비롯한 〈육도혼돈〉은 그렇게 느긋하지 못했다.

왜냐하면 빅맨이라는 이름은 말 그대로 **빅 네임**이었기 때문이다.

"[산적왕(킹 오브 브리건드)]……."

"'산 베기' 빅맨!"

"토벌 랭킹 2위…… 〈초급〉인가!"

산적 계통 초급 직업 [산적왕].

산을 단칼에 베었다는 일화로 인해 얻었다는 '산 베기'라는 별명.

그리고 〈초급〉.

"진짜냐……!"

이 천지에도 〈초급〉이 여러 명 있고, 가키도가 이름을 새긴 결투 랭킹 상위 세 명도 마찬가지로 〈초급〉이다. 그렇기 때문에 〈초급〉의 실력은 잘 알고 있다.

아니, 그것뿐만이 아니다.

이 빅맨이라는 남자는…….

"……너희들, 정말 정보통이구나. 자기소개를 할 수고를 덜어 버렸어. 어이쿠, 그렇게까지 알고 있다면 이것도 알고 있을지 모르겠지만…… 나는 호쿠겐인 가문의 손님 신분이다."

빅맨은 연기를 내뿜어 피어오르는 안개에 섞으면서 계속 말했다.

"최근에 이 근처는 **호쿠겐인 가문의 영지**가 되었다."

그렇다, 이 마을을 영지로 지니고 있던 쿠로와 가문과 싸웠다는 다이묘 가문이 바로 호쿠겐인 가문이다.

그렇다면 그 다이묘 가문에 소속된 자—— 호쿠겐인 사천왕 중 한 명인 빅맨이 이곳에 온 이유는 한 가지다.

빅맨은 아이템 박스에서 인롱을 꺼내 〈육도혼돈〉과 마을 사람들에게 보였다.

"지금부터는 호쿠겐인의 법의 영역. 지극히 당연한 이야기다만 주민들을 노예로 잡아가게 둘 수는 없다."

"…………윽!"

그 말을 듣자 〈육도혼돈〉은 이를 갈았고, 마을 사람들은 살았다는 듯이 기뻐했다.

빅맨이 보여준 인롱은 호쿠겐인 가문의 대리자라는 증표.

호쿠겐인 가문의 당주인 호쿠겐인 미도리노는 싸워서 얻긴 했지만 아직 영지가 되지 않은 무법지대에서 범죄가 벌어질 것을 우려해 손님 신분인 〈마스터〉들에게 인롱을 맡겨 돌아다니게 했다.

그 역할을 맡은 사람이 이시탄과 프로브였고, 이곳에 있는 빅맨도 그중 한 사람이다.

즉, 이미 이곳은 무법지대가 아니다.

포고에 따라 호쿠겐인 가문의 법이 살아난 땅이 된 것이다.

"이미 피가 흘렀다. 이건 때맞춰 오지 못한 내 책임이겠지. **무법이라는 법**을 준수한 네놈들에게 그 책임을 묻는 것도 잘못이긴 하겠다만……."

빅 맨은 '하지만'이라고 하면서 말을 끊고 〈육도혼돈〉을 내려다보았다.

"이 인롱을 본 뒤에도 도적처럼 행세한다면 네놈들은 전부 머리를 잃고 '감옥'으로 떨어지게 될 거다."

〈초급〉…… 최상위 〈마스터〉가 뿜어내는 위압감을 두르며 빅맨이 외쳤다.

그로 인해 주눅들어 물러나는 멤버들을 보며 가키도가 혀를 찼다.

(……상대가 안 좋은데.)

가키도는 수적 유리함으로 이길 수 있다고 생각하지 않았다.

전투 계열 〈초급〉은 격이 낮은 상대가 무리 지어 몰려든다 해도 소용이 없으니까.

지금은 물러나는 것이 올바른 선택일 것이다.

그렇게 생각하고 철수하라는 지시를 내리려 했을 때.

"······호오?"

빅맨의 시야 너머에 잡혀 있던 마을 사람에게 무기를 들이대는 멤버 몇 명의 모습이 보였다.

그중에는 방금까지 이야기를 나누었던 멤버도 있었다.

"무, 무슨 짓을 하는 거야! 어서 무기를 거두라고!"

"············."

하지만 멤버는 무기를 거두지 않고 말없이 마을 사람을 향해 무기를 휘둘렀다.

『오, 오너!! 이상해요! 몸이 멋대로 움직이는 데다 목소리도 안 나──.』

[텔레파시 커프스]를 끼고 있던 멤버의 목소리가 들렸지만 곧바로 끊어졌다.

마을 사람을 해치기 직전에 지붕에서 뛰어내린 빅맨이 두 동강 냈기 때문이다.

"아무래도 빙의, ······아니. **기생**이라도 당한 모양이로군. 요즘에 그런 〈엠브리오〉를 사용하는 국제 지명수배자가 천지에 숨어들었다는 이야기를 듣긴 했다만."

"뭐어······?"

잘 살펴보니 멤버 중 대부분이 끼고 있던 귀걸이가 없었다.

아니, 그게 아니었다.

꿈틀꿈틀 움직여서── 귀를 통해 멤버들의 몸속으로 침입하고 있었다.

마치 **기생충**처럼.

"대, 대체 뭐야?"

가키도는 뭐가 어떻게 된 건지 알 수가 없었다.

하지만 전투는 시작되어버렸다.

〈육도혼돈〉 멤버들은 차례차례 무기를 꺼내 빅맨을 포위했다.

수적으로는 매우 불리하지만, 빅맨은 웃었다.

"푸하하하하. 미안하지만 그게 몸속으로 들어간 녀석과 들어가지 않은 녀석을 구별할 수가 없어서 말이다. 모두 해치워야겠다. 이 건과 여죄를 조사하면 지명수배도 되겠고, 그대로 모두 함께 사이좋게 '감옥'에 가거라."

"뭐라고?!"

"뭐── **평소 행실**이 안 좋아서 그런 거라 생각해라."

빅맨은 그렇게 말하고 〈육도혼돈〉 멤버들에게 손도끼를 휘둘렀다.

신기하게도── 손도끼는 척 봐도 닿지 않을 거리에 있던 사람들의 목을 쉽사리 잘라냈다.

짙은 안개 속에 칼날을 휘두르는 소리와 피거품이 튀는 소리가 울려 퍼졌다.

"제기라아아아아아알!!"

가키도도 이렇게 되자 〈초급〉과 한 판 붙을 각오를 다졌다.

승산은 있다.

가키도의 〈엠브리오〉── 두 손에 낀 글러브는 맞기만 하면 일격에 상대를 쓰러뜨릴 힘을 지니고 있다.

그저 그것에만 특화된 〈엠브리오〉이기 때문에── 맞기만 하면 이길 수 있다.

"네놈을 쓰러뜨리고 도망쳐주지!!"

가키도는 복싱의 피커부 가드 자세를 잡으며 빅맨에게 달려들었다.

"《분쇄파동권》!!"

빅맨에게 거리를 좁히며 [분쇄왕]의 오의를 사용했다.

[쇄권사(파운드 복서)]란 나무나 돌조차 자신의 주먹으로 분쇄하는 [권사(복서)]와 [파괴자(크래셔)]의 혼합 직업이다.

그 직업의 극치인 [분쇄왕]의 오의도 마찬가지로 파괴에 특화되어 있다.

주먹 모양의 충격파를 발생시키며 그 공격은 대상이 원래 지니고 있던 방어력을 0으로 만든다.

닿기만 하면 스킬로 인한 상승 수치 이외의 방어력을 없애는 분쇄의 오의.

진로상에 있던 모든 것── 나무와 돌, 집, 그리고 클랜 멤버들──을 분쇄하며 다가오는 공격을 빅맨은 커다란 몸집과는 어울리지 않는 가벼운 움직임으로 피했다.

하지만 그 틈을 타 《분쇄파동권》이 휘몰아치게 만든 분쇄의 회오리에 숨어 가키도가 달려들었다.

그리고 진정한 필살기인 자신의 〈엠브리오〉를 때려 넣으려 하다가.

"······?!"

거리가 크게 벌어졌다.

빅맨이 물러난 것이 아니었다.

빅맨은 그저 어깨너머로 곰방대 끝을 가키도에게 향했을 뿐.

가키도가── **기둥이라고 착각할 정도로 거대해진 곰방대**로 인해 튕겨져 나간 것이다.

그리고 공중으로 솟구쳐서 자세가 무너진 가키도는.

"──《무로통검(브로켄)》."

필살 스킬의 선언과 동시에 휘둘러진 손도끼로 인해 두 동강 났고── 데스 페널티를 받게 되었다.

◇ ◆

"이걸로 일단락되었군. 이제 담당자가 도착하는 걸 기다리면 되겠군."

가키도에게 데스 페널티를 받게 한 뒤, 빅맨은 나머지 멤버들도 전멸시켰다.

마을 사람들의 사슬도 전부 풀어주고 죽은 마을 사람들도 묻어준 다음, 빅맨은 숨을 돌렸다.

"흐음, 아무래도 생각대로 놀아난 것 같다는 느낌이 드는군.

진짜 흑막은 녀석들에게 〈엠브리오〉를 기생시킨 녀석일 텐데, 그쪽 단서는 잡을 수가 없을 것 같으니."

〈육도혼돈〉 멤버들이 가지고 있던 아이템이 드롭되었을 때, 장비하지 않고 있었기에 무사했던 기생충 귀걸이도 떨어졌다.

하지만 곧바로 스스로 파열되어 빛의 먼지가 되었다. 증거를 인멸한 것이다.

"목적은 노예 모으기. ……아니, 그걸 막기 위해 올 우리의 실력 조사라고 봐야 하나. 그럼 나중에 맞붙게 되겠군. 이런, 이런, 싸움을 마치고 나서 또 싸움이라니, 정말 〈Infinite Dendrogram〉…… 아니, 천지는 바쁜 곳이야. 하하하하하."

빅맨은 껄껄 웃고 난 뒤 문득 방금 〈육도혼돈〉 멤버들과 싸웠던 곳을 보았다.

"흐음, 녀석들은 '감옥'에 가게 되겠지. 이 천지에서 바다를 건너기는 힘들 테니. ……사키 녀석은 그런 뗏목으로 대륙에 건너갔으려나."

사천왕 마지막 한 사람의 이름을 말하며 빅맨은 걱정스러운 듯이 그렇게 말했다.

다른 나라에 세이브 포인트를 가지고 있지 않다면 천지에서 지명수배당하고 데스 페널티를 받은 시점에서 '감옥'에 가게 된다.

천지와 대륙 사이의 해협은 파도가 거세고 강력한 수중 몬스터가 많이 서식하고 있다는 것으로도 유명하다.

독자적으로 바다를 건너는 것은 매우 난이도가 높고, 성공한 사람은 [발도신(디 언시스)] 캐시미어 등 극히 소수의 실력자뿐이다.

해협을 통과하지 않고 크게 돌아서 대륙으로 가는 방법도 있긴 하지만, 천지의 영해 바깥을 자신들의 구역으로 삼고 있는 그란바로아와는 사이가 좋지 않다.

그렇기 때문에 지명수배당했을 때 안전하지 못하고 불안하다는 것도 천지에서 〈마스터〉들이 좀처럼 죄를 짓지 못하는 이유 중 하나다.

"사키가 건너가서 카르디나나 황하에서 문제를 일으키지 않으면 좋겠다만. 소문으로 들은 카르디나의 '창궁가희'나 황하의 '봉황'은 그 녀석과 상성이 안 좋은 것 같고⋯⋯."

다른 나라의 〈초급〉과 문제를 일으켜서 동료가 지명수배당하는 게 아닐까, 빅맨은 진지하게 걱정하고 있었다.

"지명수배를 당한다 해도 호쿠겐인이 뒤를 봐주고 있는 이상 세이브 포인트를 쓰지 못하고 '감옥'에 떨어질 일은 없겠지만⋯⋯. 그런데, '감옥'이라⋯⋯."

빅맨은 하늘 건너편, 어디에 있는지도 모르는 '감옥'을 생각하고.

"'감옥'에는 어떤 〈초급〉이 있으려나. 정말 대단하겠지."

빅맨은 한 무예자로서 아직 만나지 못한 강적이 많이 모여있을 '감옥'의 풍경을 상상했다.

이 수라의 나라조차도 따라가지 못할 지옥일 거라 생각하며⋯⋯.

◆ ◆ ◆

■2045년 4월 3일 '감옥' [궁수렵인(보우 헌터)] 가베라

『가베라 씨.
현실에 볼일이 있어서 저녁까지 자리를 비웁니다.
가게 문은 닫았지만 식사는 있는 걸 마음대로 드셔도 좋습니다.』

월요일 점심 무렵, 내가 '감옥'에 로그인하자 카운터에 이런 편지가 있었다.

아무래도 오너는 자리를 비운 것 같은데…….

"……신기하네."

이 '감옥'에 오고 나서 며칠 동안, 오너는 거의 항상 로그인해 있었다.

적어도 내가 본 것만 따지면 현실로 돌아갈 때는 식사나 화장실을 해결하기 위해 잠시 로그아웃하는 정도, 취침 같은 것도 이쪽에서 하고 있었는데.

"아, 오너가 로그아웃해도 아프릴은 있구나."

소유자가 로그아웃해도 남게끔 설정해둔 모양이네.

테이밍 몬스터에게도 있는 '해방해둔 채 로그아웃하는' 설정이지. 로그아웃한 동안 몬스터가 사냥당하거나 아이템의 경우 도난당하기도 하니까 잘 쓰지 않지만.

참고로 아프릴은 또 의자에 앉아서 눈을 감고 있다. 이 애는 일을 하지 않을 때는 이게 기본인 모양이야.

"식사는 있는 걸……이라고 해도~."

이 가게는 먹을 게 별로 없단 말이지.

시간 정지 기능이 달린 냉장고형 아이템 박스에 재료가 있긴 하지만 그냥 먹을 수 있을 만한 건 식빵이나 샌드위치용 햄, 채소 정도밖에 없고.

"밖으로 먹으러 나가는 것도…… 미묘하단 말이지~."

'감옥'의 밥은 별로 맛이 없으니까.

뭐, 생각해보면 당연한 거지만, 이 '감옥'에는 티안은 없고, 〈마스터〉도 범죄자밖에 없다.

그리고 바깥에서 성실하게 식당을 경영하는 〈마스터〉는 범죄자가 될 리가 없고.

《요리》센스 스킬을 가지고 있는 요리사가 없으니 현실의 요리 능력으로 어떻게든 해보려 하는 돌팔이 식당밖에 없다.

이런 이유로 '감옥'은 맛있는 요리에 굶주려 있다.

처음에는 오너가 경영하는 이 카페가 날마다 북적이는 이유가 오너가 [범죄왕(킹 오브 크라임)]이기 때문인 줄 알았는데, 실제로는 '제대로 맛있는 커피와 다과'를 내주는 곳이 별로 없다는 것도 큰 이유였던 것 같아.

오너는 커피뿐만이 아니라 요리도 잘한단 말이지.

한때는 팝콘만 만들었는데.

"오너도 없고…… 어쩔 수 없으니 내가 만들까."

『어?』

왠지 아프릴이 있는 쪽에서 지금까지 들어본 적이 없는 것 같은 목소리가 들린 것 같은데, 착각인가?

"이 재료로 베리 파이 정도는 만들 수 있으려나~."

더 식사 같은 걸 만들 수 있으면 좋겠는데, 나는 과자밖에 못 만드니까.

"과자…… 기데온에서 살던 시절이 생각나네."

그곳은 식당이 여러 종류라 식사가 기대되곤 했는데.

내가 만들지 않아도 맛있는 과자 가게가 잔뜩 있었고.

……〈카페 수밀당〉 도너츠, 또 먹고 싶네~.

"자. 귀찮긴 하지만…… 배가 고픈 상태로 특훈 메뉴를 하는 건 싫으니까."

나는 조리 기구와 재료를 챙겨서 오랜만에 과자를 만들었다.

만드는 법은 기억하고 있기에 그에 맞춰서 손을 움직였다.

하는 동안 감각을 되찾는 게 느껴지네.

어머니에게 과자를 만드는 법을 배우던 때가 생각나는데~.

『……………………』

"왜? 아프릴."

『……아뇨.』

아프릴은 감고 있던 눈을 뜨고 뭔가 믿기지 못하는 광경을 보는 듯한 눈초리로 내 손가를 지긋이 바라보고 있었다.

시중도 들 수 있는 로봇이니까 내가 작업하는 동안 이상한 점이라도 발견한 건가?

뭐, 됐어. 어차피 내가 먹을 거니까. 맛있지 않아도 상관없지.

그렇게 과자를 만들기를 두 시간 정도.

정신을 차리고 보니 베리 파이가 구워질 때까지 시간이 그 정도 지났다.

음~, 생각했던 것보다 오래 걸렸네. 점심시간이라기보다는 그냥 간식이야.

"잘 먹겠습니다~."

나는 막 구운 베리 파이를 잘라 접시에 담고 먹기 시작했다. 식어도 맛있긴 하겠지만, 오늘은 배도 고프니까 뜨거울 때 먹을래.

……응, 그럭저럭이네. 미리 준비를 했다면 더 맛있게 만들 수 있었을 텐데…… 갑자기 만든 거라 어쩔 수 없지~.

"지금 돌아왔습니다."

그때 내가 손수 만든 베리 파이를 평가하고 있자니 오너가 로그인했다.

어머, 생각했던 것보다 일찍 돌아왔네.

"어서 와, 오너."

"어라, 가베라 씨………. 그건 뭐죠?"

"베리 파이를 구웠어. 먹을래?"

"……모처럼 권해주시니 먹겠습니다."

나는 오너의 몫을 새 접시에 담고 건넸다.

아, 모처럼 주는 거니까 위에 얹은 사탕 조각도 줘버릴까?

생각해보니 나 혼자서 먹는 건데 공작 사탕 조각은 만들 필요 없었네.

"그럼 잘 먹겠습니다………."

아, 오너가 베리 파이를 한 입 먹고 아무런 말도 안 하네⋯⋯.

어쩌지, 입맛에 안 맞았나⋯⋯?

아니면 슬라임이라서? 그래도 인간일 때는 인간이지?

"⋯⋯숨 쉬는 걸 깜빡했습니다."

"?"

오너는 머리가 날아가도 괜찮은 생물이잖아. 이제 와서 숨 쉬는 게 어쨌다는 거지?

"가베라 씨. [요리사(콕)]나 [과자 장인(파티셰)] 직업을 가지고 있었나요?"

"그런 거 없어. 특훈 메뉴에도 없었잖아?"

"그렇죠. 네, 그랬죠. ⋯⋯자기 실력으로 이런 맛인가요? 마치 슈우의⋯⋯."

왜 그러는 거지?

뭔가 생각에 잠긴 듯이 중얼거리고 있는데, 이런 오너는 신기하네.

"가베라 씨. 앞으로 가끔 가게에 낼 디저트를 만들어주실 수 있을까요?"

"상관없긴 한데, 나는 아마추어거든?"

《요리》 스킬도 없는데 돈을 받아도 되나?

아, 그래도 '감옥'에는 그런 가게가 많지. 오너도 스킬은 가지고 있지 않았고.

"⋯⋯네, 부탁드립니다."

"그래. 그럼 한가할 때 만들어서 냉장고에 넣어둘게~."

그렇게 내 일과에 가끔 과자를 만드는 것이 추가되었다.

……응. 오늘도 '감옥'은 평화로워.

　선배와의 시간

□2045년 4월 4일 무쿠도리 레이지

대학 생활 이틀째 수업도 끝나고, 나는 학교 안 카페에서 숨을 돌리고 있었다.

어제 종일 오지 않았던 후유키도 오늘은 왔다.

우리 네 명(카스카이는 어제 2교시부터 왔다)은 어이없어하거나 걱정하면서도 일단 견학한 수업의 정보를 공유했다.

나츠메는 '다음에 점심 사줘! 비싼 쪽 학교 식당에서!'라고 했다.

후유키는 일단 제쳐두고 우선 이틀 분량 시간표를 짜보자.

다른 요일과 맞추기도 해야겠지만, 우선 월요일 1교시는 비워두고 싶다. 주말 연휴에 맞춰서 덴드로에 오랫동안 로그인하기 편해진다.

왕국과 황국의 문제도 카르티에 라탱 사건 이후로 더 커질 우려가 있으니 덴드로에 로그인할 시간은 많이 빼두는 게 좋을 것 같다.

……내 인생에 덴드로가 깊게 파고들긴 했지만, 그래도 괜찮을 것 같다.

아무튼 현실 생활이 파탄나지 않게끔 조심하면서 덴드로에서 일어나는 문제에 대처해 나가자. ……문제가 일어나지 않는 게 제일 좋지만.

특히 〈초급(슈페리얼)〉 관련 문제는 최대한 피하고 싶은데……
안 될 것 같다.

뭐, 그런 문제도 덴드로에 로그인할 수 있어야 신경 쓸 수가
있다.

지금은 현실에 대해 생각하면서 조금 비싼 차를 즐기고…….

"야호~ ♪ 레이, 잘 지냈당가~?"

……뒤에서 그런 말과 함께 어깨를 두드리는 사람이 있는데,
돌아보고 싶지 않다.

목소리와 사투리로 누가 있는지 뻔히 알기 때문이다.

"아. 슈크림 맛있겠네. 하나 먹어도 되제~?"

그 목소리의 주인은 뒤에서 손을 뻗어 하나에 300엔인 슈 아
라크렘을 집었다. 가늘고 예쁜 손가락이 보이긴 했지만 나는 심
해에 사는 촉수 괴물이 생각났다.

"차는 뭐 마신당가~?"

……안 되겠다. 돌아보지 않으면 자비심 없는 약탈이 계속 진
행되어버릴 것 같다.

"……후소 선배. 뒤에서 남의 음식을 멋대로 집어 먹지 말아
주세요. 우리 네메시스도 아니고."

"……그건 그것대로 네메시스의 포지션이 신경 쓰이는 이야기
인디."

불평하면서 돌아보자 그곳에는 예상대로 여자 괴물 선배……
〈초급〉이자 대학교 선배인 후소 츠쿠요가 있었다.

……이 사람하고는 현실에서도 만난단 말이지.

"응~? 왜 나를 몬스터 마냥 본당가?"

"…………"

몬스터가 아니라 요괴라고 생각하는데요.

요괴, 슈 아라크렘 여우.

"어라라, 토라져부렀네. 슈크림은 좀 봐줘야. 맛있을 것 같으니께 내도 모르게 손이 나가부렀어. 점심도 못 먹고 허기졌응께. 대신 주문해줄 테니께 봐주라고. 슈크림보다 좀 비싼 타르트나 파르페를 주문해도 되는디?"

"그냥 슈 아라크렘이면 돼요."

"그려, 그려. ……레이양은 과자 호칭에 신경 쓰는 타입인감?"

"……메뉴표에 맞춘 거거든요."

그렇게 여자 괴물 선배는 차와 과자를 주문하면서 내 맞은편 의자에 앉았다.

……헉! 은근슬쩍 합석하네?!

"아~. 같은 학교인디 학부가 다르니께 잘 못 보네."

"……그렇네요."

"저번에는 부실에서 즐겁게 이야기했는디."

"기억을 조작한 거 아닌가요?!"

서클 부실에 끌려 들어가 붙잡혔는데요?!

"자잘한 건 신경 안 써도 되는디. 그건 그렇고 요즘에는 어찌 지낸당가?"

"……평범해요. 대학교 시스템이 고등학교와는 달라서 당황했지만 지금은 시간표를……."

"아니, 그렇게 재미딱지 없는 이야기 말고야."

근황을 '재미없다'라는 한 마디로 정리해버렸다.

"덴드로 쪽 말이여. 요즘에는 어찌 죽을 고비를 넘기고 있당가?"

"항상 빈사 상태에 빠진다는 걸 전제로 하는 식으로 이야기해도 곤란한데요."

부정하긴 힘들지만…… 카르티에 라탱에서도 사선을 몇 번 드나들었고…….

"……뭐, 토르네 마을 이후로도 여러 가지 일이 있었지만요."

"아, 혹시 소문으로 퍼진 카르티에 라탱에서도 문제에 휘말린 거여?"

보아하니 나츠메와 아키야마와는 다르게 여자 괴물 선배는 아직 그 동영상을 보지 않은 것 같다.

"……노 코멘트요."

"아하하, 노 코멘트라고~."

뭐가 재미있는지 여자 괴물 선배는 내 볼을 쿡쿡 찌르면서 웃음을 터뜨리고 있었다.

의학부라서 그런지 손톱을 제대로 깎아서 아프지는 않았지만 왠지 열 받았다.

"그쪽 문제로 중상을 입어불믄 내한테 말혀라~? 특별 가격으로 치료해줄랑게~."

"……참고로 얼마인가요?"

"치료 한 번에 서클에 가입."

그 정도라면 좀 생각해볼만······.

"치료 두 번에 〈월세회〉에 들어오고."

"절대로 부탁 안 해!"

상처 계열 상태이상을 회복시키기 위해 데스 페널티를 받는 건 싫지만, 그걸 뛰어넘을 정도로 기분 나쁜 대가를 제시하네······!

"참말로, 레이양은 너무한당께~."

"대학교 캠퍼스에서 종교 권유를 하는 후소 선배만큼 너무하 진 않은데······."

애초에 금지일 테고······.

"뭐, 그리 겁먹지 말어야. 들어오라는 말은 농담이께. 자, 간 식 왔으께 같이 차나 마시자고. 내는 지금 숨을 돌리고 싶어."

"······무슨 일 있나요?"

"리포트를 제출해야 된당께. 오늘이 마감인디, 주말에는······ 일이 좀 있어서. 어제 한꺼번에 했어야. 참말로 피곤하네······."

"············."

리포트 제출이라. 이 사람도 대학생처럼 사는구나.

덴드로에서는 〈초급〉이고 양쪽에서 종교단체의 우두머리지 만, 지금 여자 괴물 선배는 평범한 대학생처럼 보인다.

토요일에 바빴다는 건 토르네 마을과 시지마 씨 관련된 일 때 문일 것이다.

······어쩔 수 없지. 팔을 치료해준 은혜도 있으니 같이 차를 마 셔야겠다.

"맛나겄네. 레이양, '아~앙'해주면 안 된당가?"

……이 양반이.

"싫어요. 아니, 그런 건 남자친구에게 해달라고 하세요."

"남자친구?"

"츠키카게 선배가 남자친구 같은 거 아닌가요?"

내가 그렇게 말하자 여자 괴물 선배는 눈을 동그랗게 뜬 다음 깔깔 웃었다.

"아니여, 아니여. 카게양은 남자친구 아니여."

"아닌가요?"

"소꿉친구제. 예전부터 우리 가문을 모시는 가문 출신이여. 그래서 내 비서라고 해야 하나, 돌봐주는 역할을 맡는 거랑께."

"그렇군요."

그런 경우가 진짜로 있구나…….

"그러니께 남자친구는 아니여. 내는 교토 친가에서 나와가꼬 여기서 살고 있는디, 카게양 덕분에 진짜 도움이 많이 되제."

"예를 들면요?"

"아침밥하고 저녁밥은 카게양이 해주니께. 가끔 도시락도 싸 주고."

"흐음, 흐음."

"청소나 빨래도 카게양이 해주고. 덕분에 아무리 어질러도 로 봇 청소기가 필요 없을 정도로 깨끗하당께."

"……흐음?"

"자다가 수업을 놓칠 뻔하든 사이드카로 학교까지 데려다주 고, 리포트에 필요한 해외 논문도 번역해주고, 〈월세회〉 장부나

서류 확인도 카게양이 먼저 확인해주는디."

"……………."

츠키카게 선배, 너무 중노동하는 거 아닌가요?

아니, 그럼 이 여자 괴물 선배는 뭐하지?

"어제도 리포트 자료 모으는 거 부탁했당께. 근디 왜 그러는가는 모르겠다만 ……오늘 아침에는 드러누워서 안 움직이더라고~."

"과로한 거 아니에요?!"

츠키카게 선배! 아무리 생각해도 이 요괴 응석을 너무 많이 받아주는데요!

"소꿉친구 비서를 너무 부려먹는 거 아니에요……?"

"내도 열심히 하는디? 리포트 자체는 내가 쓰고, 기한도 제대로 맞춰가꼬 제출했으니께~."

여자 괴물 선배는 미소를 지으면서 잘난 척했지만……

"회장님. 여기 계셨나요."

뒤에서 낯익은 사람…… 비 쓰리 선배, 즉 후지바야시 선배가 말을 걸자 그 미소가 굳었다.

"그, 그려…… 비 쨩? 뭐, 뭔 일이당가…….."

"휴대 단말기 전원을 꺼두셨길래 한참 찾았어요. 미야노 준교수님께서 부실로 연락을 하셨던데요."

"듣기 싫어야! 내는 듣기 싫어!"

"리포트를 다시 제출하라네요. 마감은 오늘 19시 정각이랍니다."

여자 괴물 선배는 귀를 막은 채 떼를 쓰고 있었지만, 후지바야시 선배는 냉정하게 사형선고를 내렸다.

……아니, 츠키카게 선배한테 그렇게 고생을 하게 해놓고 리포트가 꽝이었다니.

츠키카게 선배도 참 보람이 없겠네.

"싫당께……! 또 리포트에 쩔어 사는 건 싫당께! 비 쨩! 내 대신……."

"학부도 다르고 학년도 다른 사람에게 무슨 부탁을 하실 생각이신데요? 포기하고 리포트를 수정하러 가주세요. 자, 휴대 단말기 전원도 켜시고요."

"싫당께……?! 도와줘! 카게양!"

그 사람은 당신 때문에 쓰러졌거든요.

그 이후로 여자 괴물 선배는 투덜거리면서도 자기 간식과 차를 다 먹은 뒤 리포트를 수정하기 위해 서둘러 부실로 떠나갔다.

뭐라고 해야 하나, 지금까지는 정체도 모르겠고 착한 건지 나쁜 건지도 모르는 요괴 같은 이미지였는데, 저 사람도 평범한 대학생이긴 하네라는 느낌이 드는 광경이었다.

"……그건 그렇고. 저 사람은 성적이 안 좋았군요."

"특별히 나쁜 건 아니고, 평범해요. 그래도 〈월세회〉 교주와 양다리를 걸치고 있으니 부족한 부분이 생길 수밖에 없겠죠."

……반대로 말하자면 츠키카게 선배는 대단하네.

"현실에서 만나는 건 나흘만이네요."

그렇게 여자 괴물 선배가 떠난 뒤, 그녀 대신 내 맞은편 자리

에는 후지바야시 선배가 앉아 있었다.

여자 괴물 선배를 찾아서 여기저기 돌아다녔는지 조금 피곤해서 숨을 돌리고 싶다고 했다. 정말 고생이 많은 사람이다.

"그렇네요. 현실에서는 금요일에 만나고 오늘이 처음이니까요."

저쪽에서는 토요일에 토르네 마을의 소동을 해결하고 왕도로 돌아올 때까지는 함께 있었지만.

"〈Infinite Dendrogram〉 시간으로 계산하면 날짜가 늘어나 버리지만요."

"그렇긴 하네요."

그런 점까지 포함해서 시간이 3배라는 건 신기하다.

"선배, 친가 쪽 일은 잘 됐나요?"

"네. 다과회는 무사히 진행했습니다."

선배는 다도의 당주인 친가 가족분들이 모두 감기에 걸려서 대타로 차를 대접하기 위해 교토에 있는 친가로 돌아갔었다.

무사히 끝났다니 다행이다.

"뒤처리를 마치고 가족과 이야기도 나눈 다음 이쪽으로 어제 돌아왔어요. 그런데 그동안 무쿠도리 군은 큰일을 겪은 모양이던데요. ……동영상은 봤어요."

"아……."

여자 괴물 선배와는 달리 후지바야시 선배는 그 동영상을 확인한 모양이었다.

"정말…… 무쿠도리 군은 문제에 너무 심하게 파고들어요."

"……문제 쪽에서 다가오는 거지만요."

그래도 이번에 카르티에 라탱에 갔던 건 자발적으로 [황기병(프리즘 라이더)]으로 전직하기 위해서였으니 그런 의미에서는 스스로 파고들었다고 해야 하나?

"아무튼 도움을 드리지 못해 죄송합니다. 그런데 무쿠도리 군은 아직 카르티에 라탱에 있나요?"

"네. 할 일도 있어서요."

지금 카르티에 라탱에는 그 사건 이후로 부흥을 진행하거나 〈유적〉 관련으로 퀘스트가 많다.

기데온에는 다음 연휴에 돌아와도 되니 며칠 동안은 카르티에 라탱에서 활동하기로 했다.

아즈라이트도 이쪽 시간으로 목요일 정도까지는 카르티에 라탱에 남아 있을 것 같고.

"그럼 저도 내일 카르티에 라탱으로 갈게요. 저도 오늘은 대학교 리포트 때문에 좀 바빠서 로그인할 수가 없거든요."

"알겠습니다. 기다릴게요."

그렇게 근황 이야기를 하면서 내가 후지바야시 선배와 차를 즐기고 있자니…….

"그러고 보니, 다른 이야기긴 한데요……."

선배가 마침 생각났다는 듯이 이야기를 꺼냈다.

"[마장군]에 대해서 전할 말이 있어요."

"그 녀석이 왜요?"

나는 카르티에 라탱에서 싸웠던 악마술사의 얼굴을 떠올리며 선배에게 물었다.

"오늘 심야, 아니, 내일이네요. 결투왕의 자리를 걸고 결투를 벌인다는데요."

"그 녀석은 황국의 결투왕이니까요. 그런데 급하네요."

"현재 자기 평판을 알고 있어서 그렇겠죠. 그걸 떨쳐내기 위해 한시라도 빠르게 활약하고 싶어 하는 거예요. 그러기 위한 결투고요."

다시 말해 본인도 그 동영상에 대해 알게 된 모양이다.

그렇기 때문에 자신의 영역인 결투로 명예를 되찾으려 하고 있다.

결투를 벌일 때는 대가를 치르더라도 돌아오기 때문에 나와 전투를 벌일 때는 결국 사용하지 않았던 신화급도 마구 쓸 수 있다. 힘을 내보인다는 것만 놓고 보면 가장 편한 무대일 것이다.

"그래도 이번에는 반드시 이길 거라는 보장이 없지만요."

하지만 선배는 홍차를 한 모금 마신 뒤 그렇게 말했다.

"어째서죠?"

신화급…… 전설급인 [기가 나이트]를 능가하는 성능을 지니고 있는 악마를 마구 쓸 수 있다면 결투에서 지지는 않을 것 같은데……

하지만 그런 내 의문에 대답하는 듯이 선배는 간단히 이렇게 말했다.

"상대방도 〈초급〉이니까요."

■2045년 4월 5일 황도 반델헤임 귀족가

이 대륙에 있는 각 나라의 수도는 비슷한 구조이다.

왕성 같은 나라의 중심인 건물이 중앙에 있고, 그 주위에 귀족가 등이 늘어서 있으며 그 바깥쪽에 평민들의 집이나 상인의 점포가 있는 형태다.

황도도 대충 비슷해서 [엠펠 스탠드]를 중심으로 거리의 구조가 그렇게 되어 있다. 차이를 따지자면 황도의 가장자리에 〈예지의 삼각〉의 본거지라 할 수 있는 연구 시설과 황국군의 군사 시설이 늘어서 있다는 점이다.

그런 황도의 귀족가에는 최근에 귀족이 아닌 사람들도 저택을 가지고 있다.

황국에 소속된 〈초급〉을 비롯한 황국 내부의 중요한 〈마스터〉들의 저택이다.

하지만 그곳을 효과적으로 활용하고 있는 〈마스터〉는 별로 없다.

프랭클린은 저택을 받긴 했지만 〈예지의 삼각〉의 본거지에서 지내고 있다.

그리고 [수왕(킹 오브 비스트)]은 기본적으로 자리를 비우고 있기에 하인이 저택에 살면서 정기적으로 청소만 하고 있다.

신참인 〈초급〉 두 명 중 한 명도 처음부터 '필요 없다'고 했다.

신참 중 다른 한 명, [차기왕(킹 오브 채리엇)] 머독 마르티네스는 황국의 〈초급〉치고는 신기하게도 저택을 효과적으로 활용하며 부지 안에 있는 차고에서 취미인 전차 정비를 하고 있다. 가끔 교외에서 부하, 그리고 〈엠브리오〉들과 모의전으로 전차전을 즐기기도 하기에 그는 정말 황국에서 생활을 만끽하고 있는 것 같았다.

그리고 황국에는 〈초급〉이 한 명 더 있다.

그 사람은 [마장군] 로건 고드하르트. 황국의 〈초급〉으로 따지면 [수왕] 다음으로 고참인 그는 물론 귀족가의 저택을 받았기에 기본적으로는 그곳에서 지내고 있었다.

하인도 많아서 어떤 의미로는 가장 귀족가에서 귀족처럼 생활하고 있던 〈마스터〉가 로건이다.

그런데…… 지금 그는 자기 방에 있는 침대 위에서 웅크리고 앉아 있었다.

"으으, 으으으으……!"

베개를 끌어안고 눈물이 흐르는 볼을 비벼대고 있었다.

아바타인 미청년과는 전혀 어울리지 않았지만, 그의 현실 모습인 남자 초등학생이라면 전혀 위화감이 없는 행동이었다.

그에게 무슨 일이 일어난 것인가.

한 마디로 말하자면…… '또 졌다'이다.

카르티에 라탱 사건 때 루키인 레이 스탈링에게 진 첫 번째 패배.

그 뒤를 이어 자신의 수치스러운 모습을 동영상으로 인터넷에 유포한 프랭클린에게 진 두 번째 패배.

그리고 오늘—— 결투 랭킹 1위에서 내려오게 된 세 번째 패배이다.

"젠장……, 젠장……!"

우연이라고 할 수 있는 첫 번째 패배나 함정에 빠졌다고 둘러댈 수 있는 두 번째 패배와는 달리…… 그가 항상 승리하던 결투에서 크게 패한 것은 그에게 훨씬 큰 충격을 주었다.

방금 전, 황도의 결투장에서 그에게 패배를 안겨준 상대는…… 단기간에 결투 랭킹 2위까지 치고 올라온 인물.

그 이름은 [도적왕(킹 오브 밴디트)] 제타.

그렇다, 황국에 새로 들어온 〈초급〉 중 한 명이다.

그란바로아 출신이지만 그곳에서 지명수배당한 〈초급〉.

하지만 우여곡절을 거쳐 황국의 황왕과 계약하고 지금은 황국에 소속된 자.

그렇게 소속된 뒤 맹렬한 기세로 황국의 결투 랭킹을 치고 올라온 인물이다.

그렇기 때문에 그 결투는 말하자면 결투왕의 자리를 놓고 벌인 〈초급 격돌〉이었다.

그 전투 때 로건이 방심한 것도 아니다.

오히려 이 싸움만은 이겨야만 한다고 생각하며 전혀 방심하지 않고 맞섰다.

하지만 결과는 아무것도 하지 못한 채 크게 패했다.

"⋯⋯⋯⋯대체 뭐냐고! 그게!"

시합 개시 직후, 로건은 바로 [제로 오버]를 부를 생각이었다.

하지만 악마를 소환하려 했던 로건의 입에서는 왠지 모르겠지만 스킬을 선언하는 말이 나오지 않았다.

이변은 그것뿐만이 아니었다. 로건의 시야가 피로 물들었다.

무슨 짓을 당한 건지 눈과 코에서 출혈이 멈추지 않았고, 그것뿐만이 아니라 몸속의 혈관에서 혈액이 끓어오르기 시작했다.

그럼에도 불구하고 로건이 대처하려고 했을 때, 제타가 초음속 기동으로 달려들었다.

그다음 순간에는 피부와 갑옷에 흠집 하나 나지 않은 채로——심장을 **도둑맞았다.**

그의 심장은 덧없이 제타의 손안에서 뭉개졌다.

로건은 자신이 무슨 짓을 당했는지도 이해하지 못했다.

겨우 알아낸 것은 마지막 일격이 [도적왕]의 오의일 거라는 사실뿐. 그 직전에 목소리가 나오지 않은 것이나 출혈, 혈액이 끓어오르는 상태의 정체는 짐작도 되지 않았다.

그런 전투 방식은 황국의 결투 랭킹 2위로 치고 올라올 때까지 한 번도 보여주지 않았으니까.

아마 관객까지 포함해도 그곳에서 모든 것을 이해하고 있는 사람은 그렇게 한 제타 본인뿐일 것이다.

모두가 이해한 사실은…… 로건이 패배해서 황국의 결투왕이 바뀌었다는 것뿐이다.

그 순간, 투기장은 **큰 환성**에 휩싸였다.

결투장에 가득 찬 환희의 목소리로부터 도망치는 듯이 로건은 지금 자신의 방에 틀어박혀 있다.

"진짜, 어떤 놈이든……!"

마치 로건이 지기를 바라고 있었다는 듯한 열광적인 분위기를 느끼고 그는 매우 분했다.

하지만 그럴 수밖에 없었다.

로건이 결투왕의 자리에 있긴 했지만, 그건 그가 '결투 중이라면 실질적으로 대가 없이 소환할 수 있는 신화급 악마를 이용한 대전 상대의 유린'이라는 전법을 얻었기 때문이다.

그가 벌이는 결투는 상대가 누구라 해도 항상 똑같았다. 신화급 악마를 불러내 상대를 쓰러뜨린다.

상대가 강하다 해도 신화급 악마나 전설급 악마를 늘릴 뿐.

그것만으로 모든 싸움을 이겨버렸다.

결투 무대에서…… 홀로 엄청난 스테이터스를 자랑하는 강화 신화급 악마를 여럿 상대할 수 있는 〈마스터〉는 황국에 [수왕] 밖에 없다.

하지만 [수왕]은 결투에 나오지 않으니 로건의 시합은 전부 '로건의 신화급 악마 소환쇼를 보기만 하는' 행사가 되어버렸다.

그것은 그저 작업. 관객에게는 매우 따분했고, 그와 동시에 다른 결투 랭커의 의욕까지 크게 깎아내리기만 했다.

그렇기 때문에 오늘 그가 패배하자 큰 환성이 울려 퍼졌다.

"……………큭."

로건은 풀 죽어 있었다.

항상 승리를 자랑하던 결투에서 진 것과…… 자신의 승리를 아무도 바라지 않았다는 사실 때문이다.

그렇게 몇 시간 동안이나 베개에 얼굴을 묻고 있다가…… 로건은 조용히 중얼거렸다.

"……접을까, 덴드로."

그는 〈초급〉이 되었고, 결투왕이 되었고, 드라이프에서도 손 꼽히는 전력으로 대우받고 있었다.

그는 자신이 〈Infinite Dendrogram〉에서 정점에 서 있다고 믿고 있었다.

그것은 인생 경험이 별로 없는 청소년 시기에 자주 볼 수 있는 '나는 누구보다 뛰어나다'라는 잘못된 긍정이자 그의 자존심을 매우 만족시켜주는 대우였다.

하지만 지금, 세 번의 패배를 맛보고 지위조차 떨어지자…… '이렇게 괴롭고 창피한 꼴을 당할 바에는 접어버릴까', 그렇게 마찬가지로 청소년 시기에 자주 볼 수 있는 좌절과 포기를 선택하려 하고 있었다.

로건이 빠지면 황국의 전쟁 전력은 크게 줄어들게 될 것이다.

하지만 이미 접기로 한 로건에게는 앞으로 이 게임이 어떻게 되든지 알 바가 아니었다.

로그아웃해서 영원히 〈Infinite Dendrogram〉으로부터 떠나려 했을 때.

"제지. 그 도피를 말리고, 막겠습니다."

──어떤 사람이 로건의 어깨에 손을 얹어서 접촉을 통해 로그아웃 처리를 멈췄다.

"어……? 너……?!"

로건은 재빨리 물러난 뒤 아이템 박스에서 [사룡보검 볼트카이잘]을 꺼내 겨누었다.

그 칼날을 겨눈 사람은…… 온 몸에 붕대를 감은 미이라 같은 괴인.

──그를 결투에서 이기고 황국의 새로운 결투왕이 된 [도적왕] 제타이다.

"내 방에 멋대로 들어오고…… 무슨 속셈이야!"

그 말투는 로건으로서 연기하던 것이 아니라 현실의 그에 가까운 말투였지만, 그는 눈치채지도 못했다.

제타도 마찬가지로 딱히 신경 쓰지 않았다.

"회답. 당신에게 제안할 이야기가 있습니다."

그저 '무슨 속셈'이냐고 물어본 것에 대해 대답하기만 했다.

기묘한 말투이긴 했지만, 로건도 이해할 수가 있었다.

"……이야기?"

"보충. 하지만 그 이야기를 하기 전에 당신이 접을지 어쩔지 고민하면서 하던 혼잣말을 들어버렸습니다. 그러면 곤란하니 이렇게 말리고 있습니다."

"…………."

로건은 제타가 바로 이 순간 나타난 게 아니라 숨어서 상황을 살펴보고 있었던 것 같다는 사실을 눈치챘다.

사생활 침해라 고소하고 싶다는 마음은 굴뚝같지만, 〈마스터〉들끼리는 범죄가 성립되지 않는다는 규칙으로 인해 고소할 곳이 없다.

애초에 로건은 현실에서 미성년자이기에 제타가 하는 행동에 따라서는 플레이어 보호 기능으로 인해 페널티를 받게 되겠지만, 로건은 그 사실을 눈치채지 못했다.

"남의 방에 몰래 숨어드는 녀석하고 할 이야기는 없어! 나가!"

"진정. 그렇게 화를 내지 말아주세요. 숨어든 건 사과드리겠지만, 이야기 자체는 당신에게도 솔깃할 겁니다."

"솔깃할 거라고?"

"긍정. 구체적으로는 당신을 지금보다 훨씬 강하게 만들어줄 플랜을 제시할 수 있습니다."

"……!"

그 말은 세 번의 패배로 인해 풀 죽어 있던 로건이 결코 놓칠 수 없는 말이었다.

지금보다 강해져서 자신의 패배를 원하고 있던 녀석들을 '꼴 좋다'라고 하며 비웃는다. 로건은 그렇게 하기를 간절히 바라고 있었다.

하지만 그 말을 한 사람이 세 번째 패배를 안겨준 제타 본인이라는 사실이 로건의 마음에 브레이크를 걸었다.

"네가…… 그런 걸 할 수 있어?"

"긍정. 우리가 독자적으로 정리한 데이터 베이스가 있으니 거기에서 당신에게 적합한 보조 직업 플랜도 몇 가지 제시할 수 있습니다. 더불어……."

제타는 말을 끊었다가 이렇게 말했다.

"토벌되지 않은 〈UBM〉의 정보를 **최대 18건** 제시할 수 있습니다."

"!"

"뭐하면 **지금 하나 건네드리죠.**"

제타는 그렇게 말한 다음 품속에서 **구슬**을 하나 꺼냈다.

"…………."

그게 뭔지는 모르겠다.

하지만 〈UBM〉 관련 물품이라는 것은 로건도 바로 눈치챌 수 있었다.

"……그게 뭐야?"

"회답. 보물수 구슬이라는 겁니다. 아이템은 아니지만요."

"?"

"보물. 동쪽의 대제국. 황하의 비보입니다."

"비보?"

로건이 수상쩍다는 듯이 묻자 제타가 대답했다.

"짐승. 내부에 〈UBM〉을 봉인한 물건입니다."

그것은 매우 놀라운 대답이었다.

"개진. 여기 있는 한 마리. 그리고 구슬과는 별개로…… 제가 소재를 파악하고 있는 〈UBM〉의 정보를 당신에게 전부 가르쳐 드리겠습니다."

"윽!"

그것은 로건이 가장 원하는 것이었다.

로건의 비장의 수인 《콜 데빌 제로 오버》는 대가로 특전 무구가 필요하다.

원래 로건은 특전 무구를 세 개 가지고 있었지만 [천기사(나이트 오브 세레스티얼)]와 전투를 벌일 때 하나, 레이…… 프랭클린과 전투를 벌일 때 또 하나를 소비해서 지금은 [사룡보검]밖에 남지 않았다.

대가로 쓰더라도, 자신의 장비로 쓰더라도 특전 무구……

〈UBM〉은 가지고 싶은 마음이 굴뚝 같을 정도다.

"그것만 있으면……."

'나는 덴드로에서 다시 시작할 수 있다', 로건은 그렇게 생각했다.

하지만 그와 동시에 의문도 들었다.

강해지기 위한 직업 플랜 정도라면 이해가 된다.

하지만 〈UBM〉의 정보나 〈UBM〉 그 자체는 너무나도 파격적이다.

막대한 보상이 있는 〈UBM〉. 쓰러뜨릴 수 있는 실력이 있는 〈마스터〉라면 자신이 직접 토벌하러 나설 것이다.

그리고 방법은 아직 모르겠지만 자신을 쉽사리 이긴 제타가 그러지 못할 리가 없다.

어째서 그 매우 값진 정보를 로건에게 건네려 하는 걸까.

아니, 오히려…… 그 대가로 **무엇을** 원하고 있는 걸까.

로건은 욕구와 비슷할 정도로 강한 의문을 품었다.

"……나를 강하게 만들어서 뭘 바라는 건데."

"타진. 당신에게 한 가지 타진할 게 있습니다."

제타는 그렇게 말하며 붕대로 덮인 얼굴에서 보이는 두 눈으로 로건의 두 눈을 보았다.

그리고 다음 말을 이어나갔다.

"권유. 당신을 저희 클랜── 〈IF(일리걸 프론티어)〉로 권유합니다."

〈IF〉. [범죄왕] 젝스 뷔펠이 오너를 맡고 있으며 지명수배자 〈초급〉만으로 구성된 가장 흉악한 클랜.

제타는 자신이 소속된 클랜에 로건을 끌어들이겠다고 했다.

"〈IF〉라면, 그……?"

"긍정. 당신은 얼마 전 카르티에 라탱 사건 때 정식으로 왕국에서 지명수배당했습니다. 자격은 충분합니다."

왕국과 전쟁을 벌였을 때 로건이 했던 행동은 전시였기에 죄가 되지 않았다.

하지만 저번 카르티에 라탱 사건은 명백히 전쟁이 아닌 사건이었기에 로건도 지명수배를 당했다.

즉, 그도 지명수배자 〈초급〉이었다.

"……그런데 지명수배자만 모인 클랜이 뭘 하겠다는 거야?"

당연한 의문이었다. 〈IF〉는 지명수배자 〈초급〉이 모인 클랜으로 악명을 널리 떨치고 있긴 하지만 그 실체나 클랜으로 행동하는 목적이 밝혀지지 않았다.

그런 상태로 들어오라고 해봤자 아무리 탐나는 정보를 준다해도 고개를 끄덕일 수가 없었다.

제타도 그것을 이해하고.

"설명. 저희 목적은……."

천천히…… 〈IF〉의 목적을 그에게 이야기했다.

◆

"……재미있겠다, 그거."

10분 뒤, 제타의 설명을 다 듣고 로건이 처음 한 말이 그것이었다.

그와 동시에 그는 오랜만에 들떠 있었다.

"질문. 저희 목적이 마음에 드셨습니까?"

"그래. 그럼 나도 참가하고 싶어. 덤으로 〈UBM〉의 정보까지 준다니까 따질 것도 없지. 그런데 잠깐만."

"?"

"지명수배자 〈초급〉이라면 이 나라에 한 명 더 있잖아."

굳이 말할 필요도 없이 유명한 프랭클린이었다.

만약 그 백의 매드사이언티스트도 〈IF〉에 끌어들인다면 로건도 이 이야기를 받아들일 수 없다.

하지만 제타는 고개를 저으며 부정하는 반응을 보였다.

"부정. Mr. 프랭클린은 권유하지 않습니다."

"어째서? 내가 할 말은 아니지만……."

'지금 그 녀석은 나보다 강한데', 로건은 그 말을 소리내어 하지 않았다.

"부적격. 그 인물은 〈IF〉에 들어도 힘을 발휘하지 못할 겁니다. 무엇보다…… 우리와는 맞지 않아요."

"……?"

제타가 한 말이 무슨 뜻인지 로건은 이해할 수 없었지만, 그래도 프랭클린이 〈IF〉에 들어오지 않을 거라는 사실은 이해할 수 있었다.

그렇다면 이제 고민할 필요도 없다.

"알았어. 그럼 나도 기꺼이 너희 클랜에 들어갈게. ……대가는 확실하게 받을 거야."

"환영. 새로운 멤버를 환영합니다."

로건은 그렇게 말하며 제타와 악수를 나누었다.

"그래서, 나는 언제 **황국에서 나가면 돼**?"

"보류. 잠시 소속되어 계십시오. 때를 봐서 제가 연락드리겠습니다."

"알았어. ……기대되네."

"훈련. 그전까지 제가 당신이 강해지기 위한 플랜을 진행하겠습니다."

"…………알았어. 그것도 따르지. 저기, 기대를 저버리면 안 된다?"

"당연. 명확한 결과를 보여드리도록 하죠."

그렇게 로건은 제타의 손을 잡았다.

그것은 왕국과 황국의 전쟁에 양쪽 나라가 아닌 의도가 얽히게 된 순간이었다.

□2045년 4월 4일 무쿠도리 레이지

　수업을 마치고 집에 오자 택배함에 소포가 와 있었다.

　보낸 사람은 누나였고, 안에는 선물로 달라고 했던 해외 과자가 들어 있었다.

　이틀 전에 통화했는데 꽤 빠르게 왔다. 그리고 전표를 보니 모르는 택배업자였다.

　뭐, 누나는 여러 곳에 연줄이 있는 모양이니 그렇게까지 신기하진 않다.

　혹시 몰라 인터넷으로 메이커와 상품 이름을 조사해보니 존재하는 상품이었다.

　그렇게 안전하다는 사실을 확인한 뒤 뜯어서 한 조각 먹어보니 맛있는 과자였다.

　잠시 기다려봐도 몸 상태가 이상해지지 않았기에 우선 안심이다.

　친누나인데 너무 경계하는 것 아닌가 싶긴 하지만, 필요한 일이다.

　어렸을 때 '레이지, 정글 가보고 싶니?'라고 하길래 '응!'이라고 대답했더니 진짜로 데려간 경험이 있다.

　……당시 나는 여권 같은 게 없었을 텐데 누나는 어떻게 나를

남미까지 데리고 간 걸까.

아니, 그때도 정신을 차리고 보니 소형 비행기에 타서 정글 위를 날고 있었던 것 같은데.

"……으. 계속 생각하니 머리가 아프네."

뭐, 그렇게 누나에게 이야기를 할 때는 세심한 주의가 필요하다는 것을 어린 시절에 배우게 된 것이다.

그렇다고 해서 누나에게 악의가 있다고 생각하진 않는다.

누나는 내게 기본적으로 선의를 가지고 행동한다.

어렸을 때도 '일 때문에 남미에 가는데 가는 김에 동생에게 진짜 정글을 체험하게 해줄까' 정도의 친절한 마음이었을 것이다.

뭐, 덕분에 그 나이에 생명과 정조의 위기를 맛보게 되었지만.

그때, 왜 내가 아마조네스에게 쫓겼고 최종적으로는 왜 정글이 불타게 된 걸까.

……이렇게 말하면 뭐하지만 누나는 생명체로서 일반인과는 어긋난 구석이 있으니 내게도 어긋난 기준으로 대할 것이다.

한 살 어린 형이 초인 같은 구석이 있는 것 또한 누나의 어긋난 기준을 부추긴 것 같다.

두 사람과 비교하면 평범한 나는 누나를 대할 때는 주의 깊게 행동해야만 한다.

건강하게 살아가기 위한 철칙이라 여기고 있다.

……뭐, 그래도. 누나에게 고맙다는 메일은 보내야지.

엄청나게 무섭기는 하지만 결코 나쁜 사람은 아니고…… 소중

한 가족이기도 하다.

"그건 그렇고 맛있는 과자네."

먹어도 괜찮을 것 같았기에 누나가 보내준 과자를 몇 개 먹었다.

좀 전에 대학 카페에서 슈 아라크렘을 먹고 오긴 했지만, 누나가 보내준 과자는 작은 초콜릿이었기에 더 먹을 수 있었다.

학교에서 생각했던 것보다 더 지쳤기에 몸이 당분을 원하고 있었다.

……카페에서는 여자 괴물 선배 때문에 쉬지도 못했고.

"초콜릿이라고 하니…… 덴드로에도 발렌타인 데이가 있지."

다이브형이긴 하지만 MMORPG인 〈Infinite Dendrogram〉에는 운영 쪽에서 기획하는 이벤트도 존재한다.

그중 대부분은 현실 쪽 계절 이벤트에 맞춰서 진행되기에 발렌타인 데이 같은 단골 이벤트도 있다는 모양이다.

하지만 내가 시작한 것은 3월 중순 무렵. 발렌타인 데이는 한달 전에 끝났고, 화이트 데이도 지난 시점이었다.

그래서 나는 아직 계절 이벤트를 체험해보지 못했다.

발렌타인 데이는 지금까지 두 번 개최되었을 텐데, 어떤 이벤트였을까.

"형들도 참가했으려나?"

형, 피가로 씨, 그리고 여자 괴물 선배 같은 사람들은 덴드로 서비스 개시 초기부터 플레이했던 선발대다.

그러니 지금까지 계절 이벤트에 많이 참가했을 것이다.

"어떤 이벤트였을까. 다음에 물어볼까?"

발렌타인 데이는 연애와 관련된 축제 이벤트이니 분명 화기애애하고 새콤달콤한 이벤트였겠지.

□2044년 2월 14일

『피가공~, 초콜릿 사냥하러 가자거루.』

그날, 〈Infinite Dendrogram〉에 로그인한 피가로를 맞이해준 것은 친구의 그런 말이었다.

그의 눈앞에 있는 것은 키가 2미터 정도 되는 인형옷…… 굳이 말하지 않아도 알 수 있듯이 슈우 스탈링이다.

그리고 말꼬리가 '거루'인 것은 별다른 이유가 있어서 그런 게 아니다. 그의 지금 장비가 [하이퍼 인형옷 시리즈 사이클론 포켓], ……캥거루와 비슷한 〈UBM〉에게 얻은 인형옷이기 때문이다. 캥거루의 '거루'다.

"…………."

피가로는 '곰 인형옷일 때는 『곰』이고, 늑대 인형옷일 때는 『멍』이었는데, 슈우는 어떤 기준으로 말꼬리를 정하는 걸까'라고 의문을 품긴 했지만 태클을 걸지는 않기로 했다.

지금은 그보다 중요한 것도 있다.

"초콜릿을 사냥한다고? 받는 게 아니라?"

피가로도 왜 지금 초콜릿 이야기를 하는지는 알고 있다.

오늘은 현실에서 발렌타인 데이. 기독교 문화권, 또는 종교에 대해 신경 쓰지 않는 지역에서는 기념일이기 때문이다.

피가로도 오늘은 로그인하기 전 현실에서 초콜릿을 받았다.

피가로는 심장 질환을 앓고 있기에 어릴 때부터 집에 요양하고 있긴 하지만, 어머니나 그의 집에서 일하는 시녀들, 그리고 왠지 모르겠지만 남동생인 키스가 초콜릿을 주곤 했다.

건강 쪽에 문제가 있는 몸이고, 심박수가 상승하면 발작을 일으키는 증상 때문에 운동으로 칼로리를 소비할 수도 없다.

비만으로 인한 심박수 증가는 죽음으로 직결되기 때문에 초콜릿도 조금씩만 먹어야 한다.

그래도 초콜릿에 담겨진 친애의 마음은 고맙다고 생각했다.

『그래. 지금은 발렌타인 이벤트가 절찬리에 진행중이다거루!』

"발렌타인 이벤트…… 있구나."

여자가 남자에게 초콜릿을 주는 풍습은 20세기 무렵에는 제과 회사가 주도한 일본 한정 풍습이었다.

예전부터 발렌타인 데이가 있는 영미권에서는 남녀를 불문하고 꽃이나 과자를 선물하는 기념일이었다.

하지만 21세기에 접어든지 40년 남짓. 일본에서 역수입된 여자가 남자에게 초콜릿을 주는 문화가 영미권에도 퍼졌고, 세계 규모의 VRMMO인 〈Infinite Dendrogram〉에도 이벤트로 반영되어 있었다.

……지역 한정 축제라도 할 때는 하지.

절분 이벤트도 아무렇지 않게 했었다.

『이번에도 할로윈이나 절분 때처럼 운영 쪽에서 생성한 몬스터가 맵에 나오는 타입이다거루. 그 녀석들을 쓰러뜨리고 초콜릿을 모으면 나중에 경품하고 교환할 수 있다거루~.』

"아, 경품이 초콜릿은 아니로군."

『그래, 교환용 아이템이다거루. 그래도 먹으면 맛있는 모양이다거루~.』

"호오~. ……교환용 아이템인데 먹어본 사람도 있는 모양이네."

참고로 이 이벤트는 현실에서 12시간 전에 이미 시작했다.

운영 쪽에서 진행하는 계절 이벤트는 기본적으로 '현실에서 가장 빠르게 기념일이 된 지역의 오전 0시부터 가장 느린 지역의 24시까지', 다시 말해 48시간 진행된다. 덴드로 내부의 시간으로는 6일 동안이다. 이벤트 기간으로 따지면 적당하다 할 수 있다.

여담이지만 크리스마스 이벤트 시기에는 로그인하는 사람의 비율이 줄어들었다.

반대로 로그인하는 사람들 중 일부는 이벤트에 대한 열기가 대단했는데…… 이유는 깊게 파고들지 않는 편이 나을 것이다.

"몬스터를 대량으로 헌트한다는 건 알겠는데, 왜 나를 끌어들이려 하는 거야? 슈우."

그런 다음 '나는 솔로가 아니면 제대로 움직일 수가 없는 체질인데'라고 덧붙였다.

『그건 이번 이벤트의 특수한 성질 때문이다거루.』

"성질?"

피가로가 그렇게 묻자 슈우는 고개를 크게 끄덕이고…… 이렇게 말했다.

『이번에는 커플이 아니면 이벤트 몬스터를 쓰러뜨릴 수가 없다거루.』

"……?"

슈우가 설명한 이벤트의 개요는 다음과 같았다.

이번에는 대량 토벌 이벤트. 운영 쪽에서 부자연스럽게 생성한 이벤트 몬스터를 2인 파티로 격파하라는 내용이었다.

이번 이벤트 몬스터는 2인 파티가 아니면 대미지를 입히지 못하고 몬스터에게 대미지를 입지도 않는다.

대미지를 입지 않게 한 이유는 이벤트에 참가하지 않는 사람이나 티안, 몬스터의 생태계에 대한 배려일 것이다. 운영 쪽에서도 그런 것들을 고려해서 이벤트를 짜고 있었다.

2인 파티……, 즉 커플이다. 사랑을 맹세하는 기념일인 발렌타인 데이에 맞는 내용인 것이다.

이성애뿐만이 아니라 동성애까지 인정하기에 2인 파티라면 반드시 남녀 조합일 필요는 없다.

참고로 몬스터를 파티 멤버로 삼는 것……은 안 된다. 어디까지나 인간 범주 생물들끼리 짜라는 뜻이다.

『나는 아직 파트너를 찾지 못했다거루. 그러니까 피가공이 파티를 짜줬으면 한다거루. 토벌은 전부 내가 할 테고, 보수는 반반씩 나눠도 된다거루.』

"나는 〈묘표미궁〉에 들어가는 것 정도밖에 일정이 없었으니까 상관없긴 한데. 신기하네, 슈우가 파트너를 찾지 못했다니."

슈우는 우스꽝스러운 인형옷을 입은 이상한 사람이긴 하지만, 그래도 발이 넓다.

찾아보면 파트너를 해줄 사람은 얼마든지 있지 않을까, 피가로는 그렇게 생각했다.

『……레이레이 씨는 현실 쪽이 바쁘고, 다르샨은 가게가 잘 되어서 이런 걸 할 때가 아니고, 다른 사람들도 이미 커플이었다거루. 아직 커플이 아닌 사람들도…….』

"사람들도?"

『아무리 그래도 인형옷하고 커플 취급당하면 마음이 아프다', '왠지 혼자 쓸쓸하게 디즈니 랜드에 온 OL 기분이 든다', '벗어줘. 부탁이니까 벗어줘'라고.』

"슈우에게 인형옷을 벗으라니, 터무니없는 말을 하네."

『이번 일은 애초에………… 아니, 깊게 파고들지 않는 게 낫겠지.』

"?"

실제로는 인형옷 같은 문제가 아니라 그 이유 너머에 있는 그녀들의 현실이 쓸쓸하다는 사정 때문이지만, ……연애 경험이 없고 사랑도 해본 적이 없는 피가로는 전혀 눈치채지 못했다.

가족 같은 사람들에 대한 친애의 마음은 이해할 수 있지만, 남녀 간의 연애 감정에 대해서는 무지하고 경험도 없었던 것이다.

혹시나 그가 그런 쪽에 조금이라도 눈치가 있는 남자였다면…… 이번 일은 다른 결과를 보게 되었을지도 모른다.

◇

아무튼, 피가로는 슈우와 파티를 짜서 이벤트에 참가하기로
했다.

애초에 피가로는 슈우에게 묻어가며 견학만 하는 거지만.

『우선 북서쪽으로 간다거루~.』

왕도 주변에도 이벤트 몬스터가 생성되긴 하지만, 슈우는 그
곳에서 사냥하지 않았다.

지역의 레벨에 따라 이벤트 몬스터의 능력치가 변하고, 얻을
수 있는 초콜릿의 가치…… 경품으로 교환할 때 받을 수 있는
포인트도 달라지기 때문이다.

그리고 선발대인 두 사람은 이 무렵 제5형태에 도달했다. 초
보만 있는 곳에 베테랑들이 나서는 것도 볼썽 사납다는 것이 근
처 사냥터를 피한 이유이기도 했다.

지금 슈우와 피가로는 발드르의 제4형태…… 전차를 타고 슈
우에게 적합한 레벨인 지역이 있는 북서쪽으로 향하고 있었다.

"전함 쪽은 안 꺼내는구나."

『이동까지 그걸로 하면 너무 눈에 띄잖아거루.』

발드르의 제5형태는 육상전함이다.

전함이라 해도 사이즈는 경순양함 정도지만.

『그리고 탄약 값도 장난 아니다거루. 이번에는 제4형태하고

근접전투로 싸울거다거루.』

슈우는 제5형태부터 급격하게 연비가 나빠진 자신의 〈엠브리오〉를 보고 한숨을 쉬면서 전차의 큐폴라 위에서 무기와 아이템을 확인하고 있었다.

전차인 발드르는 원격, 자동 조작이 가능하다. 이미 보급된 자동 운전 차량처럼 목적지까지 이동하는 것도 발드르의 오토파일럿에게 맡길 수 있다.

가끔 발드르가 길을 가로막은 몬스터에게 공격을 가했고, 쓰러진 몬스터가 드롭한 아이템이 슈우가 장비하고 있던 [사이클론 포켓]의 주머니로 들어왔다.

이것은 특전 무구인 [사이클론 포켓]의 고유 스킬, 《고속 자동회수》의 효과다. 주위 일대의 '자신에게 소유권이 있는 아이템'을 자동으로 회수할 수 있다.

그리고 〈UBM〉이었을 때의 [사이클론 포켓]…… [선풍징수 사이클론 포켓]은 다른 사람이 들고 있는 아이템이나 날린 총알, 화살까지 빨아들여 자동으로 회수하는 매우 성가신 몬스터였다. 무구가 되어 꽤 부드럽게 변한 편이다.

참고로 어떻게 쓰러뜨렸느냐 하면, 제5형태인 발드르가 근접신관 포탄을 연달아 날렸을 뿐이다. [사이클론 포켓]이 모든 포탄을 빨아들였지만, 회수하기 직전에 연속으로 기폭되어 눈 깜짝할 새에 쓰러지게 되었다.

아마 슈우가 지금까지 싸웠던 것들 중에 가장 편했던 〈UBM〉이었을 것이다.

……근접신관 포탄은 비싸서 비용을 회수하는데 고생했지만.

"그러고 보니 이번 이벤트 몬스터는 어떤 몬스터야?"

이벤트 때는 보통 그 이벤트에 맞는 몬스터가 등장한다.

최근에 했던 이벤트인 절분 때는 악귀와 콩주머니 몬스터였고, 새해 때는 올해 간지인 쥐 몬스터였다.

그렇다면 이번에는 초콜릿 몬스터가 나오는 건가? 피가로는 그렇게 생각했는데.

『여자애.』

"…………뭐?"

『미소녀 몬스터라는 모양이야거루. 종족은 악마다거루.』

"………………."

배틀 매니아에 근육뇌이긴 하지만 일단 기독교 신자이기도 한 피가로는 '사랑의 기념일에 악마를 들이대나?', '여자애한테 초콜릿을 빼앗는 이벤트라고?', '다시 말해 지금부터 전차와 캥거루가 여자애를 폭파시켜서 초콜릿을 강탈하는 광경을 보게 되나?' 등등 마음속으로 이것저것 생각했지만 소리내어 말하지는 않았다.

하지만 그 대신 한마디.

"운영 쪽에서는 무슨 생각을 하는 걸까."

『……이벤트 담당 관리 AI가 발렌타인 데이에 대해 뭔가 착각했는지도 모르지. 그 악마는 초콜릿을 던지는 데다 입힌 대미지의 3배만큼 HP를 흡수하는 모양이니까.』

세 배로 돌려준다는 게 그런 뜻이 아닌데, 슈우는 그렇게 말하며 한숨을 쉬었다.

몇 시간 뒤, 두 사람이 탄 발드르는 목적지에 도착했다.
이 지역은 레벨이 51 이상인 몬스터가 돌아다니기에 상급인
슈우에게는 딱 좋은 사냥터다.
여기에서 당분간 이벤트 몬스터를 사냥할 생각이었는데…….
"저건 이벤트 몬스터가 아니지?"
『……일단 머리 위에 이름은 안 보이는데.』

──그 지역에는 정체를 알 수 없는 손님이 먼저 와 있었다.

이벤트 몬스터도 아니고, 그것들을 사냥하는 〈마스터〉도 아
닌 것.
그것은 거대한 두 **다리**.
하나하나가 철탑 같아 보이는 다리는 거대한데도 지면을 경쾌
하게…… 그리고 지진을 일으키며 밟으면서 들떠 있었다.
추가로 말하자면 그 다리가 착지한 지점에는 〈마스터〉로 보
이는 사람들이 있었고, 짓눌린 뒤 빛이 되어 사라졌다.
그리고 슈우와 피가로가 가장 이상하다고 생각한 점은.

『아하하하하!! 뭉개져라! 뭉개져어! 남친도, 도둑고양이도 전
부 뭉개져버려어어어어!!』
거대한 다리 위에서 들리는, 메아리치는 것 같은 여자의 목소

리였다.

『…………』
"…………."

뛰어난 〈마스터〉이자 수많은 수라장을 헤쳐나온 두 사람은
지금 일어나고 있는 일을 냉정하게 분석했다.

지금 소리 지르고 있는 여자는 〈마스터〉일 것이다.

저 거대한 다리는 〈엠브리오〉일 것이다.

이 상급 지역에 있는 〈마스터〉를 유린하고 있으니 상당히 강
한 상대다.

발치에서 날려대는 공격을 소용없다는 듯이 쳐내고 있는 걸
보니 틀림없다.

하지만 그런 냉정한 분석보다 더, ……그 여자의 목소리에서
느껴지는 새까만 원한이 확실하게 알려주고 있었다.

슈우는 추측했다. '저건 건드리면 안 되는 타입이다'라고.

피가로는 생각했다. '저건 강해 보이니까 싸우고 싶은데'라고.

이렇게 어긋나는 건 뿜어내는 원한에 위협을 느끼는지 아닌지
에 달린 건지도 모르겠다.

연애를 해보지 못한 피가로는 건드리면 죽을 것 같을 정도로
무시무시한 원한을 이해할 수 없었기 때문이다.

『장소를 옮기자거루.』

"어? ……아, 응."

재빠르게 결단을 내린 슈우와 조금 아쉬워 보이는 듯한 피가로를 태운 채 발드르가 진로를 변경하여 180도 방향을 전환해 그곳을 떠나려 했다.

하지만.

『거어기이이에도 커플이 있었냐아아아?』

머리 위에서 지옥에 울려 퍼지는 듯한 목소리가 쏟아져 내렸다.

올려다보니 그곳에는 그 철탑처럼 생긴 다리가 있었다.

『…………』

"…………."

두 사람은 냉정하게 계산했다.

무시무시한 점은 다리가 접근하는데 두 사람이 눈치채지 못했다는 점.

뛰어난 직감을 지닌 두 사람이.

순간이동이나 비슷한 무언가가 분명했다.

게다가 이미 이 지역에 있던 다른 〈마스터〉를 전멸시키고 슈우 일행 근처로 온 모양이었다. 싸우게 되면 틀림없이 강적이라거라 판단했다.

슈우는 '골치 아프게 될 것 같다'라고 생각했고, 피가로는 들떠 있었다.

『아~, 우리는.』

싸우든 아니든, 슈우가 우선 말을 걸어보았다.

『어? 뭐야? 인형옷 안에는 남자…….』

하지만 뜻밖의 반응을 보였다.

다리 위에서 들린 여자의 목소리는…… 왠지 놀란 것 같았다.

그리고.

『……너희는 BL 커플이냐?』

『"아닙니다".』

위에서 날아든 질문에 두 사람은 곧바로 부정했다.

『그러면 돼애애애애앴어…… 잠깐만 기다려.』

갑작스럽게 지옥에나 울릴 법한 소리가 잠잠해졌다.

철탑처럼 생긴 '다리'가 사라지고…… 하늘 위에서 여자가 둥 실둥실 뜬 채 내려오고 있었다.

……보다 정확하게 말하자면 중력에 몸을 맡긴 채 100미터 이상의 높이에서 시원스럽게 착지하고 있었던 거지만.

하늘에서 내려온 여자는 20대 중반 정도 나이였고, 겉으로 보기에는 미인이었다.

겉으로 보기에는.

"나는 한냐야. 미안해, 놀라게 해서."

그녀의 목소리는 방금까지 무시무시한 소리를 지르며 대량 PK를 저질렀다고는 상상도 못 할 정도로 부드러웠지만, 슈우는 '그게 오히려 더 무섭다'라고 생각했다.

그리고 '무슨 의도로 그런 이름(한냐: 질투에 미친 귀신 같은 여자)을 선택한 거야?'라고도 생각했다.

『……나는 슈우다.』

슈우는 지금까지 여러 경험을 쌓아왔기에 여자의 섬세함과 무서움은 잘 알고 있었다.

"나는 피가로. 잘 부탁해."

반대로 피가로가 평소와 마찬가지로 인사한 이유는 그런 것들을 잘 모르기 때문이었다. 슈우는 여전한 그 모습에 좀 위안이 되긴 했지만, '이 녀석이 지뢰를 밟지 않을까'라고 생각했다.

"그렇지, 너도 인사하렴. 산달폰."

『네, 알겠습니다.』

그 목소리가 들린 것과 동시에 손등의 문장이 빛을 내뿜었고, 안쪽에서 그녀의 〈엠브리오〉가 나타났다.

그런데 그 〈엠브리오〉는 기묘했다.

사람 모습이다. 아니, 그것만이라면 기묘하지는 않다. 사람과 비슷한 가드너나 소녀 모습인 메이든은 둘 다 본 적이 있다.

하지만 그 〈엠브리오〉는 달랐다.

가드너처럼 사람과 비슷하지만 사람과는 다른 파츠가 달려 있는 게 아니었다.

하지만 메이든처럼 여자도 아니고…… **소년**이었다.

슈우는 중성적인 소녀가 아니라 진짜로 성별이 남자일 거라 생각했다.

인간 소년 모습인 〈엠브리오〉, 그런 것은 지금까지 본 적이 없었다.

"제 이름은 산달폰. TYPE : 아포스톨 with 엔젤 기어입니다."

아포스톨(사도)…… 그것은 두 사람이 지금까지 들어본 적이 없는 타입이었다.

뒤에 붙은 엔젤 기어도 마찬가지. 그래도 이쪽은 암즈나 채리엇에서 발전된 온리 원 카테고리일 거라는 짐작은 되었지만.

그리고 힘이 엄청나다.

산달폰이 짓밟은 탓에 이 지역이 괴멸적인 피해를 입었다.

……이벤트 몬스터만은 커플이 아니면 대미지가 들어가지 않기에 살아남긴 했지만.

『……이거, 티안도 휘말린 건 아니겠지.』

슈우가 '만약 그렇다면 대참사인데'라고 중얼거리자.

"안심해. 이 아이에게는 NPC와 〈마스터〉를 구분하는 스킬도 있으니까. 그러니까 NPC는 죽지 않았어. NPC에게는 딱히 원한도 없고, 죽이고 싶지도 않으니까."

한냐는 부드러운 미소를 지으며 그렇게 말했다.

그 말을 듣고 슈우는 인형옷 안에서 '다시 말해 〈마스터〉에게는 원한도 있고, 죽이고 싶기도 한 거냐'라고 생각하며 식은땀을 흘렸다.

『왜 마구 원망하면서 PK를 했던 거냐거루?』

"커플이 적이니까."

『……우리를 공격하지 않았던 건?』

"커플이 아니니까."

슈우는 이야기를 주고받는 동안 '아, 이 사람은 엉망진창으로 꼬였네'라고 눈치챘다.

더 이상 이야기를 하면 위험하겠구나, 그렇게 판단하고 화제를 돌리기로 결심했다.

자극하면 안 되니 말꼬리도 쓰지 않고 배려심을 풀가동시켰다.

하지만.

"왜 커플이 적인데?"

『피가고오오오오오옹?!』

옆에 있던 온화한 근육뇌는 그녀가 풍기는 연애의 암흑면을 눈치채지 못했는지 폭발할지도 모르는 질문을 아무렇게나 던지고 있었다.

하지만 정작 한냐는 피가로의 질문에 조용히 대답하기 시작했다.

"그건 지금으로부터 52일 전……, 이쪽에서는 5개월 정도 전일이야."

『……앗.』

발렌타인 데이로부터 52일 전이라고 한 시점에서 슈우는 눈치를 채버렸다.

그날도 마찬가지로 연애와 관련이 깊은 기념일이기 때문이다.

"그래, 크리스마스. 내게는 결혼을 전제로 사귀던 남자친구가 있었어."

그 시절을 그리워하는 듯이 그녀가 부드러운 눈초리를 보이며 말했다.

하지만 슈우는 알고 있었다.

저것은 제트 코스터가 올라가는 과정 같은 것이라고.

이제 곧 감정의 급속낙하와 폭주가 올 것이라고.

물론 피가로는 알지 못했기에 흐음흐음, 느긋하게 듣고 있었다.

"남자친구를 위해서 손수 짠 스웨터하고 머플러, 장갑을 마련했고, 크리스마스 디너도 손수 풀 코스…… 케이크도 3단으로 구웠어. 그리고 혼인신고서하고 예물도 준비했으니까 프로포즈를 받을 준비는 완벽했지."

슈우는 '부담스러운데'라는 마음의 소리를 입 밖으로 내지 않은 자신을 칭찬해주고 싶었다.

그리고 피가로는 '그거 대단한데'라며 감탄하고 있었다.

"그런데 말이야, 약속한 시간이 되었는데도 그는 내 방에 오지 않았어……."

『……왔구나.』

"어? 안 왔다는데?"

슈우는 '그런 뜻이 아니라'라는 말을 집어삼켰다.

"몇 번이고 전화하고 메일을 보냈는데도 대답이 없었고, 한 시간 늦게 온 메일에는 단 한 마디………… '헤어지자'고."

『………….』

"어째서?"

피가로가 계속 말하라고 하자, 그녀는 눈을 부릅뜨고 헛웃음을 지으면서.

"'〈Infinite Dendrogram〉에서 더 좋아하는 사람과 만나서 현실에서도 사귀게 되었거든, 미안하다'라고…… 아하하하하."

그렇게…… 어떻게 해볼 수도 없는 말을 했다.

『………….』

MMO의 관계에서 발전된 현실 연애, 그리고 온라인 게임 결혼.

그것은 반세기 정도 전부터 이미 존재하고 있었다.

게다가 이곳은 〈Infinite Dendrogram〉이다. 오감이 있고, 지극히 리얼한 이 세계에서는 더 연애로 발전하는 경우가 많다. 파티를 짜고 강한 몬스터와 싸우면 흔들다리 효과도 있을 테고.

이 〈Infinite Dendrogram〉이 시작되고 반년 이상이 지나자 다른 〈마스터〉나 티안과 결혼한 사례도 생겼고, 덴드로 결혼이라는 말도 나오고 있었다.

하지만 그렇다고 해서.

"어째서 내가, 남자친구에게, 게임 때문에, 버림받아야만 하냐고오오오오오오!!"

버림받은 쪽이 납득할 수 있는가, 그건 전혀 다른 문제였다.

……연애의 형태는 사람마다 다르고, 연애의 시작도 천차만별이긴 할 것이다.

하지만 종점에서는 깔끔하게 끝내달라고, 슈우는 그렇게 생각했다.

왜냐하면 자포자기해서 폭주하는 사람이 남으면 다른 사람에게도 폐를 끼치기 때문이다.

"아, 혹시 지금 덴드로를 하는 이유가……."

"나를 버린 전 남친하고 도둑고양이를 한꺼번에 뭉개주기 위해서다아아아아아아!!"

한냐는 울면서 진심으로 자신의 소원에 대해 외치고 있었다.

그녀 곁에 있던 산달폰이 등을 쓰다듬으며 달래고 있었다.

엄청나게 익숙한 걸 보니 자주 있는 일인 것 같았다.

『…………』

현실의 수라장을 덴드로까지 가져오지 말아줘, 슈우는 진심으로 그렇게 생각했다.

"후우, 후우, 미안해, 그 생각을 하면 항상 이렇게 돼…… 미안해?"

절규하고 나서 감정이 조금 발산되었는지, 그녀는 조금 진정했다.

조금뿐이었지만.

『그런 건 현실에서 법적으로 위자료 같은 걸 받고 해결하면…….』

"현실에서는 판결 때문에 이제 접근할 수가 없어. 전과가 생겨서 회사도 짤렸고. 그래도 이쪽에서는 아직 복수할 수가 있으니까."

『법적 해결 이전에 물리적으로 사건을 일으키셨어……?』

대답을 듣고 슈우가 중얼거린 말을 듣지 못했는지, 그녀는 자기가 지금까지 어떻게 지냈는지 이야기하기 시작했다.

"두 사람에게 복수하기 위해서 덴드로를 시작했고, 처음에는 카르디나 소속이었는데 찾아내지 못했거든. 대륙 한가운데니까 금방 찾을 줄 알았는데……. 그래서 이번에는 서쪽으로 왔어.

남친은 아시아보다 유럽을 더 좋아했으니까. 내 돈으로 이탈리아 여행을 갔을 때도…….”

『아, 응. 사정은 알겠어. 그래서, 이 지역에 있던 커플 파티를 뭉개고 돌아다녔던 것…….』

“전부 전 남친하고 도둑고양이로 보이거든. 이쪽 얼굴은 모르잖아. 도둑고양이는 이름도 모르고. 그러니까 커플은 전부 남친하고 도둑고양이라 생각하고 MOONG · GAE · JA는 거지.”

슈우는 ‘광기의 세계에 한쪽 발을 내디뎠잖아’라고 생각하면서도 방금 그 말을 듣고 문득 마음에 걸리는 점이 있었다.

『이쪽 얼굴은 모른다고 했는데, 아바타 이름은 알아?』

“그래, 예전에 『록팬서의 덴드로 순례』라는 블로그를 했으니까 이름은 록팬서일 거야. 조회수도 별로 없었고, 내가 박살 내버려서 이미 닫았지만.”

『박살………… 응, 뭐, 알았어. 록팬서 말이지. 잠깐만 기다려.』

“왜 그러는데?”

『아니, 혹시 당신이 찾고 있는 사람을 찾을 수 있을지도 모르니까…….』

“──정말?”

소름 끼치는 눈빛을 보이며 한냐가 슈우에게 물었다.

그것은 거짓말과 농담을 일절 용납하지 않겠다는 눈빛이었다.

슈우는 『그러니까 ‘혹시나’라고 했잖아』라는 말을 집어삼키고 『아는 정보상에게 물어보겠다』고 대답했다.

슈우는 한냐에게서 거리를 두고 아이템 박스에서 어떤 아이템을 꺼냈다.

그것은 통신 마법이 내장된 비싼 아이템으로 어떤 정보상──
〈DIN〉의 중요 단골들만 가지고 있는 아이템이었다.

수신기가 있는 〈DIN〉의 담당 직원에게만 연결되는 통신기지
만, 반대로 말하자면 어떤 나라에 있어도 연결된다.

『아~, 여보세요. 나다. 사람 찾는 걸 좀 부탁하고 싶은데…….』

슈우는 그렇게 정보상에게 문의하기 시작했다.

'……이거 못 찾으면 대인전에 돌입하겠지'라고 생각하면서.

슈우를 기다리는 동안 피가로는 그대로 한냐와 계속 이야기를
나누고 있었다.

"그런데 꽤 강해 보이던데, 직업하고 〈엠브리오〉 도달형태는
어떻게 돼?"

이 지역에서 사냥할 수 있는 숙련자 플레이어를 일방적으로
유린할 수 있으니 상당히 높을 거라 짐작하고 던진 질문이었다.

더 나아가서는 '결투를 할 수는 없을까', 피가로는 그렇게 생
각하고 있었다. 전투광이다.

"직업은…… 뭐였지?"

농담이 아니라 정말로 자신의 직업이 무엇인지 잊은 모양이
었다.

전 남친과 도둑고양이에게 복수하겠다는 목적이 그녀의 마음
속에서 너무 거대해져서 다른 것까지 신경을 쓰지 못하는 건지
도 모른다.

"지금은 [광왕(킹 오브 베르세르크)]입니다, 한냐 님."

"아, 그랬지, 참."

옆에 있던 산달폰이 조언을 해주자 한냐도 생각났는지 고개를 끄덕였다.

"……초급 직업(슈페리얼 잡)."

피가로가 말한 것처럼, [광왕]은 광전사 계통의 초급 직업이다.

그녀가 한 말이 사실이라면, 그녀가 덴드로를 시작한 것은 빨라도 50일 전, 덴드로 시간으로는 세 배이긴 하지만, 경이적인 속도 수준이 아니다.

피가로도 투사 계통의 초급 직업을 목표로 삼고 있긴 하지만, 이 시점에서는 아직 도달하지 못했다.

애초에 도달하지 못한 이유는 투사 계통의 초급 직업을 획득하는 조건 중 하나가 '결투 랭킹 1위가 되는 것'이기 때문이고, 그 조건 이외는 모두 달성했다.

현재 피가로의 랭킹은 2위. 지금은 1위인 톰 캣 타도를 목표로 준비하는 단계다.

참고로 한냐는 기억하지 못하고 있고, 산달폰은 주인의 수치이기에 말할 생각이 없지만…… [광왕]의 조건 중 한 가지는 일반적으로는 달성하지 못하는 조건이다.

그것은 '눈에 띈 인간을 10초 이내에 죽인 횟수가 444번을 넘을 것'이라는 조건이다.

그야말로 광전사.

일반적인 신경이라면 실행하려 하지도 않을 것이다.

아니, 할 수조차 없다.

겨우 10초 만에 죽일까 말까, 판단을 내린 뒤 그것을 완수하는 것은 그야말로 [광전사]처럼 판단하는 것을 버리고 '전부 죽인다'라고 나서지 않으면 불가능하다.

과거에 티안밖에 없었던 시절이라면 살인범으로 처벌당했을 것이다.

그리고 실제로 하려다가 처벌당한 자가 많아서 결과적으로 조건과 함께 [광왕]이라는 존재가 풍화되어 로스트 잡이 되었다.

만약 〈마스터〉라면 해낼 수 있는 사람도 있을지도 모르겠지만, 전직의 조건 자체가 앞서 말한 이유 때문에 서비스 개시 시점에는 완전히 묻혀 있었다.

아마 지금도 광전사 계통의 초급 직업을 목표로 삼고 이것도 아니고, 저것도 아니고, 그렇고 시행착오를 겪고 있는 〈마스터〉가 있을 것이다. 이미 얻은 사람이 있다는 것도 모르고.

일반적으로는 불가능하고, 시도도 하지 않는 [광왕]의 조건.

하지만 그녀는 할 수 있었고, 해내버렸다.

이것도 전부 산달폰에게 〈마스터〉를 식별할 수 있는 스킬이 있고, 한냐가 〈마스터〉 커플을 보기만 하면 바로 뭉개려 드는 위험한 사람이었기 때문이다.

그런 그녀의 기행, 흉악한 소행의 결과로서 전혀 의식하지 않았음에도 불구하고 그녀는 오랫동안 묻혀 있었던 [광왕]의 조건을 달성하고 그 자리를 차지한 것이다.

"그리고 제 도달형태 말인데요…… 현재는 제6형태입니다."

"제6…… 대단한데."

그것도 마찬가지로 슈우, 피가로도 도달하지 못한 형태다.

슬슬 진화할 무렵이라는 생각은 들지만, 지금은 아직 제5형태에 머물러 있다.

"아포스톨, 이라고 했나? 진화가 빠른 특징이 있는지도 모르겠네."

"그래. 나는 산달폰 정도밖에 모르니까 잘 모르겠지만……."

"저도 저와 동류는 거의 보지 못했습니다. 어째서일까요?"

한때, 카테고리별 성격진단이라는 것이 유행했다.

기본 카테고리 중 어디에 속하는지에 따라 성격을 맞춰보자, 이런 건데…… 그렇게 따지면 레어 중의 레어인 아포스톨은 어떤 성격일까, 피가로는 궁금했다.

"…………."

그때 피가로는 한냐가 신기하다는 표정으로 자신을 보고 있다는 것을 눈치챘다.

"왜 그래?"

"저기, 남친하고 헤어진 뒤로 다른 사람하고 이야기를 제대로 하는 게 오랜만인 것 같아서. 산달폰 정도밖에 없거든."

"그렇죠. 제가 기억하는 한 처음입니다."

당연하다고 하면 당연하다.

그녀는 커플 〈마스터〉를 보기만 해도 정신이 나가 PK를 저지르고, 그런 그녀를 다른 사람들이 보기에는 광견……이라고 하는 것도 부족한 무언가다.

그녀 자신도 스스로 이상하다는 걸 깨닫고 있다. 하지만 깨닫고 있어도 감정이 끓어오르면 제어를 할 수 없게 된다.

슈우조차 약간 질색을 하며 대응하는 수준이다.

"저기, 정말 나하고 이야기해도 괜찮아? 나, 이상하잖아?"

그녀를 보고도 태연하게, 색안경 같은 것 없이 대처할 수 있는 사람 따윈.

"어디가?"

그녀의 어떤 부분이 이상한지, 애초에 **이해할 수가 없는** 피가로 정도밖에 없을 것이다.

현실에서 병약해서 가족과 의사 말고는 다른 사람과 접촉할 기회가 없어서 인생 경험이 부족했기에 그녀의 기행이나 폭주도 **원래 그런 것**이라고 생각하며 받아들이고 있다.

애초에 이쪽에서 생긴 첫 친구가 인형옷 남자다. '이상하다'는 개념 자체가 그의 머릿속에서는 반쯤 행방불명된 상태다.

"⋯⋯⋯⋯."

한치의 거짓말이나 연기가 없이 본심을 있는 그대로 '그녀의 어떤 부분이 이상한가'라고 되묻는 피가로.

그런 그를 보고⋯⋯ 그 자신이 어긋나 있다고는 조금도 생각하지 못한 한냐의 가슴이 조금 크게 뛰었다.

"⋯⋯나, 복수를 마치면 당신을 한 번 더 만나러 와도 될까?"

"……? 상관없어. 나도 한냐하고는(결투하기 위해서) 다시 만나고 싶으니까. 연락을 주고받기 위해서 메일 주소를 교환할까?"

"그래! 물론이야!"

그렇게 세상 물정을 모르는 근육뇌 도련님과 얀데레 광왕이 메일 주소를 교환하게 되었다.

◇

『알았어, 고맙다. …………록팬서가 있는 곳을 알아냈다.』

두 사람이 이야기하던 도중에 통화를 마친 슈우가 그렇게 말했다.

한냐는 그 말에 반응을 보이며 소리가 날 정도로 빠르게 돌아보았다.

"──정말?"

『……⟨DIN⟩이라는 대륙 규모의 정보상에 있는 리스트를 조회해보니 있었어. 지금은 레전더리아 소속인 모양인데. 자세한 정보는 나중에 ⟨DIN⟩의 창구로 가서 이 종이에 적혀 있는 번호를 보여주면 받을 수 있을 거야.』

"아아……."

한냐는 매우 감격했는지 눈물을 글썽이며 손을 마주 모았다.

"이 나라에 오길 잘했어……, 이 지역에 오길 잘했어……, 만남이 있고……, 복수의 단서까지……. 어떻게 이런 일이, 당신이 천사로 보여."

슈우는 '천사는 당신 〈엠브리오〉잖아'라고 말하고 싶었지만, 말하지는 않았다.

진정한 것처럼 보여도 언제 지뢰를 밟을지 모르기 때문이다.

"아하하, 천사는 한냐의 산달폰 아닐까?"

하지만 지뢰를 전혀 신경 쓰지 않는 피가로의 발언. '이 녀석, 사실 [투사(글래디에이터)]가 아니라 [용자(히어로)] 아닐까?', 슈우는 마음속으로 그렇게 생각하며 경악했다.

다행히 그건 지뢰가 아니었는지, 한냐도 '우후후, 그렇네'라고 말하며 웃고 있었다.

슈우는 왠지 모르겠지만 그녀가 피가로에게 보이는 태도가 매우 부드럽다는 점을 의아하게 생각했지만, 아무런 말도 하지 않았다.

"그럼 나는 바로 레전더리아로 갈게. 여기서 남쪽으로 가면 되지?"

『그래, 남쪽으로 똑바로 가면 레전더리아로 들어갈 수 있어.』

"정말 고마운 게 한두 가지가 아니네. 복수를 마치면 그때는 내가 당신을 돕도록 할게."

『아니, 신경 쓰지 말고.』

슈우는 진심으로 그렇게 생각했다.

"그럼, 안녕. 슈우 씨. 그리고…… 피가로!"

그녀는 피가로에게 다가가 무언가를 건넸다.

"이건…….'

"아까 얻었어. 그, 오늘은 발렌타인 데이잖아?"

그것은 이벤트 몬스터의 드롭 아이템인 초콜릿이었다.

"메일 보낼게. 또…… 만나자."

"응, 또 봐."

그녀는 손을 흔들면서…… 다시 철탑 같은 다리로 변형한 산달폰을 타고 빠르게 지평선 너머로 달려갔다.

그녀가 향한 곳은 레전더리아.

그곳에서는 분명 현실의 수라장에서 이어지는 이야기가 전개될 것이다.

슈우는 생각했다. '아, 남친이 있는 곳이 왕국이 아니라 다행이다'라고.

레전더리아는 참 안 됐지만.

『……이제 남은 문제는 본인들끼리 해결하라고 하자.』

슈우가 이야기를 들어보니 남자친구 쪽에도 문제가 있었기에 분명 그게 정답일 거라 생각했다. …………그렇게 생각하기로 했다.

결국 슈우는 이벤트 몬스터 사냥을 하지 않기로 했다.

정신적으로 지쳐서 의욕 같은 게 전부 다 사라져버렸기 때문이다.

그리하여 슈우와 피가로가 탄 발드르는 느릿느릿하게 왕도를 향해 달려가고 있었다.

돌아가는 길에 피가로는 한냐와 산달폰에 대해 남아 있던 의문을 슈우에게 이야기하고 있었다.

『카테고리별 성격진단?』

"그래. 그렇게 따지면 아포스톨은 어떨까?"

『……흐음.』

"행동력이 있는 사람인가?"

『……아니, 그럼 더 많겠지.』

"아, 그렇구나."

저런 걸 '행동력이 있다'고 치는 피가로는 거물일지도 모른다, 슈우는 그렇게 생각하며 조금 감탄하고 있었다.

『뭐, 샘플이 하나밖에 없으니까 딱 잘라 말할 수는 없지만 예상은 되는데.』

"그게 뭔데?"

슈우는 한냐의 말과 행동, 그리고 그와 동시에 아포스톨이 이 〈Infinite Dendrogram〉에 거의 없는 현재 상황에 비추어 어떤 해답을 이끌어냈다.

그것은…….

『──〈Infinite Dendrogram〉을 싫어하는 거야.』

정말 모순된 해답이었다.

"……그렇군. 그야 없을 만도 하네."

이 〈Infinite Dendrogram〉을 좋아하니까, 흥미가 생겼으니까 시작한다.

플레이하는 과정에서 어떤 일이 생겨서 싫어하게 되는 사람도 있을 것이다.

하지만 가장 처음, 〈엠브리오〉가 부화하기 전까지 기간에……

진심으로 〈Infinite Dendrogram〉을 싫어하는 사람은 없을 것이다.

그야말로…… 자신의 버린 남자친구와 남자친구를 〈Infinite Dendrogram〉에서 빼앗은 도둑고양이에게 복수하기 위해 일부러 〈Infinite Dendrogram〉을 시작한 사람이 아니라면.

"아포스톨의 특성이 아니라 그 집념이 빠른 성장의 이유였는지도 모르겠네."

『뭐, 그건 모르겠지만…….』

아포스톨의 〈마스터〉는 시작 지점부터 모순된 〈마스터〉일 것이다, 슈우는 그렇게 생각했다.

그리고 동시에 이렇게도 생각했다. '처음부터 〈Infinite Dendrogram〉을 정말 싫어하는데 어떤 이유가 있어서 시작한 아포스톨의 〈마스터〉는 분명 다들 골치 아픈 녀석이겠지'라고.

얼마나 강한 **사명감**을 품고 이곳에 뛰어드는 걸까.

"그래도 나보다 앞서간 사람을 본 건 톰에 이어 두 명째야. 나도 더 열심히 해야지."

『오~, 열심히 해, 열심히 해. 시합은 응원해줄게거루~.』

예정이 틀어지긴 했지만, 슈우는 기합을 다시 불어넣는 친구를 보고 '뭐 그래도 잘 됐어'라고 납득하고 있었다.

이제 드라이브를 할 겸 왕도로 발드르를 몰면서 오늘은 끝나겠구나, 슈우는 그렇게 생각했다.

『?』

"냠냠……."

슈우는 피가로가 뭔가를 먹고 있다는 것을 눈치챘다.

그건 좀 전에 한냐가 피가로에게 준 초콜릿이었다. 모처럼 받았는데 경품으로 교환할 수는 없다고 생각했는지 먹기로 한 모양이었다.

『………….』

슈우는 한냐가 피가로에게만 초콜릿을 준 시점에서 그녀의 마음을 대충 짐작하고 있었다.

애증을 품고 있던 한냐.

증오의 칼끝은 여전히 록팬서를 노리고 있지만, 애정의 칼끝은 피가로를 향하고 있을 거라고.

피가로는 연애에 대해 둔감…… 수준이 아니라 불감증이라 할 수 있을 정도다. 슈우는 나중에 한냐와 연애 관련 문제가 생길지도 모르겠다고 생각했다.

하지만 슈우는 '피가공은 그래도 괜찮겠지'라는 결론을 내렸다.

이야기가 어긋나서 사투(PVP)로 발전된다 해도 강적과 싸울 수 있기에 피가로에게는 바라던 바일 것이다.

『아니, 피가공도 좀 여자의 섬세함과 무서움을 아는 게 좋을 거다거루.』

"?"

피가로는 슈우가 한 말이 무슨 뜻인지 이해가 잘 안 되는지 고개를 갸웃거리며 초콜릿을 먹고 있었다.

그때 뭔가 눈치챘는지 '아'라고 말했다.

"이벤트 몬스터는 커플 파티로만 쓰러뜨릴 수 있는데, 한냐는 어떻게 초콜릿을 가지고 있었던 거지?"

『⋯⋯⋯⋯⋯글쎄?』

슈우는 아무런 말도 하지 않았다.

'이벤트 몬스터가 아니라 한냐에게 PK당한 커플이 드롭한 아이템이니까 그렇겠지'라는 진실을 소리 내어 말하지 않았다.

보기에 따라서는 강도 살인 초콜릿이다.

아마 피가로는 신경 쓰지 않겠지만, 슈우는 친구가 먹고 있는 초콜릿의 피로 물든 내력을 굳이 말할 필요는 없을 거라 생각했던 것이다.

그렇게 두 사람이 탄 전차는 저녁놀이 물든 길을 달려갔다.

◇

그 이후로 한냐는 소속 국가를 레전더리아로 옮기고 〈DIN〉에서 얻은 정보를 이용해 본격적으로 두 사람을 찾기 시작했다.

그리고 발렌타인 이벤트 마지막 날에는 록팬서와 그의 애인을 어떤 마을에서 발견. 거리에서 마구 날뛰어 멋지게 복수를 마쳤다.

하지만 그 이후로는 티안의 특수 초급 직업과 레전더리아의 랭커들 열 명에게 쓰러져서 기물 파손 및 건물 붕괴에 휩쓸린 티안 상해 현행범으로 '감옥'에 가게 되었다.

하지만 운이 좋게도 죽은 사람은 없어 살인이 아니게 되어⋯⋯ 덴드로 시간으로 3~4년 정도 뒤에 '감옥'에서 출소할 수 있는 모양이었다.

수감된 뒤 그녀는 시원한 마음으로 현실의 생활을 정리했다. 복수만 생각하던 동안 여러 가지 문제가 생겼던 부분을 고치고 있는 모양이었다.

그리고 덴드로에도 가끔 로그인하고 있다. 스트레스를 해소하기 위해서인지, 출소한 뒤를 위해 준비하는 건지, 그녀는 '감옥'에 수감된 〈마스터〉들을 쓰러뜨리면서 실력을 갈고 닦아나갔다.

출소한 뒤에는 피가로와 다시 만나자고 약속했고, 메일도 주고받고 있다고 한다.

자, 2044년 발렌타인 데이를 다시 돌아보자.

슈우는 결국 사냥을 하지 못했다.

그 지역에 있던 〈마스터〉들은 부조리하게 PK당했다.

수라장에 휘말린 레전더리아의 주민들은 재해를 입었다고 할 수밖에 없다.

그리고 수라장의 원흉이라 할 수 있는 록팬서는 이번 사건이 계기가 되었고, 애초에 여자친구 쪽에서 불만을 품고 있었기에 헤어지게 되었다.

이 이벤트는 거의 대부분에게 불행한 결과가 되었지만, 두 명만은 행복을 얻었다.

그 두 명은 한냐와 피가로.

한냐는 복수를 해서 과거를 청산했고, 시원한 마음으로 새로운 생활과 새로운 사랑을 하기 시작했다.

피가로는 새로운 결투 동료를 얻었다……고 생각한다.

그렇다, 피가로는 진심으로 그렇게 생각하고 있다. 메일에도 '(결투를 하기 위해서) 한냐를 만나고 싶은데. 빨리 출소하면 좋겠다'라는 내용을 적었다.

물론 한냐는 다르게 받아들이고 있다.

한냐에게서 피가로 쪽으로 뻗어가는 사랑의 화살표는 날마다 거대해지고 있지만, 지금까지 살면서 사랑을 한 번도 해보지 않았던 피가로는 그 사실을 깨닫지 못했다.

그런 식으로 엇갈린 채…… 현실에서 1년 이상, ⟨Infinite Dendrogram⟩에서는 3년 이상의 세월이 지났다.

이윽고 그것이 원인이 되어 한바탕 소동이 벌어지지만…… 그것은 또 다른 이야기다.

에피소드 Ⅳ 의논하는 시간

□2045년 4월 4일 [황기병] 레이 스탈링

메일을 보내고 식사를 마친 뒤, 덴드로에 로그인했다.

밤이었던 현실과는 달리 해가 떠 있었다.

"돌아왔느냐, 레이."

로그인하자 네메시스가 문장에서 튀어나와 나를 맞이해주었다.

"뭐, 내일도 대학교에 가야 하니까 이쪽 시간으로 하루 정도밖에 못 있지만."

"어쩔 수 없지. 저쪽 생활도 중요하니 말이다."

수업 첫날을 빼먹은 후유키에게 들려주고 싶은 말이다.

"그리고 지금은 딱히 문제도 일어나지 않았으니까."

"그래."

저번 〈유적〉 소동이 끝날 때까지는 큰 사건이 연달아 일어났지만, 그 이후로는 그런 문제도 없었다.

사건이 일어날 낌새도 없고, 카르티에 라탱도 복구 활동이나 〈유적〉의 조사 관련 퀘스트가 나오는 정도로 평화롭다.

"우리도 며칠 동안 그런 퀘스트에 참가하고 그 이후에 기데온으로 돌아가자."

"생각해보니 여우 누님에게 유괴된 뒤로 꽤 멀리 오지 않았는

117

가……."

　……뭐, 왕국의 남쪽 끝에 있는 기데온에서 북쪽 끝에 있는 카르티에 라탱으로 왔으니까.

"슬슬 기데온이 그리워지기 시작하는구나. 슬슬 돌아가고 싶다만."

"그래. 왕도로 돌아가는 것만으로도 시간이 꽤 걸리니까…….6일, 목요일에 왕도로 돌아가서 7일 금요일부터 주말 연휴에 기데온으로 돌아가자."

　이쪽에 남아서 작업을 계속하고 있는 아즈라이트와 의논할 필요가 있겠지만.

"실버로 똑바로 날아가면 더 빨리 도착하지 않겠는고?"

"……왕국의 하늘에는 가끔 야생 순룡이 날아다닌대."

"그건…… 곤란하구나."

　순수하게 강한 상대가 나오면 고전한다는 사실은 저번에 [기가 나이트]와 전투를 벌이며 뼈저리게 느낀 바 있다.

　하늘을 날아다니고 멀리서 날리는 브레스도 사용하는 드래곤 상대로는 고전할 수밖에 없다.

　예전에 기데온 근처에서 순룡 클래스 웜을 쓰러뜨린 적이 있긴 하지만, 그것과는 비교도 안 될 것이다.

"라이저 씨에게 예전에 들었는데, 〈UBM〉이 날아오는 경우도 있다더라."

"……으음. 쓸데없이 사투를 벌이지는 말자꾸나. 최근에는 너무 자주 사투를 벌인 것 같으니 말이다."

"나도 동감이야."

당분간은 평화를 곱씹고 싶다.

……로그인하지 않으면 제일 평화로울지도 모르겠지만, 그건 왠지 뒷맛이 씁쓸하다.

"뭐, 돌아가는 건 나중에 생각하고, 오늘 할 일을 먼저 마치자."

"기술자의 가게에 간다고 했던가?"

"그래. 제안을 받았으니까."

얼마 전 고래에게 얻은 소재…… 수수께끼의 금속 입자를 사용하여 『오더 메이드 장비를 만들어보시지 않겠습니까』라고 카르티에 라탱의 기술자에게 제안을 받은 적이 있다.

세이브 포인트에서 별로 멀지 않았기에 바로 가보기로 했다.

그곳은 공방과 상점이 일체화된 가게였다.

장비품 전문점이었고, 만든 장비를 팔고 있는 곳 옆에는 오더 메이드 장비를 주문하는 카운터도 있었다.

"그러고 보니 지금까지 장비는 받은 거나 주운 것, 기성품만 썼던 것 같구나."

"그렇네."

상점에서 기성품이나 얻은 특전 무구, 뽑기, 그리고 선배에게 받은 장비 같은 거다.

"가끔은 오더 메이드도 좋을 게다."

"뭐, 예산도 있고 소재도 있으니까. 첫 오더 메이드야."

오더 메이드 장비를 잘 아는 지인 중에는 줄리엣이 있다.

그 고딕 드레스 아머를 비롯해서 꽤 빈번하게 오더 메이드 주문을 하는 모양이었다.

예전에 그런 이야기를 그녀와 한 적도 있다.

◇

기데온에서 여자 괴물 선배에게 유괴당하기 며칠 전, 나는 줄리엣과 모의전을 하고 있었다.

사실 〈초급〉인 피가로 씨나 원거리전에만 집중했을 때의 마리를 제외하면 모의전 상대 중 내가 제일 밀리는 상대가 줄리엣이었다.

물리, 마법, 양쪽 다 뛰어난 공격력을 지니고 있고, 초음속인데다 비행이 가능한 기동력, 기사 계통인 [타천기사(나이트 오브 폴 다운)] 특유의 방어력, 그리고 저주를 이용한 상태이상…… 무시무시할 정도로 만능인 밸런스형이었기 때문이다.

저주로 걸린 디버프를 버프로 바꾸기 위해 제2형태를 사용하면 일발역전의 카운터를 사용할 수 없게 되어 오히려 승산이 없어지는 것도 문제다.

게다가 당시에는 왼손이 의수였기 때문에 《연옥화염》을 쓸 수가 없었고, 네메시스도 아직 제2형태인데다 [흑천투]도 없었다.

결투 랭커와 모의전을 벌이면 기본적으로는 이긴 횟수보다 진 횟수가 많거나 완패하는데, 횟수를 따지면 줄리엣에게 진 게 가장 많다.

왜냐하면 나와 줄리엣이 활동하는 시간대가 비슷해서 모의전 횟수 자체가 많았기 때문이다.

줄리엣은 현실에서 나와 마찬가지로 일본에 살고 있는 모양이고, 중학생인 것 같았다.

그래서 도쿄에 살면서 대학교 입학 전이었던 나와 시간이 맞았다. 기데온에서 사건이 벌어진 뒤 며칠이 지나자 봄방학에 들어간 모양이었기에 그렇기도 했다.

……뭐, 그렇게 따지면 일본에 살고 있으면서 현재 백수인 형이나 마리가 시간대는 제일 잘 맞긴 하겠지만, 형은 팝콘 장사를 준비하느라 바빴고, 마리도 기데온 백작 쪽에서 일하는 닌자들을 알선해주는 등 일이 있었기에 모의전 횟수는 별로 많지 않았다.

그건 그렇고.

아무튼 줄리엣에게는 계속 지곤 했지만, 많이 싸웠기에 배운 것도 많았다. 불완전하게나마 초음속 기동에 카운터를 넣는 방법을 익힐 수 있었던 것은 그녀 덕분이다.

그녀도 《카운터 앱솝션》이나 《복수》, 실버나 특전 무구를 사용하는 나와 모의전을 벌인 것이 희귀한 전투 패턴 연습이 된 모양이었다.

아마 특수한 전투 스타일이나 특전 무구를 사용하는 상대와 시합을 상정하고 있을 것이다.

당시에는 피가로 씨 대책인가 싶었는데 지금 생각해보니 줄리엣보다 한 랭크 아래인 결투 5위 로자 대책이었는지도 모르겠다.

그 덕분에 그녀의 **비장의 수** 같은 것도 몇 번 보게 되었다. ……보게 되었다고 해야 하나, 시험 상대가 된 형태지만.

그렇게 줄리엣과는 모의전을 한 뒤 식사를 하거나 차를 마시면서 근황 이야기를 하는 경우도 많다.

그날 화제는 패션에 대해서였다.

그런 화제가 된 이유는 내가 그 모의전 며칠 전에 뽑기에서 [BR 아머]를 얻었기 때문이다.

토르네 마을에서 [모노크롬]과 전투를 벌이다 녹아서 지금은 망가진 전 저주받은 가시 갑주. 그것이 그녀의 흥미를 끌었던 모양이었다.

"심연의 주박으로부터 해방된 아픔의 껍질. 허나 그 모습은 여전히 칠흑이리니."

그녀는 '저주가 풀려도 이 가시 갑주는 멋지네!'라고 말했다.

나도 나름대로 마음에 들었다.

……적어도 안경하고 짐승귀, 여장보다는 훨씬 낫다.

"칭찬할 만한 게냐, 이 디자인……."

그런데 네메시스는 다른 생각인 모양이었다. 지금 생각해보니 아즈라이트와 만나기 전부터 네메시스는 내 패션 체크를 엄하게 했던 것 같다.

"귀신 수갑, 시체 신발, 강철 의수, 저주받은 가시 갑주. …… 어디를 향해 가고 있는 게냐."

"감탄할 만한 운명의 인도."

줄리엣은 '디자인을 선택할 수 없는 특전 무구나 뽑기에서 이렇게까지 맞춰지다니, 이 코디네이트는 운명이나 마찬가지야! 대단해!'라고 눈을 반짝이며 말했지만 네메시스는 지쳤다는 듯이 한숨을 쉬었다. 말을 잘 알아듣지 못했을지도 모르겠다.

"허나 운명에 거역하여 새로운 모습을 원한다면 금전과 매체를 대가로 나아갈지어다."

"으음?"

"디자인까지 포함해서 특별 주문(오더 메이드)을 하면 되지 않겠냐는데."

그 뒤에 줄리엣의 설명에 따르면 기술자의 스테이터스나 스킬 레벨에 따라 달라지긴 하지만, 만드는 장비의 디자인을 어느 정도까지 변경할 수 있는 모양이었다.

그 〈예지의 삼각〉…… 프랭클린의 클랜이 인간형 로봇을 만들기 전 시기에는 〈마스터〉들이 개발하는 아이템은 디자인 변경에 불과했다고 한다.

하지만 완전 신규 아이템을 개발할 수 있는 〈마스터〉가 늘어났다고 해서 디자인 변경 수요가 줄어드는 것은 아니다.

지금도 '자신만의 디자인'을 추구하며 기술자에게 의뢰하는 〈마스터〉는 많다.

줄리엣은 그 대표격이며 결투의 상금이나 토벌을 통해 얻은 소재 아이템을 써서 단골 기술자에게 자주 오더 메이드를 부탁하는 모양이었다.

여러 가지 옷을 입는 것이 취미인 것 같다. 오더 메이드 말고
도 옷가게를 돌아다니는 모습을 보기도 했다.

저번에도 옷가게 쇼 윈도우 앞에서 첼시, 그리고 모르는 여자
애와 무슨 이야기를 하는 모습을 멀리서 본 적이 있었다.

분명 여자들끼리 패션 이야기로 들떠 있었을 것이다.

"나의 거짓된 오른쪽 눈도 또한, 인간의 업과 기술을 지닌 자
의 소행이니."

줄리엣은 그렇게 말하고 오른쪽 눈에 손을 가져다 대고 오른
쪽 눈……의 표면을 떼어냈다.

콘택트 렌즈였다.

양쪽 다 붉은색인 줄 알았는데, 콘택트 렌즈를 떼어낸 오른쪽
눈은 푸른색이었다.

"……컬러 렌즈도 오더 메이드할 수 있구나."

"그러하다. 《감정안》이나 《간파》를 얻을 수 있는 거짓된 오른
쪽 눈이니."

……그러고 보니 예전에 처음 만났을 때 프랭클린…… 펭귄
시절의 그 녀석이 '안경에는 스킬이 붙는다'고 했었는데.

콘택트 렌즈도 마찬가지인 모양이다. 액세서리 개념인가?

"지고의 일품이라면 생명의 상태를 뒤트는 힘 또한 지닌다."

호오, 보기만 해도 상태이상을 걸 수 있다면 대단한데. 상대
방의 레벨이나 내성에 따라 저항할 수도 있겠지만.

"그런데 왜 컬러 렌즈야?"

"시작은 서로 다른 양안. 무구한 요안. 허나 그것은 적에게 위

기를 알리는 우행…….”

“……그렇구나.”

처음에는 스킬이 붙어 있긴 하지만 투명한 콘택트 렌즈였던 모양이다.

하지만 원래 아바타가 오드아이였기 때문에 콘택트 자체는 투명한데도 불구하고 '눈에 뭔가 있구나!'라고 경계하게 만들어버린 것 같다.

그래서 지금은 왼쪽 눈과 같은 색 콘택트 렌즈를 끼고 있는 모양이다.

……만화 같은 곳에서 '오드아이 마안의 힘을 콘택트 렌즈로 봉인하고 있다' 같은 설정은 가끔 볼 수 있다. 하지만 줄리엣의 경우 마안 같은 스킬은 콘택트 렌즈가 본체다. 아바타의 오드아이는 그냥 패션이고.

게다가 지금은 오드아이라는 것을 알아볼 수 없으니 패션도 안 된다.

줄리엣도 중학생답게 멋을 부리는 모습과 랭커로서 사용하는 전술이 충돌을 일으키고 있는지도 모르겠다.

『……아니, 오드아이가 중학생답게 멋을 부리는 수준인 게냐?』

그것 말고 뭐가 있는데.

“또한, 이러한 거짓된 눈은 수정룡의 소재를 추구해야 하니 지극히 고가일지니.”

“오더 메이드에는 소재가 필요한 거야?”

“보다 높은 영역의 차림새를 추구한다면 타인의 손이 닿지 않는 구성요소도 포함된다. 또는 지천의 의복을 자아내는 자들의 손에도 없을지어다."

그녀가 '레벨이 높은 장비의 경우에는 소재가 기술자에게도 없을 경우가 있으니까'라고 한 것처럼 순룡 클래스 소재 등은 거의 시판되지 않고, 판다고 해도 꽤 비싸다.

……뭐, 내 경우에는 고급 소재가 필요한 장비는 지금 레벨로 장착할 수가 없으니까 돈만 있어도 소용이 없지만.

아무튼 오더 메이드로 주문할 때는 기술자에게 소재까지 같이 가져가는 게 정석인 모양이다.

여담이지만 〈UBM〉도 가끔 특전 소재라고 해서 생산직이 가공할 필요가 있는 아이템을 주는 경우도 있다고 한다.

"고민은 완성된 현재……."

"……여봐라, 레이. 줄리엣이 뭐라고 한 게냐?"

"'오더 메이드를 하려 해도 지금 코디네이트가 너무 잘 완성되어서 바꿀 게 없는데……'라는데."

"이런 완성은 사양이다만?!"

◇

뭐, 오더 메이드에 대해 줄리엣하고 그런 이야기를 했는데.

줄리엣과 그렇게 이야기를 한 뒤에는 가시 갑주가 망가졌고, 암흑 외투와 불꽃과 어둠의 갑주를 얻긴 했지만, 다크 계열 패션 쪽으로는 방향성이 고정된 것 같다.

"……그대는 지금 이런 참상을 다크 계열 패션이라고 하는 게냐."

"아니면 마왕 계열 패션이지."

"…………."

"방금은 웃기려고 한 말인데, 왜 태클을 안 거는 거야? 네메시스."

"그 말이 너무 딱 맞아서 할 말이 없었던 게다."

……음, 마왕 계열이다 뭐다 해도 지금 장비는 거의 바꿀 수가 없다.

특전 무구 세 개는 나 자신의 전투 스타일에도 밀접하게 관련이 있기에 바꿀 수가 없다.

상반신에 장비한 [VDA]도 성능이 좋고 선배에게 받은 장비라 그대로 간다.

그렇다면 이제 하반신 장비와 머리 장비, 액세서리 정도밖에 빈 칸이 없다.

"…………."

"이번에는 왜 그래? 네메시스."

"……아니, 아무것도 아니다."

"?"

뭐, 됐어. 다시 장비에 대해 생각하자.

지금 내게 잔뜩 있는 소재는 그 고래에게 얻은 금속 입자.

그렇다면 하반신 장비는 어떨까? 하반신만 금속제 플레이트 메일을 장착하면 움직이기 불편할지도 모른다.

그렇다면 머리 장비나 액세서리인데…… 이렇게 정하고 기술자분에게 물어볼까?

마침 내게 제안했던 기술자분이 가게에 있었기에 물어보니 이 소재로 만들 수 있는 장비의 리스트를 보여주었다.

이야기를 들어보니 카르티에 라탱 백작 부인도 금속 입자를 맡겨 뭘 만들 수 있을지 조사하고 있는 단계인 모양이었다.

그 입자는 꽤 가공하기 쉬운 데다 여러 가지 품질이 좋은 장비를 만들 수 있다고 한다.

고래가 그렇게까지 단시간만에 수복했던 이유는 소재가 좋았기 때문이기도 했을 것이다.

"……이거 좋은데."

지금은 종류가 그렇게까지 많지 않은 리스트 중에 '방독 기능이 달린 산소 마스크'가 있었다.

분류는 액세서리이며 얼굴에 장착하면 정상적인 공기를 계속 공급해주는 모양이었다.

이건 정말 좋다. 《지옥독기》를 사용하는데도, 실버를 타고 날아가는 데도 적합하다.

이름은 [스톰 페이스]. 응, 멋지네.

장비는 이걸로 정했다. 주문 용지를 적어야지.

오, '희망하는 디자인'도 역시 있구나.

……내가 좋다고 생각하는 디자인은 네메시스의 취향에 안 맞는 모양이니까.

이번에는 그 녀석의 의견을 받아들여서 내 생각은 넣지 말자.

음, '지금 코디네이트에 맞는 디자인으로 부탁드립니다'.

역시 이런 건 프로에게 맡기는 게 제일 좋을 테니까!

이러면 네메시스도 기뻐해주겠지.

"……여봐라. 지금 왠지 소름이 돋았다만, 용지에 이상한 걸 적지는 않았겠지?"

"괜찮다니까. 네메시스가 걱정할 건 아무것도 없어."

"그렇다면 다행이다만…….'"

아무튼, 그렇게 첫 오더 메이드 장비 발주가 끝났다.

완성되는 게 기대되는데!

◇

가게에서 [스톰 페이스] 발주를 마친 뒤, 퀘스트를 받기 위해 모험자 길드로 향했다.

카르티에 라탱의 모험자 길드는 〈유적〉이 있는 산이나 [마장군]의 습격을 받은 도시의 중심부에서 떨어져 있기에 저번 사건 때도 피해를 입지 않아서 평소대로 운영되고 있다.

오히려 많은 〈마스터〉와 티안들이 카탈로그에서 퀘스트를 골라 받아가는 등, 매우 북적이고 있었다.

사건이 끝난 뒤에 카르티에 라탱으로 달려온 사람도 많은 모양이었다.

아즈라이트의 이야기에 따르면 처음에는 〈마스터〉들을 물리기 위해 모험자 길드에서 정보를 봉쇄하고 있었던 모양이다. 그래서 〈DIN〉에서 입수한 나처럼 다른 쪽에서 정보를 얻은 사람만 모였던 상황이었다.

하지만 지금은 그 봉쇄를 해제했기에 왕국 각지에서 〈유적〉을 탐색하거나 관련 퀘스트를 받기 위해 사람들이 모이고 있는 것 같았다.

"자, 퀘스트, 퀘스트……."

마침 어떤 파티가 떠난 테이블을 발견해 의자에 앉았다.

"응?"

"오?"

그런데 동시에 의자에 앉은 사람이 있어서 겹쳐버렸다.

뭐, 북적이니까 합석해도 되겠지. 그렇게 생각하고 상대방을 보니…….

"…………응?"

어딘가에서 본 얼굴이었다.

머리띠를 머리에 두른 이 남자. 어디서 봤더라…….

"너, 너는 '언브레이커블' 레이 스탈링!"

아, 역시 만난 적이 있는 사람이었구나.

아니, 나는 쓸데없이 얼굴이 알려졌으니까 모르지. 얼마 전에도 토르네 마을에서 나를 쓰러뜨리고 유명해지려 했던 PK의 습격을 받았고…………

"아앗?!"

생각났다! 저 머리띠는……!

"〈솔 크라이시스〉의 오너!"

"쉿~! 쉿~! 그 클랜 이름으로 부르지 마!"

내가 자리에서 일어나며 이름을 부르자 그는 손가락을 입에 대면서 조용히 하라는 시늉을 했다.

그는 허둥대며 주위를 둘러보았지만 모험자 길드는 사람들이 북적이며 혼잡했기에 다른 사람이 우리 이야기를 들은 것 같지는 않았다.

"······아직 레이를 노리고 있는 게냐?"

저번에는 〈솔 크라이시스〉가 선배의 이름을 사칭하고 있었기에 선배가 싸워주었다.

하지만 나를 노리고 온 PK라면 내가 상대하는 것이 맞을 것이다.

"아니야! 아니야! 나는 이제 네게 손을 댈 생각이 없다고······."

그는 두 손을 앞으로 내밀고 '진정해'라는 시늉을 하며 그렇게 말했다.

"그럼 왜 PK 클랜이 여기 왔어? 토르네 마을 때처럼 카르티에 라탱에서도 뭔가 꿍꿍이가 있나?"

"안 그래! 그냥 퀘스트를 받으러 왔다고! ······그리고 우리는 이제 PK 클랜도 아니고, 〈솔 크라이시스〉도 아니라고······."

"?"

어떻게 된 걸까, 그렇게 생각하고 있자니 이야기하는 동안 풀 죽었는지······ 그는 의자에 축 늘어져서 앉았다.

그 모습을 보니 매우 의기소침한 것 같았고, 장비까지 왠지 허술해 보였다.

적대하는 관계였던 나조차 조금 걱정이 될 정도였다.

"……대체 무슨 일이 있었는데?"

내가 묻자 그는 잠시 고민한 다음 조용히 이야기하기 시작했다.

"토르네 마을에서 진짜에게 전멸당한 뒤에…… 클랜이 붕괴했어."

"…………"

뭐, 그야 그렇겠지. 선배…… 유력 PK인 바르바로이 배드 번을 사칭하면서 사람들을 모으고 있었으니까.

가짜라는 것을 알게 된 데다 본인에게 두들겨 맞았으니 이탈하는 사람들이 속출할 것이다.

그 뒤로도 계속 클랜에 소속되어 있으면 또 선배가 복수할 거라 생각했을지도 모르겠다.

"게다가 그 녀석들이 이탈할 때 나와 블루를 잠들게 한 다음에 《스틸》하고 《강탈》로 소지품을 전부 가져가 버렸다고……."

""으아…….""

나와 네메시스가 무심코 소리를 내버렸다.

어쩐지, 장비가 토르네 마을에서 봤을 때와는 전혀 다른 것 같았다.

"우리 말고 초기 멤버…… 바르바로이를 사칭했던 버민은 그렇게 되기 전에 도망쳐버렸고. 클랜을 처음부터 다시 키우려고 남았던 나와 블루는 속아서 가입했던 녀석들의 분노를 전부 받는 바람에……."

"…………."

선배의 이름을 사칭했으니 자업자득이지만, 그래도 안타깝긴 하다.

"〈솔 크라이시스〉라는 이름도 쓰기 껄끄러워져서 지금은 〈라이징 선〉으로 바꿨어. ……뭐, 블루 녀석하고 단둘이라 클랜이라고 하기에도 좀 그렇지만."

아까 '〈솔 크라이스〉도 아니다'라고 한 건 그런 뜻이구나.

"그 블루라는 사람은……."

"블루스크린…… 토르네 마을에서 네 황옥마 레플리카를 막은 녀석 말이야."

뭐, 실버는 레플리카가 아니지만.

"……그때는 미안했다."

그는 갑자기 내게 고개를 숙였다.

"PK 클랜이니까 PK하려고 한 건 사과할 생각이 없지만 말이야. 타이밍을 좀 잘 골랐어야 했다는 생각이 나중에 들더라고……. 그 이후로 그 〈UBM〉을 쓰러뜨렸지?"

"……그래."

토르네 마을을 습격한 〈UBM〉, [흑천공망 모노크롬]은…… 지금 [흑천투]로 내가 몸에 두르고 있다.

"쓰러뜨릴 수 있을 리가 없다는 생각이 들길래 기회를 봐서 습격한 건데……. 쓰러뜨렸다니……. 우리는 너를 방해하다가 멋대로 박살 난…… 바보였어."

"…………."

내게 아즈라이트처럼 《진위판정》 스킬이 있는 건 아니지만, 그렇게 자조하는 듯이 쓸쓸하게 웃는 그의 모습에는…… 진심이 담겨 있는 것 같았다.

……뼈 속까지 악당은 아닐지도 모르겠다.

"그래서. 결국 여기에는 뭐하러 온 게냐?"

"그냥 일을 찾으러 온 거야. 장비도 없고, 돈도 거의 다 떨어졌는데 일손도 나하고 블루, 단둘이니까. 밑천 없이 돈을 벌 수 있는 일을 찾아서 여기로 온 거야."

지금 카르티에 라탱에는 퀘스트가 많기에 돈을 벌기에는 적합하다.

"그래도 '언브레이커블'이 이곳에 있으니 다른 곳으로 갈게. 폐를 끼친 우리가 있으면 불편할 테니까."

그는 그렇게 말하고 자리에서 일어나 모험자 길드를 나서려 했다.

"방해했구나……."

그런 그에게…….

"나를 신경 써서 나갈 필요는 없어."

붙잡으려는 듯이, 나는 그렇게 말했다.

"뭐?"

"방금 사과했으니까…… 나하고 있었던 일은 끝난 걸로 하자."

"……그래도 괜찮아?"

"괜찮아. 그쪽도 힘들었던 모양이고, ……게다가 그쪽이 방해해서 돌이킬 수 없는 일이 벌어진 것도 아니니까."

뤼이를 늦지 않게 구해냈고, 그 이후로 피해가 늘어나지도 않았다.

그러니까 방금 한 사과로 청산은 끝났다.

"고맙다…….."

〈솔 크라이시스〉, 지금은 〈라이징 선〉의 오너…… 덤덤 씨는 그렇게 말하며 다시 내게 고개를 숙였다.

"하지만 선배가 어떻게 생각하는지는 모르니까 선배하고 만나면 따로 이야기를 끝냈으면 해. 나도 말을 해두긴 하겠지만."

"그래, 고맙다. ……또 버민 같은 사람들이 폐를 끼치면 말해줘."

"뭐, 그런 일이 생기지 않기를 빌어야지."

아무튼 이렇게 토르네 마을에서 생겼던 나와 그들의 악연은 일단 평화로운 형태로 정리되었다.

화해한 뒤, 덤덤 씨는 퀘스트를 알아보고 나서 받아갔다.

그가 떠난 다음, 나와 네메시스도 천천히 퀘스트를 알아보려 하자 길드 직원분이 말을 걸었다.

나를 부르는 사람이 있으니 길드 안에 있는 별실로 와달라고 했다.

그렇게 말하는 걸 보니 기다리는 사람은 두 사람으로 좁혀졌는데, 별실로 들어가 보니 예상했던 대로 그중 한 사람이 보였다.

가면을 쓰고 있는 낯익은 여자…… 아즈라이트, 즉 알티미어 아즈라이트 알터 제1왕녀다.

"……또 그 가면을 쓰고 있네?"

"여기는 외부인도 많이 드나드는 시설이니까. 얼굴을 가리는 편이 문제가 없지. ……그건 그렇고 만나자마자 하는 소리가 또 내 가면 이야기야?"

내가 한 말을 듣고 아즈라이트는 좀 토라진 듯이 그렇게 말했다.

"그런데 내게 볼일이 있다고?"

"그래. 당신의 연줄에 좀 기대고 싶어."

연줄?

"저번 사건이 종결된 뒤에 왕국이 〈유적〉을 다시 조사하기 시작한 건 알고 있지?"

"그야 물론이지."

사건 이후로 카르티에 라탱에서 급격하게 늘어난 퀘스트는 주로 세 가지.

파괴된 시설의 재건용 자재 모으기.

기사단의 체제가 회복될 때까지 치안 유지를 목적으로 한 주변 몬스터 토벌.

그리고 〈유적〉 관련 조사다.

전부 다 카르티에 라탱 백작 부인과 왕국의 보조에 힘입어 보수가 평소보다 많게 설정되어 있다.

하지만 〈유적〉의 조사는 어제 시점에서 모집이 끝났기에 오늘은 남아 있지 않았다.

"조사는 이미 끝난 거 아니었는고?"

"내부 탐색이라는 의미에서는 그렇지."

"그게 무슨 뜻이야?"

"간단히 말하자면 평범한 던전처럼 탐색하는 작업은 끝났지만, 조사는 전혀 진행되지 않았다는 뜻이야."

아즈라이트 왈, 지금은 시설의 설비를 조작해서 '이 설비로 뭘할 수 있는가'를 조사하는 단계로 넘어갔다고 한다.

"하지만 그런 조사를 할 수 있는 인재가 지금 왕국에는 없어."

"……그렇구나."

조사하려면 기계 관련 직업이나 스킬이 필요한 모양인데, 지역 특성상 그런 인재 중 대부분은 드라이프나 그란바로아 소속이고 왕국에는 거의 없다.

이곳 〈유적〉에서 발견된 기계 관련 직업 크리스탈을 통해 그런 직업을 얻은 사람도 늘어나기 시작했지만, 아직 레벨이 낮기때문에 바로 전력이 되지는 못하는 것 같다.

"외부인을 고용하고 싶어도 함부로 고용할 수는 없고."

그럴 만도 하다.

저번 사건의 원인인 〈유적〉의 조사는 왕국의 기밀사항이기도하다. 함부로 외부인을 고용할 수는 없다.

"기계에 관한 지식과 신뢰를 겸비한 인물, 또는 신뢰할 수 있는 인물의 소개가 있지 않으면 맡길 수가 없어."

"다시 말해 내게 그런 지인이 있는지 물어보고 싶다는 거구나."

"그래. 짐작 가는 사람 없어?"

"…………."

그 말을 듣고 가장 먼저 떠오른 사람이 한 명 있었다.

하지만 그 녀석은 여기에 없고, 오지도 않을 테고, 맡길 수도 없을 것이다.

그 뒤를 이어 떠오른 사람은 형이었지만…… 형은 〈엠브리오〉가 기계인 발드르긴 하지만, 본인에게 그런 능력이 있는 건 아니다. 오히려 어쩌다가 〈유적〉을 부숴버릴지도 모른다.

세 번째로…… 비 쓰리 선배의 얼굴이 생각났다.

선배는 정보통이고, 나보다 아는 사람도 많다.

선배라면 뭔가 이 건에 대해 묘수를 쓸 수 있을지도 모른다.

"아는 사람 중에 지식이 풍부하고 지인도 많은 사람이 있으니까 그 사람에게도 물어볼게."

"그래, 신뢰할 수 있는 인물이야?"

"물론이지."

내가 아는 한, 내 지기 중에서도 다섯 손가락 안에 들 정도로 신뢰할 수 있다.

"내일……이 아니라 사흘 뒤에는 이쪽으로 온다니까 아즈라이트도 이야기를 해보면 되지 않을까?"

"그래. 그쯤이라면 나도 아직 카르티에 라탱에 있을 테니까 만나볼게."

이렇게 나는 선배와 아즈라이트의 만남을 세팅했다.

『이 두 사람을 만나게 해도 되는 겐가…….』

어? 둘 다 성실하니까 아즈라이트하고 선배는 아마 마음이 잘 맞을 것 같은데. 가면하고 풀 페이스 헬름으로 얼굴을 가리는 것도 취향이 맞을 것 같고.

네메시스가 '……그대도 대충 비슷한 거 아닌가?'라고 하자 부정할 수가 없었다.

방금 [스톰 페이스]를 막 발주한 참이니까.

아즈라이트와 이야기를 마친 뒤, 나는 적당한 퀘스트를 받아서 길드를 나선 뒤 카르티에 라탱 거리를 걷고 있었다. 부흥 작업이 진행되고 있긴 하지만, 집에는 아직 손상된 부분이 남아있고, 도로와 카르티에 라탱 거리의 특색이기도 했던 풀과 나무, 꽃도 상한 상태였다.

그건 저번 사건이 입힌 상처 자국이었고, 그 광경은 왠지 프랭클린이 사건을 일으킨 뒤에 본 기데온과도 비슷했다.

"…………."

그 광경을 떠올리자…… 생각나는 사람이 있었다.

문 앞에서, 그리고 프랭클린의 〈엠브리오〉 위에서, 두 번 맞섰던 내 친구.

"신뢰할 수 있고, 기계를 잘 아는…… 사람이라."

아즈라이트가 물어보았을 때 가장 먼저 생각난 사람.

"……유고 녀석, 지금쯤 어디서 뭐하고 있으려나."

기데온 사건 때 최후의 공방을 주고받은 친구는 지금쯤 어디서 뭘 하고 있을까?

　□2045년 3월 하순 도시국가 연합 카르디나 도박도시 헬마이네

　때는 3월 하순, 기데온에서 사건이 벌어진지 1주일 정도 뒤 카르디나로 거슬러 올라간다.

　카르디나는 국토의 9할 이상이 사막과 메마른 황야로 뒤덮인 나라이다.
　아득히 먼 옛날부터 메마른 토지였던 곳이 사막으로, 수백 년 동안 메마른 토지가 황야로 변했다.
　나머지 1할 미만의 토지는 오아시스와 북부의 미답지역 〈엄동산맥〉에서 흘러 내려오는 강 등의 수자원으로 인해 살아 있는 토지이며, 카르디나 곳곳에 존재하는 도시는 그렇게 살아 있는 토지에 자리잡고 있다.
　도박도시 헬마이네도 그중 한 곳이며 오아시스 주위에 도시가 형성되어 있다.
　그리고 도시 한 구석에는 도박도시라는 이름대로 도박장이 밀집되어 있다.
　〈마스터〉에 따라서는 라스베이거스라는 지명을 떠올릴지도 모른다.
　그 도박장은 투자한 조직의 모체에 따라 특징이 다르다.

카르디나라는 나라에는 여러 나라의 상인과 조직이 들어오기 때문에 그러한 자본이 만든 도박장도 자연스럽게 출신을 연상케 하는 분위기를 띤 곳이 많다.

비교적 우아해 보이는 도박장은 왕국 상인의 자본으로 만든 곳. 엔터테인먼트성이 뛰어난 형태의 도박장은 레전더리아 상인의 자본으로 만든 곳.

그리고 지구로 따지면 아시아 취향이 전면적으로 드러나며 용을 본떠 만든 장식이 눈에 띄는 도박장은 황하의 자본으로 만든 곳이다.

간판에는…… 일본어로 말하자면 '신기루'라는 뜻의 글자가 적혀 있었다.

황하의 조직 이름이지만 상회는 아니다…… 아니, 어떤 의미로는 상회지만.

이 가게를 경영하고 있는 것은…… 황하 마피아라 불리는 사람들이었다.

폭력을 다스리고, 욕망을 부추기고, 돈을 모으며…… 황하의 암흑사회에 뿌리를 내린 집단. 그 일파가 이곳 카르디나에 도박장을 열었다.

하지만 희귀한 경우는 아니다. 다른 도박장에도 그란바로아의 사대 선단 중 하나인 해적 선단이나 레전더리아의 흡혈 씨족의 투자로 세워진 점포가 있다.

이 헬마이네의 도박장뿐만이 아니라 카르디나에서 다른 나라의 암흑사회 자본이 움직이는 경우는 드물지 않다.

오히려 카르디나 정부가 보기에는 그것도 **손님**이자 **자금원**이다.

수익의 일정 비율을 세금으로 낸다면 어디 사는 누군가가 어떤 가게를 경영한다 해도 카르디나는 관여하지 않는다.

오히려 다른 나라에서는 비합법인 가게일수록 세금의 비율이 높아지기에 고마워할 정도다.

물론 그런 암흑 조직 중에는 '세금 따윈 내지 않는다'고 하는 패거리도 있다.

그래도 문제는 없다. 그런 패거리는 번 돈을 자기 나라로 가져가지 못하고 도시 사이의 사막에서 헤매다 죽을 뿐이기 때문이다.

안내인을 얻지 못하고 헤매다 죽거나, 또는 가짜 지도를 보고 위험한 몬스터가 생식하는 영역에 발을 내딛거나, 아니면 그쪽을 전문으로 담당하는 자들에게 섬멸당하거나.

세금 납부를 거부한 자들 중에는 자기들끼리 공인되지 않은 안내인을 고용해 사막을 지나려 한 자들도 있었다. 하지만 사실 안내인이 카르디나에서 파견된 처형인이었고…… 순룡 클래스 윔 소굴에 던져진 사례도 있다.

어찌 됐든 세금을 내지 않은 자는 목숨과 금전을 잃고, 그 금전은 카르디나가 주워 담는다. 그런 구조로 되어 있다.

그런 결말이 싫다면 규정대로 세금을 내고 공인된 안내인의 안내를 받아라, 카르디나 정부는 은근히 그렇게 말하고 있는 것이다.

돈이 있다면 모든 것을 허락한다.

돈이 없다면 모든 것을 잃게 된다.

카르디나는 그런 나라다.

◇

이야기를 다시 '신기루'라는 황하 마피아의 도박장으로 되돌리자.

가게는 인테리어도 황하 특유의 장식이 되어 있었다. 지구로 따지면 중화적인 느낌이다.

하지만 가게 안에서 진행되고 있는 도박은 굳이 따지자면 서양 도박이 많았다. 룰렛이나 포커, 바카라 등…… 〈마스터〉들에게 익숙한 것들이 태반이었다.

가게 안에서는 황하풍으로 각선미를 주장하는 의상──차이나 드레스와 비슷하다──을 걸친 직원들이 쟁반을 들고 유희를 즐기는 손님들에게 술을 가져다주고 있었다. 직원들은 외모 면접을 보는지 전부 다 미녀, 또는 미소녀로 착각할 것 같은 소년도 소수나마 섞여 있었다.

손님 중에는 그런 직원들을 보고 눈요기를 즐기는 사람도 있었다.

가게 안에 마련된 취식 공간에서 다른 사람들이 도박을 하는 모습이나 직원들이 걸어 다니는 모습을 안주 삼아 그날 번 돈으로 술을 마시는 사람도 많았다.

그런 취식 공간 한구석에 기묘한 차림새를 한 사람이 있었다.

기묘한 차림새 때문에 다소 주목을 받고 있었다. 그 복장도 장소에 따라서는 기묘하지 않을지도 모르겠지만, 적어도 이곳에는 어울리지 않았다.

그 사람은 군복 같기도 하고 파일럿 슈트 같기도 한 옷을 입고 있었다.

카르디나의 의상도, 황하의 의상도 아니었다.

그 뒤를 이어 주위의 이목을 끄는 것이 그 사람의 얼굴이었다.

얼굴이 매우 단정한 남자였지만…… 지금은 왠지 표정이 우울해 보였다. 그 얼굴을 본 여자들은 나이에 상관없이 마음이 두근거리고 있었다.

하지만 관찰력이 있는 사람이 그가 하는 행동을 보면 남자이긴 하지만 행동 곳곳에 여성다운 모습이 숨겨져 있다는 사실을 눈치챌 것이다.

그리고 또 한 가지, 눈길을 끄는 것이 있다고 한다면 그의 옆에서 말없이 행인두부를 먹고 있는 하얀 소녀의 존재.

정리하자면 그들——〈예지의 삼각〉의 전 멤버인 유고 레셉스와 〈엠브리오〉인 큐코는 그 가게의 분위기와는 전혀 맞지 않았다.

◇ ◇ ◇

□[고위조종사(하이 드라이버)] 유고 레셉스

"……휴우."

나는 '어쩌다 이렇게 되었을까'라고 생각할 수밖에 없었다.

견식을 넓히기 위해 드라이프 반대쪽에 있는 천지를 향해 여행을 하고 있었다.

그래서 그 중간에 있는 카르디나에 있는 건 딱히 이상하지 않다.

그런데 어째서 도박장에 있어야만 하는가.

어째서 이런 곳에서 기다려야만 하는다.

"……미성년자인데요."

현실에서는 이제 막 열다섯 살이 된 **소녀**인 '나'는 이 뒷골목 같은 분위기를 풍기는 도박장에서 노심초사하고 있다.

방심하면 울음을 터뜨려버릴 것 같다. 산적단 아지트에 뛰어들었을 때보다 정신적으로 더 힘들다.

하지만 그래도 '이 몸' ……유고 레셉스의 우울한 표정으로 얼버무리면서 울음을 터뜨리지 않게끔 신경 쓰고 있다. 이런 곳에서 울면 더더욱 주목을 끌게 된다.

"유고, 의외로 울보. 그리고, 그렇게 쓸데없이 잘생긴 얼굴 때문에, 우울한 표정으로도 주목을 끌어."

시끄러워. 큐코는 행인두부나 먹어.

"그래, 그래. 아, 그러고 보니까, 주목받고 싶지 않으면, 그 옷

말고 다른 옷 입지?"

큐코가 내 옷…… 〈예지의 삼각〉에서 만든 파일럿 슈츠를 손가락으로 가리키며 그렇게 말했다.

……어쩔 수 없잖아. 입을 수 있는 옷이 이 파일럿 슈츠 몇 벌밖에 없으니까.

사막에 들어오고 나서 눈치챘고, 그 뒤로는…… 살 시간 같은 게 없었으니까.

돈도 거의 수리 파츠 대금으로 나가버렸고. 카르디나에서 판매하는 〈예지의 삼각〉 순정 파츠의 소비자 가격이 사전 정보보다 비싸기도 했고…….

가지고 있는 돈으로는 성능이 좋고 눈에 띄지 않는 파일럿 슈츠 같은 걸 살 수가 없다.

"……성능, 신경 안 써도 되잖아."

시끄러워. 큐코는 행인두부나 한 그릇 더 먹어.

"네메시스도 아니고, 한 그릇이면 충분해."

"…………."

네메시스라는 이름을 들으니 그리운 얼굴이 떠올랐다.

레이, 마지막에는 적대시하는 형태가 되었는데, 그 이후로 어떻게 지내고 있을까. 나와 싸우다 절단된 오른팔이나 언니를 쓰러뜨렸을 때 잃었다는 왼팔은 어떻게 했을까.

……언젠가 다시 한번 만나서 이야기를 하고 싶은데.

사과 같은 건, 안 할 거지만.

"그래. 이렇게 풀 죽었을 때야말로, 레이하고 이야기할 때처럼, 느끼한 캐릭터로 밀어붙이면 되잖아."

"……아니, 왠지 요즘에는 그렇게 계속 행동하는 게 괴로워져서."

언니에게 쌓였던 응어리가 풀렸던 것도 원인 중 하나겠지만, 예전처럼 유고 레셉스로서 행동하는 게 도를 넘어서지 않게 된 것 같다.

예전에는 마음속으로 뭔가 생각할 때조차 유고답게 연기했던 것 같은데.

"그래. 저쪽에서 열다섯 살이 되어서, 중2병이 나았구나."

"아니야. 나는 중2병이 아니라고."

"뭐어~? 미형이고, 느끼하고, 페미니스트고, 툭하면 '훗'이라 하고, 멋진 대사를 해버리는 캐릭터를 만들었는데?"

"아니야. 유고 레셉스는 중2병의 산물이 아니라고."

"'레이디. 당신의 눈물은 우리가 닦겠소. 나는 당신이 내일 아침을 미소로 맞이할 거라고 약속하지'."

"말투를 포기하면서까지 내가 한 말을 따라하지 말아줄래?!"

그리고 그거 딱히 이상한 말이 아니잖아?!

멋진 말이잖아! 내가 한 말이지만!

"정말…… 설마 이제 와서 내 존재 방식이 뿌리째 흔들릴 줄은 몰랐다고……."

내가 그렇게 큐코에게 불평하자.

"마음, 편해졌어?"

큐코는 그렇게 말하고 미소를 지으며 대답했다.

"……어? 아……."

그 말을 듣고 보니 방금까지 이곳의 분위기에 짓눌려 있었는데 꽤 편해졌다는 것을 깨달았다.

……아무래도 독설가이며 말투가 딱딱한 내 〈엠브리오〉는 내 마음을 편하게 만들어주기 위해 그런 이야기를 한 모양이었다.

"큐코, 고마……."

"그건 그렇고, 나중에 '유고의 그런 부분은 좀 아닌 것 같은데?'라는 부분은, 리포트로 정리해서 줄게."

"……큐코, 정말 여러모로 망치는구나."

뭐, 마음에 여러 가지 대미지를 입기는 했지만…… 큐코 덕분에 마음이 편해졌다.

조금 기운이 난 나는 다시 어떤 사람을 계속 기다리기 시작했다.

"그러고 보니 지금은 어떻게 되었으려나."

나는 도박장 안에 있는 취식 공간에서 도박장의…… 어떤 한 구석의 상황을 살펴보았다.

시선 끝에 있는 것은 룰렛 공간이었다.

현실과 완전히 동일하게 '0'부터 '36'까지 숫자가 있고, 붉은색과 검은색, 그리고 '0'이 녹색으로 나뉘어져 있는 유러피안 스타일이다.

그렇다, 현실과 완전히 동일하다.

"그러고 보니……."

언니는 '이런 놀이는 운영 쪽에서 미리 **익숙하게 만들어 놓은**

것이 아닐까'라는 견해를 지니고 있었다.

언니는 이 〈Infinite Dendrogram〉이 '지극히 고도의 전뇌 가상 공간을 무에서 창조하고 그곳에 가상 생명의 생태계를 시뮬레이션하여 구축했다'는 설을 지지하고 있었다.

무에서 시뮬레이션을 통해 만들었다면 이 정도의 문명을 구축하기까지 지구에서도 수백 년이 걸리지 않을까, 나는 그렇게 의문을 품고 있었다. 하지만 언니는 '전쟁 때 그 시스템'을 비롯한 여러 가지 점에서 가능하다고 말했다. 그리고…….

"이렇게 정밀한 세계를 전부 '이렇게 존재해야 한다'고 설정해서 만들었다면…… 그쪽이 훨씬 더 맛이 간 거 아닐까."

라고도 말했다.

그 말을 듣고 '하긴 그렇지'라고 생각하며 납득했던 것이 기억난다.

이야기를 놀이로 되돌리자.

룰렛이나 카드 놀이, 그리고 카지노에는 없긴 하지만 유명한 보드 게임은 현실에 있는 것과 비슷한 것이 이미 〈Infinite Dendrogram〉에 존재하고 있다.

덧붙여 말하자면 요리 같은 것도 익숙한 것들이 많다. 지금도 큐코가 행인두부를 먹고 있는데, 이렇게 행인두부가 행인두부로서 존재하고 있다.

언니는 양쪽 다 운영 쪽에서 의도한 거라고 생각했다.

즉, '〈마스터〉들이 지구에서 가져온 문화로 변혁을 일으키지 않게끔 미리 익숙하게 만들어 둔 것'이라는 뜻이다.

다시 말해 현실에 존재하는 기존 놀이나 요리를 이쪽으로 가져와서 큰돈을 벌거나 문화의 변화를 주도하게 만들지 못하게 했다.

만약 이 〈Infinite Dendrogram〉이 오락이나 미식과는 인연이 없는 세계관이었다면, 현실에 있는 오락이나 미식을 가져와 유행시키려 하는 〈마스터〉…… 창업자가 꽤 많았을 거라고 언니가 말했다.

만약 그렇게 성공한 사람이 생겨버리면, 그 뒤를 이으려고 현실을 모방하는 창업자들이 속속 생겨버릴 것이다.

"그렇게 된 결과, 이 〈Infinite Dendrogram〉의 뼈대가 어긋나버리는 걸 운영 쪽에서 우려한 거겠지."

나는 '〈Infinite Dendrogram〉은 자유였던 것 아닌가?'라고 내 의견을 말했지만, 언니는 웃으며 이렇게 대답했다.

"자유겠지. 〈엠브리오〉를 키우는 주목적에 **곁들여진 것**치고는."

언니 말에 따르면 운영 쪽에서는 〈마스터〉에게 〈엠브리오〉를 키우게 하려는 것 같다는 모양이었다.

"그런 의도 같은 게 없다면 이 게임은 너무 파격적이야. 하하, 이익만을 추구한다면 이런 수준까지는 필요 없다고."

언니는 웃으면서 그렇게 말한 다음 어떤 추론에 대해 이야기하기 시작했다.

"이익 이외의 목적이 있다고 한다면 그것은 이 〈Infinite

Dendrogram〉과 다른 게임이 '다른 부분'에 있을 거야. 그리고 운영 쪽에서 〈마스터〉들에게 시키고 있는 것 중에서…… 가장 다른 게임과 동떨어져 있는 부분이 이 〈엠브리오〉지. 나는 〈마스터〉에 맞춰 천차만별인 〈엠브리오〉를 키우게 하기 위해 이 〈Infinite Dendrogram〉이 있다고 추측하는데. 뭐? 이렇게 리얼한 세계야말로 가장 큰 차이 아니냐고? 그럴까? 나는 그렇게 생각하지 않아. 근거가 있긴 하지만 이야기가 좀 길어질 테니까 지금은 생략하겠지만. 자, 운영 쪽에서 〈엠브리오〉를 키우게 하기 위해 이 게임을 만들었다, 나는 이게 거의 확실하다고 생각해. 더 나아가자면…… 아마 내 판데모니움을 비롯한 〈초급 엠브리오〉를 추구하는 거겠지. 아니면 그 너머라던가…… 뭐, 그건 지금은 상관없지만. 뭐? 아까 말한 오락 같은 이야기가 지금 이야기하고 무슨 상관이 있는 거냐고? 있잖아. 모두가 현실을 모방해서 창업과 성공을 추구하게 된다면…… 그냥 상업 게임이지. 그런 내용이면 〈엠브리오〉가 제대로 크지 못할 거 아냐? 그러니까 〈마스터〉의 행동이 한쪽으로 치우치지 않게끔 미리 오락 문화를 정착시킨 거야. 안이한 창업과 성공으로 인해 변혁이 이루어지지 않게끔 만든 거지."

약간 빠르게 말을 늘어놓은 언니가 한 이야기는 자신의 예측에 기반하고 있었다.

하지만 아마 언니는 그렇게 판단한 다른 이유도 가지고 있을 것이다.

그렇게 〈마스터〉들이 안이하게 변혁을 일으키지 않게끔 했다고 언니가 말했다.

하지만 내 감상은 '그렇구나'가 아니었다.

'그 변혁…… 언니는 했잖아요?'였다.

인간형 로봇 병기, 그렇게 현실에서는 공상의 산물이었던 것을…… 〈Infinite Dendrogram〉 안에서 실현시켰다. 운영 쪽에서도 '〈Infinite Dendrogram〉 내부의 기술 체계로 인간형 로봇을 만든다'라는 변혁까지는 상정하지 못했을 것이다.

혹시 예상했더라도 가능할 거라고는 생각하지 못했을 것이다.

결과적으로 언니가 바로 창업자이자 성공한 자였다, 그런 뜻이다.

언니와 그런 이야기를 했던 걸 떠올리면서 이 도박장의 룰렛 주위를 보았다.

룰렛 공간 주위에는 기대감…… 또는 공포가 번지고 있는 것처럼 보였다.

"그, 그러면 투입하도록 하겠습니다."

룰렛을 돌리는 딜러는 긴장된 목소리로 그렇게 말했다.

그런데 상황이 이상했다.

딜러가 이상한 게 아니다. 룰렛의 숫자를 베팅하는 테이블이 이상하다.

코인을 한 장만 걸었다.

그것도 이 도박장에서 가장 싼 100릴에 해당하는 코인이다. 붉은색 2배에 한 장만 베팅되어 있다.

테이블 주위에는 사람들이 많은데 걸려 있는 코인은 단 하나.

그럼에도 불구하고 베팅한 사람이 있는 이상, 룰렛을 돌려야만 한다.

그렇게 딜러의 손으로 구슬이 투입된 직후.

"——21에 1000만 릴."

추가 베팅이 이루어졌다.

그 선언과 함께 가장 비싼 코인 열 개가 '21' 위에 놓였다.

"나도, 나도!"

"나도 베팅할 거야!"

그 추가 베팅에 이어 주위에 있던 손님들이 차례차례 '21'에 추가로 베팅을 해나갔다.

딜러가 새파랗게 질린 와중에 룰렛의 회전이 멈추었고, 구슬은······.

"······'21', 입니다."

추가 베팅이 이루어진 '21'에 멈추었다.

테이블 주위가 미친 듯이 기뻐하는 분위기에 휩싸였다.

처음으로, 그리고 가장 베팅을 많이 한 사람에게 베팅한 금액의 36배에 해당되는 3억 6천만 릴 상당의 코인이 지급되었다.

현실 돈으로 따지면 3000만 유로 정도의 금액이다. 〈예지의 삼각〉 관계자 가격이라면 옵션이 딸린 [마셜Ⅱ]를 열두 대나 살 수 있다.

"……너무 많이 따는 거 아닌가."

내가 그렇게 말한 걸 들었는지 못 들었는지, 코인을 받은 사람은 테이블에서 일어섰다.

주위에 있던 다른 손님들은 왠지 아쉽다는 듯이 '이제 묻어가지 못하는 건가'라는 분위기를 대놓고 드러냈다.

"아."

그때 그 사람은 뭔가 눈치챘다는 듯이 말했다.

그리고 테이블 한구석을 손가락으로 가리키며 멍해진 딜러에게 말을 걸었다.

"200릴 부족한데."

그것은 2배에 해당되는 곳에 처음부터 놓여 있던 가장 저렴한 코인.

그게 계기가 되어버렸는지, 풀 죽은 딜러는 울면서 코인을 건넸다.

막대한 돈을 손에 넣고 딜러의 마음을 꺾어버린 사람.

그 사람을 한 마디로 말하자면 '홍백'일 것이다.

여자이며 붉은 머리카락 일부에 은빛 메슈 염색을 했다.

하반신 옷은 핫팬츠, 상반신은 비키니 같은 옷 위에 플라이트 재킷을 걸치고 있어서 멋진 몸매를 마음껏 드러내고 있었다.

그리고 가장 특징적인 것은 눈이었다.

양쪽 눈의 색이 각각 달랐다.

왼쪽 눈은 붉은빛, 오른쪽 눈은 은빛.

오른쪽 눈을 잘 살펴보면 홍채 안쪽이 정밀한 만화경 같은——
의안이라는 것을 알 수 있을 것이다.

나는…… 그것이 그녀의 〈엠브리오〉라는 사실을 알고 있다.

그녀는 느긋하게 취식 공간으로 걸어왔다.

그리고 어떤 테이블에…… 나와 큐코가 있던 테이블에 앉아
이렇게 말했다.

"대박이야, 유 쨩."

"너무 심하셨어요, 스승님."

그녀가 바로 내 억지 스승님.

나와 마찬가지로 〈예지의 삼각〉의 전 멤버이자…… 언니의
친구.

그리고 '창궁가희'라고도 불리는 카르디나의 〈초급〉 아홉 명
중 한 사람.

[격추왕(에이스)] AR · I · CA.

나와 스승님의 만남은 이쪽 시간으로 지금으로부터 3주일 전
이었다.

기데온 사건 이후 〈예지의 삼각〉을 떠난 나는 천지로 건너가
기 위해 카르디나의 대사막을 넘어가려 시도하고 있었다.

해로를 이용할 수 있다면 가장 좋겠지만 드라이프는 해군을 창설하고 해양에 진출하려 한 뒤로 그란바로아와 사이가 좋지 않다. 덩달아 그란바로아의 상업 선단의 여객선도 운행을 중지했기에 포기했다.

왕국을 경유해 배를 타는 계획도 있긴 했지만…… 그래도 기데온에서 그런 소동을 일으켜놓고 '지나가겠습니다'라고 할 수 있을 정도로 나는 철면피가 아니다.

그렇게 된 이상 자연스럽게 대륙 중앙의 사막을 통과할 수밖에 없게 되었다.

북쪽의 〈엄동산맥〉 루트도 있긴 하지만, 그곳은 사람이 지나갈 수 있는 길이 아니다.

최근에 그곳을 통과한 것이 황하 〈초급〉의 부유요새였던 걸 보면 '그 정도까지 해야만 지나갈 수 있구나'라는 생각이 들 정도로 사람이 발을 내딛지 못하는 곳이다.

그래서 사막을 넘어가는 방법을 선택했는데…… 사막을 넘어가는 기나긴 여정이기 때문에 중간에 로그아웃할 것까지 생각하면 행상 용차를 얻어탈 수도 없다.

그 '응룡' 신우 같은 사람은 황하에서 왕국으로 올 때 황하에서 만든 매직 아이템의 최고봉, 이동식 세이브 포인트 기능이 있는 용차를 타고 티안과 함께 왔던 모양인데…… 공교롭게도 그런 초고급품은 가지고 있지 않다.

하지만 그런 고급품이 없다 해도 장거리를 이동할 수단은 있다.

카르디나에는 사상선이라는 교통수단이 있고, 반쯤 건물인 그배 안에서는 상대좌표를 로그아웃 지점으로 설정해서 타고 갈 수가 있다.

인터넷에서 조사했을 때 '이거면 괜찮겠다'라고 생각했다.

문제는…… 황국과 카르디나의 외교 관계가 최악이어서 황국 방면으로 움직이는 민간 사상선이 전혀 없다는 것.

결국 나는 〈마징기어〉를 사용해서 단독으로 사막을 건너가게 되었다.

그리고 금방 여행을 계속할 수 없는 상황에 빠졌다.

이건 내 예측이 어설펐다고 할 수밖에 없다.

〈마징기어〉를 조종할 때는 MP를 사용하고, 전투 기동이 아니라 해도 점점 소모된다.

사막이라는 나쁜 환경에서는 동작 하나만 따져도 소모가 심해서 연비가 더욱 안 좋아졌다.

언니가 선물해준 기체라 해도 마찬가지다.

오히려 출력을 우선시한 오더 메이드 특별 기체였기에 연비가 다른 기체보다 안 좋아졌다. 중장형이라는 것도 박차를 가했다.

어쩔 수 없이 일시적으로 〈마징기어〉를 격납하고 대사막을 큐코와 둘이서 걸어가다가…… 죽을 뻔했다.

내 직업은 [고위조종사]다. 그리고 보조로 [조종사(드라이버)]와 [정비사(메카닉)].

……응, 스테이터스로 따지면 사막을 건너갈 수 있을 정도로 몸이 튼튼하지 않았다. END도 낮고.

그러던 참에 우리를 먹잇감이라 판단한 몬스터…… 사막에 많이 서식하는 웜이 덤벼들었다.

나는 〈마징기어〉에 타고 싸웠지만, 기체는 그렇다 쳐도 안에 탑승한 내 몸이 사막을 행군하느라 버티지 못했기에 궁지에 처했다.

동족을 먹지 않는 종류의 웜인지 《지옥문》의 효과가 없었다는 점도 악조건이었다.

열세에 몰려 '이대로 가다간 위험하다'라고 생각했을 때였다.

하늘에서 **노랫소리** 같은 게 들렸다.

내가 무슨 일인가 하고 기체의 카메라를 위쪽으로 향하자.

하늘에서 〈마징기어〉 한 대가 **날아왔다.**

나는 인간형 로봇인 〈마징기어〉가 하늘을 나는 모습을 처음으로 보았다.

날아오른 〈마징기어〉는 노랫소리 같은 소리를 울리면서 모래 속에서 튀어나오는 모든 웜의 정수리에 포탄을 박아넣어 순식간에 해치웠다.

그야말로 마치 어디에서 뛰쳐나올지 알고 있다는 듯이 한 발도 낭비하지 않고 웜을 차례차례 해치워 나갔다.

그 훌륭한 솜씨로 인해 2분도 지나지 않았는데 모든 웜이 섬멸되었다.

그렇게 전투라고도 할 수 없을 정도로 일방적인 싸움을 마친

〈마징기어〉가 내 앞에 착지했다.

파일럿이 기체에서 내려서 양쪽의 색이 각각 다른 붉은 색과 흰색 시선으로 나를 보며 이렇게 말했다.

"그거 프 쨩 기체지? 오~, 여기서는 인간형 〈마징기어〉도 좀처럼 볼 수가 없으니까. 프 쨩의 풀 오더 메이드 같은 건 내 [오페라] 정도밖에 없을 줄 알았어. ……어라? 그런데 사교성은 있지만 인격에 문제가 있는 그 프 쨩이 그렇게까지 마음을 주다니, 엄청 신기하네!"

파일럿이 쏟아내는 말이 끊임없이 내게 쏟아져 내렸다.

그 목소리에는 분명히 호기심과 의문…… 그리고 그리움이 섞여 있었다.

확실히 이것을 만든 사람── 언니를 알고 있는 것 같았다.

그래서 나는 물어보았다.

"언니를 아시나요?"

그렇게 말한 다음 '아차'라고 생각했다.

언니는 〈Infinite Dendrogram〉에서 Mr. 프랭클린이라는 남자니까.

아바타를 알고 있는 사람이라 해도 '언니'라고 하면 못 알아들을 테고, 오히려 언니가 사실 여자라는 걸 들킬 수도 있다.

내가 허둥대며 '잘못 말했네요'라고 정정하려 하자.

"프 쨩의 성별을 알고 있고, 게다가 언니…… 아, 그렇구나! 네가 프 쨩이 말했던 여동생 유 쨩이구나!"

"네……?"

나는 정말 놀랐다.

언니가 자신의 현실에 대해 눈앞에 있는 사람에게 말했다는 사실 때문에.

그런 사람은 〈예지의 삼각〉에도 서브 오너 정도밖에 없는데.

"어라? 그런데 유 쨩은 여동생이라고 했는데. 이 애는 남자. ……낭자애야?"

"아, 아뇨. 아바타는 남자지만, 현실에서는 여자예요."

"그렇구나! 그런 부분도 프 쨩이랑 똑같네! 역시 자매야!"

그렇게 말한 다음, 뭐가 기쁜 건지 엄지손가락을 치켜들었다.

나는 언니와도 다른 독특한 기세에 눌리면서도 겨우 물어보았다.

"저기, 당신은 누구죠?"

그녀는 그 질문을 기다렸다는 듯이 손뼉을 치고 대답했다.

"나는 [격추왕] AR · I · CA! 예전에는 〈예지의 삼각〉이었고, 지금은 〈세피로트〉! 그리고 프 쨩의 친구야!"

그 대답을 듣고 나는 깜짝 놀랐다.

AR · I · CA라고 한 그녀…… [격추왕] 이야기는 언니에게 들은 적이 있다.

원래 〈예지의 삼각〉에 초기부터 소속되어 있었던 테스트 파일럿이며 탈퇴한 뒤에는 카르디나에서 〈초급〉이 된 사람이라고.

'창궁가희'라는 별명이 있고 카르디나의 최강 클랜 〈세피로트〉에서도 전투에 특화된 사람이라는 이야기도 들었다.

그런 사람이 눈앞에 있다는 사실로 인해 깜짝 놀란 내가 뭐라고 해야 할지 고민하고 있자니…….

"그런데, 그 고풍스러운 붉은색하고 흰색 투톤 컬러는, 자기 센스야? 너무 화려해서 오히려 안쓰러운데?"

큐코가 그녀의 외모를 보고 있는 힘껏 독설을 퍼부었다.

공기가 얼어붙은 줄 알았다. 《지옥문》을 쓰지도 않았는데.

내가 '레이하고 네메시스를 만났을 때도 그렇고 왜 큐코는 처음 만난 사람에게 먼저 독설을 퍼붓는 걸까', '저렇게 머리카락부터 옷까지 붉은색하고 흰색으로 맞추는 건 좀 아닌 것 같지만'이라고 마음속으로 생각하고 있자니.

"예스! 붉은색하고 흰색은 최고로 쿨한 전설의 파일럿 컬러니까! 화려한 것도 좋잖아?"

[격추왕]은 엄청난 미소를 지으며 다시 엄지손가락을 치켜들고 있었다.

화난 기색은 전혀 보이지 않았다.

독설이라는 걸 눈치채지 못한 건지도 모르겠다.

"유고, 이 사람은 안 되겠어. 독설이 통하지 않아."

"애초에 독설을 퍼붓지 말아줄래, 큐코……."

쓸데없이 긴장하게 되니까…….

갑자기 남의 패션에 트집을 잡지 말아줘, 큐코.

……그래도 언니는 척 보기에도 매드 사이언티스트고, 그 [파괴왕(킹 오브 디스트로이)]은 반쯤 알몸인 곰이고, 피가로나 신우도 여러모로 좀 그랬으니까…… 〈초급〉은 패션 센스가 기발해야 한다는 규칙이라도 있나?

"그건 그렇고 보아하니 사막에서 조난당할 뻔했던 것 같은데. 괜찮아?"

"네, 겨우……. 아, 구해주셔서 감사합니다."

아직 고맙다는 인사를 하지 않았다는 사실을 깨닫고 허둥대며 고개를 숙였다.

"괜찮아, 괜찮아. 그건 그렇고 사막에 익숙해지지 못해서 고생하는 모양이네?"

"그건…… 네."

실제로 방금 웜도 상당히 위험했고, 더 이상 가는 것도 힘들 것이다.

역시 혼자 가는 게 아니라 상단 같은 곳과 동행하는 편이…… 그래도 로그아웃 타이밍을 생각하면……

"좋아, 알겠어. 언니에게 맡겨두렴~."

"네?"

"이 [격추왕] AR·I·CA가 유 쨩의 스승님이 되어주마."

"……네에?"

"사막을 건너는 법부터 〈마징기어〉의 기초까지, 내가 지옥의 수행을 통해 가르쳐줄게! 지금부터는 스승님이라고 불러!"

그렇게 그전까지는 경험해본 적이 없을 정도로 억지스럽게 스승님이 생겼다.

◇

그런 흐름으로 인해 [격추왕] AR · I · CA 씨가 반쯤 억지로 내 스승님이 되었고, '스승님'이라 부르라고 강요했다.

왠지 정말 큰 문제인 것 같지만…… 이건 아직 문제라고 할 수도 없다.

그 억지스러운 태도는 좀 마음에 걸리긴 하지만, 허용 범위 안에 들어간다.

큰 문제는 다른 두 가지였다.

첫 번째는 스승님의 수행이 진짜로 지옥 같았다는 점.

처음에는 만났을 때 습격당했던 웜의 소굴에 던져진 채 레벨 올리기라는 명목으로 기체가 크게 손상될 수도 있는 행위를 강요했다.

그리고 스승님에게 모의전이라는 이름의 일방적인 유린을 당하게 되었다. (이때, 스승님은 《지옥문》을 처음 봤는데도 피해버리는 말도 안 되는 짓을 저질렀습니다)

기체의 망가진 부분——다행히 오더 메이드가 아니라 기성품 파츠 부분이었다——을 수리하기 위해 1000만 릴 정도 징수당하기도 했다.

컬러는 홍백이지만 스승으로서는 블랙, 정말 말도 안 되는 사람이었습니다.

단, 불평하기 힘든 점이 있다면 진짜로 내 실력이 늘어버렸다는 점이다.

레벨은 물론 조종 기술도 센스 스킬의 수준을 넘어 능숙하게 움직일 수 있게 되었다.

이렇게 첫 번째 문제는 이익도 있었기에 어쩔 수 없다고 납득할 수밖에 없다.

하지만 진짜 문제는 두 번째다.

실력은 아마 모든 〈마징기어〉 파일럿 중에서도 최고봉이자 기계를 다루는 분야나 카르디나에 대한 지식도 풍부한 스승님.

그것만 놓고 보면 존경할 만한 사람인 것 같다.

하지만 스승님에게는 인격 쪽으로 따지면 정색할 만한 성벽이 있었다.

"스승님, 이런 곳에서도 **물색**하시나요?"

"그런데?"

스승님은 도박도시 헬마이네의 카지노 룰렛에서 큰돈을 쓸어 담고 환금하기 전에 내부 취식 공간에서 논 알콜 칵테일을 마시며 가게 안을 둘러보고 있었다.

그 시선 끝에 있는 것은 물건이 아니라 사람.

가게 안에서 일하고 있는 예쁘장한 직원이나 도박을 즐기러 온 자산가의 영애 같은 사람들.

"참고로 눈독들인 사람은 누군데요?"

"저기 있는 긴 머리 차이나 미소년, 아니면 저쪽에 있는 가슴이 90은 넘을 것 같은 언니, 그리고 불장난을 좀 하고 싶어 보이는 아가씨려나!"

"여전히, 닥치는 대로네, 죽어버리면 좋을 텐데."

"큐 쨩은 여전히 툴툴대네. 귀여워~♪"

"신변의 위협을, 느끼니까, 껴안지 마~."

……이게 스승님의 인격 쪽 문제점, 이라고 해야 하나 곤란한 점이다.

이 스승님은 상대가 반반하기만 하면 꼬신다.

게다가 스승님은 여자인데, 꼬시는 상대가 남자든 여자든 아랑곳하지 않는다.

오히려 여자 쪽이 더 많을지도 모르겠다.

상대에 따라 차만 마시고 끝낼지, **그다음 단계**까지 갈지는 다르지만요……, 아무튼 열다섯 살인 저는 이해하기 힘들다고요.

"사람이 그리운 거면 애인을 만들면 되지 않나요? 예를 들어 클랜 안에 취향인 분은 안 계신가요?"

"없는데? 오너를 꼬시긴 했는데 곤란하다는 표정을 지으면서 거절했고, 카루루는 안에 든 게 어떤 건지 나도 모르겠고, 알베르토는 완전히 철면피 터미네이터고, 얼굴이 반반한 파툼은 기혼자고, 할아버님하고 할머님은 나이가 많이 들어서……. 클랜 내 연애를 하기에는 상대가 없어."

"〈세피로트〉에 세 명 정도 더 계시지 않나요?"

"말할 가치도 없지."

스승님의 목소리와 표정은 '그 녀석들하고 러브라니, 생각만 해도 싫거든?'이라는 생각을 드러내고 있었다. ……보아하니 세계 최강 클랜도 내부에서는 이런저런 일들이 있는 것 같다.

"그리고 말이야. 어떤 사람을 딱 정해서 애인을 만드는 것도 좋긴 하지만, 단 한 번뿐인 사랑의 대화를 나누는 것도 멋지거든. 첫눈에 반하고, 서로 이끌리고, 짧은 만남을 가지고, 달콤한 추억을 남기고 이별. 우리나라(이탈리아) 영화에는 자주 나오는 이야기지. 그래서 나도 꼬시는 걸 선호하고."

"……그런데 사흘 전에 '엄청난 미녀에게 하룻밤에 100만 릴을 주고 상대해달라고 했어!'라고 하셨죠?"

"그랬지."

스승님은 아무렇지도 않게 대답했습니다.

"……그건 꼬신 게 아닌 것 같은데요?"

"외모, 화술, 그리고 돈. 쓸 수 있는 건 뭐든지 써서 꼬시는 거야! 나는 사랑의 [격추왕]이니까!"

"…………네?"

"그래도 초급 직업하고 내 성벽은 상관없지만 말이야!"

"네, 안심했어요. 한순간 '어? [격추왕]에 그런 조건이 있었나?'라는 생각이 들었거든요."

"아하하하. 사랑의 격추수라도 상관없다면 석 달 정도는 일찍 [격추왕]이 되었을 거야."

스승님은 큰 소리를 내며 웃고 있지만, 스승님이 지금까지 보여준 행동을 통해 생각하니 웃을 수가 없다.

"자~, 물색한 건 좋은데…… **이제 다음**을 생각하면 가게에서 꼬시는 건 좀……. 아."

스승님은 뭔가 생각났다는 듯이 나와 큐코를 보았다.

"유 쨩, 유 쨩."

"……왜 그러시죠?"

"나중에 찐한 커뮤니케이션(좋은 거) 하자 ♪"

……기어코 제게도 마수를 뻗기 시작했습니다.

"제 아바타가 남자이긴 하지만, 사실 여자니까 거절하겠어요. 덧붙여 말하자면 미성년자고요."

"어~? 큐 쨩까지 함께 셋이서……."

"사양하겠소이다."

"이런~, 아쉽네."

이 스승님은 꼬실 때 억지로 밀어붙이지는 않는 주의인 모양이라 꼬셔도 거절하기만 하면 되는 건 다행이다…….

그리고 애인이 있거나 결혼한 사람에게는 손을 대지 않는다는 것도 들었다.

……상식이 있는 것 같기도 하지만, 그것 말고는 닥치는 대로이기 때문에 아웃.

"안된단 말이지~. 프 쨩한테도 차였는데~. 자매가 둘 다 나를 무시하네. 흑흑흑."

언니에게도 손을 대려 한 건가요…….

"언니하고는 친구시죠?"

"응, 그래서 결혼을 전제로 해서 진심으로 꼬셨는데 차였어. 그래도 프 쨩은 제일 친한 친구니까!"

……'친구니까 결혼을 전제로'라니, 그게 무슨 소린데요…….

……스승님의 연애관을 이해할 수가 없다.

……그냥 생각하는 걸 포기하고 싶다.

"결국, 남자하고 여자, 어느 쪽이 좋아?"

"당연히 양쪽 다 좋지~. 나는 리드 전문이지만."

"유고처럼 이쪽하고 저쪽 성별이 달라?"

"설마, 진짜배기 여자야. 양쪽 다."

아무렇지도 않게 대답하는 스승님을 보니 '이 사람은 안 되겠네'라는 마음을 숨길 생각도 들지 않아서 한숨을 쉬었다.

"……드라이프나 카르디나가 아니라 레전더리아 쪽이 어울리는 거 아닌가요?"

"아하하, 바보 같은 소리 하지 마~. ──내 성벽 정도는 그쪽 변태에 비하면 아무것도 아니거든?"

스승님은 그렇게 말도 안 되는 이야기를 지금까지 보여준 것 중에서 가장 진지한 표정으로 말했다.

전혀 농담을 하는 것 같지는 않았다.

그 말을 듣고 나는 '레전더리아에는 절대로 가지 말아야지'라고 마음속으로 맹세했다.

스승님의 성벽에 대해 바보 같은 이야기를 나눈 뒤, 나는 목소리를 낮춰 진지한 이야기를 꺼내기로 했다.

"좀 전에 룰렛 말인데요…… 너무 많이 번 거 아닌가요?"

"괜찮아, 베팅 상황에 맞춰서 노골적으로 **사기를 치는** 룰렛이었으니까. 그래서 상대방이 넣을 구멍을 확정한 단계에 맞춰 베팅해서 상대방의 꿍꿍이를 박살 낸 것뿐이야."

"…………."

넣을 구멍을 확정한 단계…… 보통은 그런 걸 알아낼 수 없을 텐데, 스승님이라면 알아낸다 해도 이상하지는 않다.

"나도 사기를 치는 경우 아니면 **눈**을 쓰진 않아. 이쪽만 사기를 치면 공평하다고 할 수 없으니까."

"그래도 여긴 황하 마피아의 가게잖아요? 너무 눈에 띄게끔 이기면…… 의심을 사는 거 아닌가요?"

"그것도 노린 거지. 녀석들이 시비를 걸어주면 제일 편하니까."

"네?"

"범죄자가 아닌 티안과 싸울 때 상대방이 먼저 덤비지 않으면 '감옥'에 가게 되니까."

'이 나라에서는 돈만 제대로 내면 마피아도 범죄자가 아니니까', 스승님은 그렇게 코웃음을 치며 덧붙여 말했다.

아무래도 스승님은 처음부터 이 가게…… 배후에 있는 황하 마피아와 맞서기 위해 이곳으로 온 모양이다.

나는 처음 듣는 이야기였기에 마음속으로 매우 동요하면서 물었다.

"이 가게에 들어오기 전에 '여기에는 받아갈 게 있다'라고 하셨죠. 저는 도박으로 노잣돈을 벌려고 온 줄 알았는데……."

"아하하, 아무리 그래도 도박으로 필요경비를 벌어야 할 정도로 타락하진 않았어. 나도 〈초급〉 나부랭이라서 재산은 오늘 번 돈 같은 건 푼돈으로 보일 정도니까."

……그랬지. 언니도 그렇지만 〈초급〉은 내가 보기에 터무니없는 돈을 쉽사리 벌고 그 이상으로 쉽사리 써버리는 사람들의 대명사다.

돈이 없어서 팝콘을 파는 〈초급〉이 있다는 소문을 듣긴 했지만, 그건 분명히 괴담일 것이다.

"녀석들에게서 받아갈 건 뭐, 한마디로 하자면 장물이야."

"장물?"

"그래, 내가 단골인 상회 사람…… 아니, 그 사람을 통해 위쪽에서 들어온 의뢰인데. 어떤 곳에서 도난당한 장물을 회수하거나 안에 들어 있는 걸 박살 내달라는 의뢰거든."

장물 회수. 하긴, 황하 마피아 같은 범죄 조직의 거점에 뛰어드는 이유치고는 이해하기 쉽긴 하다.

하지만 '회수하거나 파괴'라는 건 무슨 뜻일까.

"도난당한 걸 파괴해서 무슨 의미가 있나요?"

"아, 그게 아니거든, 유 쨩. 도난당한 거 그 자체 말고, 도난당한 장물의 안에 들어 있는 걸 박살 내는 거야. 나오면 말이지."

안에 들어있는 거라고 강조하는 이유는 장물이 어떤 용기 같은 것이기 때문인가?

그렇다면 역시 그 용기 안에 들어 있는 게 장물이라고 해야 하지 않나…….

"그 장물이라는 건……."

"이웃나라 창고 안에 소중히 모셔두고 있던 거야. 그런데 얼마 전에 쯔안 롱 제3황자가 왕국으로 갈 때 가지고 가는 게 낫지 않냐는 이야기가 나왔고, 창고에서 꺼내서 뭘 가지고 가게 할지 고르던 와중에 도난당했다……는 거지."

"그럼 국보 아닌가요?!"

게다가 카르디나가 아니라 이웃나라인 황하의 국보.

그렇게 중요한 물건이 이곳 카르디나에서 범죄조직의 손에 넘어갔다.

아니, 황하 마피아라는 걸 감안하면 황하의 범죄조직끼리 주고받던 건가?

어찌 됐든 국제문제로 발전할 수도 있는 수준이다.

"맞아, 맞아. 그래서 무사히 돌려주면 황하에게서 이것저것 얻어낼 수 있고, 안에 들어 있던 게 나와버리면 박살 내야만 하는데…… 어차피 박살 낼 거면 이쪽의 전력이 박살 내는 게 낫지 않겠냐는 거지. 그래서 나한테 이야기가 들어온 거고. 우리 쪽에는 파손에 주의하면서 **꼼꼼한 전투**를 벌일 수 있는 녀석이 별로 없거든. 그리고 할머님은 대인전 전문이고, 카루루는 무적이지만 얼빠진 구석이 있으니까. 소거법으로 내가 맡게 된 거겠지."

또 안에 들어있는 것 이야기가 나왔다.

다른 나라의 국보인데 반쯤 부수는 게 전제로 이야기가 진행되고 있다.

"……스승님."

"왜?"

"도난당한 게 구체적으로 어떤 거죠?"

"아, 그건 말이지."

스승님이 이야기를 계속하려 했을 때, 갑자기 가게 안에서 크게 웅성대는 소리가 들렸다.

갑작스럽게 가게 안에 있던 직원용 문에서 검은 옷을 입은 무리가 수십 명이나 모습을 드러냈다.

그리고 그중 절반은 취식 공간 한구석—— 우리 테이블 주위를 둘러쌌다.

…………이건.

"하하하. 이거 봐. 유 쨩. 이렇게 중요한 이야기를 가게 안에서 나불거리면 분명히 녀석들이 시비를 걸 계기가 될 줄 알았지."

"……미리 말씀 좀 해주세요."

"응. 관찰력과 통찰력 수행을 할 겸 말이야!"

관찰력과 통찰력이라는 말을 들으니 내가 싫어하는 은발 소년의 얼굴이 떠오를 것 같은데……, 납득은 되었다.

문에서 나타난 검은 옷을 입은 남자들 수십 명 중 우리를 둘러싸고 있지 않은 나머지 절반은 다른 손님들을 가게 밖으로 쫓아내고 있었다.

손님들은 불만을 드러냈지만, 아랑곳하지 않았다.

"이봐, 이봐~, 너무 거칠게 대하면 손님들이 안 올걸? 뭐, 그래도……."

스승님은 그런 식으로 가벼운 태도를 보여주었지만.

"내일 이후로 가게가 남아 있다면 말이지만."

이미 그들과 한 판 붙을 준비가 된 모양이었습니다.

스승님은 재킷 왼쪽 주머니에 손을 넣고 무언가를 딸깍딸깍 움직이고 있었다.

……나도 준비해둬야지.

"그래서, 이야기는 들었겠지만 말이야."

스승님은 의자에 앉은 채, 우리를 둘러싸고 있던 검은 옷들을 올려다보고 이렇게 말했습니다.

"최심 보물고에서 가져간―― 보물수〈UBM〉 구슬, 내주면
안 돼?"

스승님이 그렇게 말한 순간, 검은 옷들의 분위기가 변했고.

"그걸 준다면 그 대신 내 3억 6천만은 없던 걸로 해도⋯⋯."

가벼운 말투로 이야기하던 스승님과 휘말린 나를 향해―― 공
격 마법 수십 발이 날아들었다.

◇ ◇ ◇

□■어떤 국보 이야기

황하의 특수 초급 직업, [용제(드래고닉 엠페러)].

그것은 고룡의 피를 이어받은 황하의 황족인 고룡인 중에 선
조회귀처럼 나타나는 특수 초급 직업이다.

황하의 역사와 함께 하는 살아 있는 수호신.

그중에서도 선선대 [용제]는 역대 [용제] 중에서도 최강이라
평가받았다.

레벨도 2000을 돌파했고, 수많은 〈UBM〉을 격파했다.

갈고 닦은 파격적인 신체능력(스테이터스)과 《용기계승》, 《고룡
세포》 등의 독자 스킬.

수련한 결과 스스로 자아낸 여러 가지 술법.

그리고 단독으로 신화급 〈UBM〉을 해치워서 얻은 특전 무구.

그야말로 괴물을 뛰어넘은 괴물이라 할 수 있는 존재.

이 대륙에 〈마스터〉라 불리는 자들이 거의 존재하지 않았던 시대, 선선대 [용제]는 틀림없이 인류 최강 중 하나였다.

전성기에 마찬가지로 규격에서 벗어난 존재라는 평가를 받았던 [패왕(킹 오브 킹스)]이나 [묘신]이 없었다면 대륙은 그 시점에서 황하가 평정했을지도 모른다.

황하를 지키기 위해 수많은 〈UBM〉을 쓰러뜨리면서 선선대 [용제]는 생각했다.

한 사람만 힘을 지니면 황하가 더 이상 발전할 수 없다.

그렇기에 필요한 것은 강대한 힘을 사용할 수 있는 자를 더욱 늘리는 것.

그로부터 그는 어떤 연구를 하기 시작했다.

그것은 강대한 몬스터를 가두고 부릴 수 있는 술법.

당시에 이미 몬스터를 격납시킬 수 있는 [주얼]은 존재하고 있었다.

하지만 [주얼]로는 〈UBM〉을 넣을 수 없었고, 애초에 〈UBM〉이 된 몬스터는 테이밍할 수가 없다.

하지만 선선대 [용제]는 〈UBM〉을 전력으로 써먹는 것을 포기하지 않았다.

그리고 그가 자신의 술법으로 만들어낸 것이 보물수 구슬이다.

보물수 구슬은 아이템이 아니라 일종의 결계라 해야 할 것이다.

물질화된 결계가 내부에 보물수——〈UBM〉을 산 채로 가두었다.

구슬은 내부에 갇힌 〈UBM〉의 힘을 일부를 끌어내고 누구든 행사할 수 있게끔 해주었다.

원래 〈UBM〉의 토벌에 가장 크게 공헌한 자에게만 주어지는 힘을 누구나 쓸 수 있게끔 변환시킨 경악스러운 술법…… 그것이 보물수 구슬이다.

술법을 사용할 수 있는 건 술법을 자아낸 선선대 [용제]뿐이었지만, 그는 살아 있던 동안 많은 〈UBM〉을 구슬 안에 가두었다.

갇힌 것은 '호랑이'이기도 했고, '용'이기도 했고, 또는 어떠한 것과도 닮지 않은 '괴물'이기도 했다.

선선대 [용제]가 오랜 생애에 걸쳐 가둔 〈UBM〉은 위로부터 따지면 신화급까지 있었고…… 그 숫자는 100개 정도나 되었다.

이윽고 선선대 [용제]가 수명으로 인해 생애를 마칠 때, 젊은 황제에게 이런 말을 남겼다.

"나는 이제 죽는다. 허나 네놈이 살아 있을 동안에는 문제가 없을 정도로는 많이 남겨두었다. 그걸로 자신을 지키고, 나라를 지키고, 키워나가거라. 작별이다, 애송이. ……아, 내 삶에 있어서 [패왕]이나 [묘신] 말고는 모두가 나를 겁냈다만…… 겁내면서도 내게서 눈을 돌리지 않은 너는 마음에 들더구나."

그렇게 선선대 [용제]는 긴 삶을 마치고 잠에 들었다.

하지만 그 뒤의 역사는 선선대 [용제]가 원하는 대로 움직이지 않았다.

뒷일을 맡긴 황제도 [용제]가 죽고 난 뒤 불과 몇 년 뒤에 병으로 목숨을 잃었기 때문이다.

그로부터 시작된 것은 황제의 동생과 아직 태어나지도 않은 유복자 사이에서 벌어진, ……아니, 그들의 후견인이 되려 한 자들 사이에서 황제 자리를 놓고 벌어지게 된 내란이었다.

황하가 둘로 나뉘어 벌어진 내전은 많은 희생을 치렀고, 태어난 유복자가 황위 계승권이 없는 차기 [용제]로 태어나자 결판이 났다.

너무나도 허무한 싸움이었기에 황하라는 나라에서는 잊기 힘들 정도로 수치스러운 역사이다.

하지만 그렇게 허무한 내전에서도 그나마 다행인 점이 한 가지 있다면, '내전 때 보물수 구슬을 한 번도 사용하지 않았다'는 점일 것이다.

그 이유는 양쪽 진영이 모두 선선대 [용제]에게 경의를 표하며 유지를 저버리면 안 된다고 생각했기 때문이기도 했고…… 그와 동시에 '쓰지 못하는' 이유도 있기 때문이었다.

보물수 구슬이 보관되어 있는 최심 보물고는 황제나 [용제]만 열 수 있다.

그렇지 않은 자는 문을 열지 못하고, 정해진 순서를 통하지 않고 들어가려 하면 '보물고와 함께 이 세계에서 소멸한다'는 말을 선선대 [용제]가 남긴 바 있었다.

그렇기 때문에 황제가 정해지지 않았고, [용제]도 없었던 내전 때는 누구도 보물고를 열 수가 없다.

차기 황제가 된 동생도, [용제]가 된 유복자도, 그나마 다행이라 생각했고, 그런 장치를 남겨준 선선대 [용제]에게 고마워했다.

그 이후로도 보물수 구슬을 쓰는 일은 없었다.

예외가 있다면 내전이 끝난 뒤에 황제가 된 동생이 서쪽으로 여행을 떠나는 백성에게 '호랑이' 구슬을 준 것 정도일 것이다.

황제가 된 동생은 이렇게 말했다고 한다.

"이것은 분명히 강대한 힘이다. 허나 '이것이 있다'는 사실을 이유로 싸움을 벌여서는 안 된다. '이것을 사용해야만 하는' 싸움이 벌어질 때까지…… 이것은 간직해야만 한다."

선선대 [용제]가 생각했던 것과는 다른 의도일지도 모른다.

하지만 비참한 내전을 겪은 황하의 모두가 그가 한 말을 긍정했다.

그렇게 보물수 구슬…… 그리고 그 안에 갇힌 100개 가까이 되는 〈UBM〉은 힘을 떨치는 일 없이 계속 잠들게 되었다.

수백 년 뒤, 제3황자가 왕국에 방문하게 되어 문을 열게 될 때까지는.

보물고에서 가지고 나온 구슬 중 몇 개를—— 누군가에게 도난당할 때까지는.

◇ ◇ ◇

■도박도시 헬마이네 〈신기루〉

『챵 대인, 쥐새끼를 처리했습니다.』

"……수고했다."

도박장의 지배인 실에서 이 가게──라고 하기보다는 황하 마피아 〈신기루〉의 카르디나 방면 행동의 모든 것을 맡고 있는 챵은 살짝 안심하는 것과 동시에 의자에 몸을 기댔다.

그의 손바닥 안에는 어떤 구슬…… 보물수 구슬이 있었다.

챵의 시선 끝에는 영상이 뜬 수정이 있었고, 그곳에는 도박장홀의 상황이…… 공격 마법 수십 발이 작렬하여 연기가 뭉게뭉게 피어오르고 있는 취식 공간이 보이고 있었다.

"……후우."

한숨을 쉰 이유는 물론 방금 자신이 말살하라고 명령한 두〈마스터〉…… 정확히는 그중 한 명 때문이다.

이곳 카르디나에 자리 잡고 암흑가 쪽 일을 진행하고 있는 챵은 당연히 그녀…… AR · I · CA에 대해서도 알고 있었다.

지금 그가 가지고 있는 구슬을 빼앗으러 온 자.

〈초급〉이자 최강 클랜 〈세피로트〉에 소속된 자.

이곳 카르디나에서 최강 중 한 명, '창궁가희'.

하지만 그 평가는 그녀가 〈마징기어〉에 타고 있을 때 한정이라는 사실도 알고 있다.

그렇기에 무방비한 맨몸일 때를 노려 살해를 감행한 것이다.

그런 의미에서는 챵은 운이 좋았다. 만약 같은 〈세피로트〉인 '만상무적' 카루루 루루루였다면 방금 한 것처럼 기습을 할 수도 없었을 것이다.

그 인물은 끓어오르는 마그마 안에서 〈UBM〉과 사투를 벌이 거나 1만 발이 넘어가는 공격 마법을 버텨내고 마술 결사를 괴 멸시키는 등 수많은 일화로 유명한 최강의 내구형이다.

함부로 손을 대면 승산도 없고, 싸우기 전부터 패배가 확정 이다.

그럼에도 불구하고 구슬을 요구한다면 챵과 〈신기루〉 카르디 나 지부는 절망적이여도 싸워야만 한다.

그 정도로 구슬은 그들에게 중요한 물건이었다.

구슬이 황하의 〈신기루〉 본부에서 챵의 손에 넘어온 것은 1주 일 전이었다.

챵이 들은 이야기는 '이곳 카르디나에서 어떤 조직(클랜)과 〈신 기루〉가 이 구슬을 거래한다'는 내용이었다.

그리고 카르디나의 〈신기루〉를 책임지고 있던 챵에게 그 거 래를 맡긴다고 했다.

지정된 시각에 어떤 장소로 가서 암호를 맞춰보고 거래를 완 수한다.

그것 자체는 어디에서나 하는 거래지만 물건의 가치가 차원이 달랐다.

이 구슬은 황하 사람이라면 옛날이야기를 통해 누구나 알고 있는 국보였기 때문이다.

게다가 거래라기보다는 '상대방 조직과 연줄을 얻기 위해 이 구슬을 넘긴다'는 내용이라는 것도 들었다.

그로 인해 챵은 깜짝 놀랐고, 의문을 품었다. '구슬을 넘기면서까지 대체 어떤 곳과 연줄을 댈 셈일까'라고 생각하며 구슬을 가져온 자에게 캐물었다.

배달한 사람을 알지 못했기에 챵은 통신 마법으로 직접 본부에 물었다.

돌아온 대답은 단 한 마디, 상대방 조직의 이름뿐.

하지만 챵은 그걸 듣고 충분하고도 남을 정도로 납득해버렸다. 이제부터 진행될 거래에는 챵의 목뿐만이 아니라 카르디나 지부 전원의 목숨이 걸려 있다는 것까지 포함해서.

그렇기에 정보를 입수하고 들이닥친 사람이 〈초급〉이라 해도…… 맞서 싸워야만 했다.

"……이 구슬과 그 조직…… 본부는 쿠데타라도 일으킬 셈인가?"

본부가 뭘 하려는지는 알게 되었다.

하지만 무슨 생각인지는 지금도 알 수가 없었다.

그래도 이 지령을 거부하면 자신들이 끝장난다는 건 알고 있었다.

본부에게 박살 날 것인지, 그 조직에게 당할 것인지는 모르겠지만…… 어찌 됐든 미래는 어둡다. '창궁가희'를 적대시하는 것이 그나마 밝은 미래일 것이다……, 챵은 그렇게 생각했다.

"사흘 뒤에는 부활해서 오겠지만, 모레쯤이면 구슬 거래는 끝난다."

티안과는 달리 〈마스터〉는 불사신이다.

사흘 정도 지나면 죽음에서 귀환할 것이라는 사실을 챵도 알고 있다.

하지만 챵은 그 사흘이 필요했다.

그 사흘만 있으면 거래는 끝나고…… 자신들은 이 헬마이네를 떠나 도망칠 수도 있으니까.

카르디나 소속 〈초급〉을 적으로 만든 이상, 이미 이 가게를 포기하는 것은 결정된 사항이다.

그렇기에 손님의 평판이나 건물의 피해도 아랑곳하지 않고 행동할 수 있는 것이다.

그렇지 않다면 실내에서 폭발 마법 같은 건 쓰지 못한다.

챵은 다시 시선을 수정 속으로, 〈초급〉을 해치운 광경으로 돌렸다.

"……그건 그렇고 연기가 너무 심한 것 아닌가?"

폭발 마법의 착탄점, 두 〈마스터〉가 있던 곳에서 피어오르는 연기는…… 전혀 사그라들 기색이 보이지 않았다. '그 정도로 심하게 타고 있는 건가?', 챵은 그런 의문을 품었다.

의문을 품고 나서…… 챵의 등골이 오싹해졌다.

그것은 황하 마피아인 〈신기루〉의 무투파 간부로서 수많은 사선을 넘나들던 챵의 경험 때문이었다.

"송풍 마법이다. 송풍 마법으로 연기를 치워!"

『하지만 화재가 발생했을 경우에는 불꽃의 기세가 더 강해지게 될 텐데요…….』

"불꽃이 강해져도 상관없어! 어서!!"

챵의 지시를 받고 〈신기루〉 구성원이 송풍 마법 [부적]을 사용해 연기를 치웠다.

그러자 그곳에는…… 연기를 계속 뿜어내고 있는 통 같은 것이 있었다.

《감정안》을 가지고 있던 구성원의 눈에는 [스모크 디스차저]라는 아이템으로 파악되었다.

하지만 그 통 이상으로 구성원들, 그리고 챵의 눈길을 끄는 것이 연기 너머에 있었다.

"……고철?"

폭발 마법의 중심에는—— 수많은 고철이 쌓여 있었다.

아니, 그것은 고철이라기보다는…… 잔해.

수많은 기계 병기의 잔해가, 그리고 남겨진 장갑판이…… 벽을 만들고 있었다.

그들은 상상도 하지 못했을 것이다. 공격 마법이 착탄되기 직전에 어떤 사람이 모든 공격 마법의 궤도에 미리 아이템 박스 안에 있던 정크 파츠를 배치했을 거라는 사실을.

그리고 그 사람이 누구인지는 말할 필요도 없이…….

『——아, 벌써 눈치챘어?』

벽 너머에서 그 사람의 목소리가 울렸다.

『하지만, 늦었어. 이미 공연을 시작할 시간이니까!』

갑자기 잔해의 벽이 쓰러졌다.

마치 역할을 다했다는 듯이, 계산된 연출이라는 듯이 벽이 쓰러졌고—— 그것이 모습을 드러냈다.

그것은 푸른 인간형 기계였다.

그것은 인간형 〈마징기어〉였지만, [마셜II]를 알고 있는 사람이 보면 믿을 수가 없을 것이다.

푸른 인간형 기계는 날씬했다. 마치 장갑이라는 것을 어딘가에 두고 온 것처럼 전례가 없을 정도로 장갑이 얇은 기체.

예전에 주류였던 기계 갑주식 〈마징기어〉를 보다 아름답게 크기를 키운 것 같은 디자인.

유일하게 등쪽에 장착하고 있는 장치만이 그 기체에서 두께를 주장하고 있었다.

그 기체의 이름은 [MGFX-001 블루 오페라].

드라이프 황국의 로봇형 〈마징기어〉를 만들어낸 프랭클린이 이익이나 손해를 신경 쓰지 않고 만든 특별제 〈마징기어〉……[MGFX] 시리즈 1호기.

전신이 푸르게 물들어 있고 〈마징기어〉라는 생각이 들지 않을 정도로 아름다운 유선형 기체.

『노래하라—— [오페라].』

파일럿의 마력(MP)을 흡수하여 [블루 오페라]의 기관에 시동이 걸렸다.

———————♪

그와 동시에 공간을 뒤흔들며 **노랫소리**가 흘러나왔다.

그것은 [블루 오페라]의 내부에서 새어 나오는 기관음.

하지만 소프라노 음정으로 울려 퍼지는 그것은 노랫소리라 할 수 있을 정도로 아름다웠다.

그 멜로디는 사람의 목소리가 아니었지만 선율이 아름답다는 점은 마찬가지였기에 그야말로 가희라는 이름이 어울렸다.

하지만 그 순간 구성원들이 품은 감정은 결코 감동이 아니었다.

——'이제부터 저 가희에게 살해당할지도 모른다'는 '전율'이었다.

『스승님. 이쪽도 준비 완료되었습니다.』

푸른 가희 뒤쪽에서 무언가가 몸을 일으켰다.

그것은 가희보다 거대했고, 두꺼웠고, 그리고 비슷할 정도로 아름다운 기체였다.

그것은 꽃잎 같은 장갑을 여러 겹 덧댄 중장갑 기체였다.

저쪽을 가희라 부른다면, 이쪽은 커다란 꽃.

그 기체의 이름은 [MGFX-002 화이트 로즈].

프랭클린이 여동생인 유고의 생일 선물로 만들었고, 작별 선물로 준 [MGFX] 시리즈 2호기.

전신이 하얗게 물든, 〈마징기어〉 중에서 가장 견고한 기체이다.

『유 쨩도 탔구나.』

『네. ……그런데 힘을 쓰실 거면 가게에 들어오기 전에 말씀해 주세요.』

『그걸 짐작하는 것도 수행이니까!』

『……수행이라고 하면, 뭐든 통할 거라, 생각하는 거야?』

『아, 아니거든.』

『목소리, 떨리는데.』

푸른색과 흰색 기체의 파일럿들은 취식 공간에서 느긋하게 지내던 때와 마찬가지로 이야기를 주고받았다.

하지만 그에 맞서고 있는 〈신기루〉 구성원들은 전혀 다른 느낌이 들었다.

둘러싸고 있던 구성원들 중 누군가가 침을 삼켰다.

눈앞에 있는 상대는 확실한 적이고, 쓰러뜨려야만 한다.

이렇게 상대방이 이야기하고 있는 틈을 타서 쓰러뜨려야 한다.

그런데 어째서일까.

함부로 공격하면 그 순간 모든 것이 끝나버릴 것 같다는 예감이 들었다.

그렇다, 그들은 모두가 이렇게 생각하고 있었다.

──우리는 사지에 있다, 라고.

◇ ◇ ◇

□[고위조종사] 유고 레셉스

"어? 유 쨩, 성실하게 [개러지]에 〈마징기어〉를 넣어두고 있어? 그야 가벼운 정비나 장전을 자동으로 해주긴 하지만 말이야……. 급하게 쓸 것도 생각하면 《즉시 방출》이 달린 아이템 박스에 넣어두는 게 나을 텐데. 완벽한 상태로 [개러지]에 넣어둘 이유도 없고."

그게 스승님이 이 도박장에 들어오기 세 시간 전에 했던 말이고, 스승님이 가지고 있던 예비 아이템 박스를 받아 그쪽에 [로즈]를 옮겨두었다.

그 시점에서 나까지 싸움에 휘말리게 될 거라는 것도 확정되었을 것이다.

뭐, 이렇게 갑작스러운 전투가 벌어지게 될 경우에는 내부에 있는 아이템을 순식간에 꺼내는 《즉시 방출》이 달린 아이템 박스에 넣어두는 편이 낫다는 것을 실감했다.

지금까지 이런 자잘한 테크닉이 있다는 말은 들어본 적이 없었는데, 〈예지의 삼각〉 파일럿들은 주로 성능을 테스트하는 게 일이기 때문에 이렇게 쓰지는 않았을 것이다.

이 테크닉이나 수행의 내용도 스승님이 드라이프를 떠난 뒤로 실전에서 익혔을 것이다.

『그건 그렇고, 방금 그 벽…… 아슬아슬하지 않았나요?』

『괜찮다니까. 코스에 제대로 배치했거든. 강도도…… 괜찮았
으니까.』

『왜 방금 말꼬리를 흐리신 거죠? 그리고 과거형이네요?』

『음~, 내가 예전에 박살 낸 기계 병기의 정크 파츠니까~. 상
황에 따라서는 못 막았을지도 몰라.』

『………….』

정크 장갑판이 스승님의 생각보다 약해진 상태였다면 아웃이
었다는 뜻이죠?

『괜찮아, 괜찮아. 나는 피할 수 있으니까.』

『아뇨, 그럴 경우에는…… 제가 죽지 않았을까요?』

『……그것도 수행.』

『그건 이제 됐어요.』

스승님과 바보 같은 이야기인지 상황을 확인하는 건지 알 수
가 없는 이야기를 나누고 있자니 모니터 구석에 살짝 뜬 것이
보였다.

그것은 우리를 둘러싸고 있던 황하 마피아 구성원 중 한 사람
이었다.

스승님의 [블루 오페라] 뒤쪽에서 다시 공격 마법을 사용하려
하고 있었다.

장갑이 얇은 [블루 오페라]라면 허를 찔러 일격에 기능 고장
상태로 만들 수 있지 않을까 하는 생각이었다.

그리고 내가 말을 꺼내기도 전에 그가 공격 마법을 날렸고.

『실제로 말이야, 좀 죽는 편이 〈엠브리오〉가 강하게 큰대.』

——스승님은 이야기를 계속했다.

"어?"

그는 이해하지 못했을 것이다.

분명히 뒤쪽에서 공격 마법을 날렸는데—— 스승님은 기체를 살짝 기울이는 것만으로 손쉽게 피하고 이야기를 멈추려 하지도 않았다.

마치 뒤에도 눈이 달린 것처럼…… 그 이상으로 알 수가 없는 시각을 지닌 것처럼.

……스승님은 그런 짓을 할 수 있는 사람이다.

스승님에게 기습을 가할 수 있는 사람은 분명 이 〈Infinite Dendrogram〉에 한 명도 없을 것이다.

스승님의 〈초급 엠브리오〉 앞에서는 함정이나 기습, 도박의 속임수까지, 모든 위험이 **무력화된다**.

『……스승님.』

『응. 슬슬 전투를 시작할까. 구슬을 가지고 있는 사람이 도망치면 안 되니까—— 그렇지?』

그렇게 말한 것과 동시에 《즉시 사출》을 사용했는지 앞쪽 공간에 라이플 두 자루가 나타났고 스승님의 [블루 오페라]가 그것을 잡았다.

"윽! 쏴라!!"

황하 마피아 구성원들은 일제히 공격을 개시했다.

[오페라]와 [로즈]를 향해 소나기처럼 쏟아져 내리는 공격 마법.

하지만 그것들은…… 사용한 자들이 원하는 결과를 가져다주지 못했다.

스승님의 [오페라]는 방금 보여주었던 것을 되풀이하는 듯이 모든 공격 마법을 피했다.

사람보다 훨씬 거대한 〈마징기어〉임에도 불구하고 스치지도 않았다.

그에 비해 내 [로즈]는 피하지 못했다. 모든 공격에 맞았다.

하지만 꽃잎처럼 여러 겹으로 덧댄 장갑 표면에 하얀빛의 막이 생겨나 모든 공격 마법의 에너지를 차단하고 있었다.

마치 속도형과 내구형이라는 두 빌드의 존재 방식을 극도로 추구한 것 같은 두 기체는 공격을 전혀 신경 쓰지도 않았다.

드라이프에서 가장 큰 클랜이 손해나 이익을 신경 쓰지 않고 만든 최강의 〈마징기어〉의 성능을 유감없이 발휘하고 있었다.

……애초에 스승님이 저렇게 피하고 있는 건 스승님의 실력이고, 반대로 나는 기체의 장비에 의존해서 방어하고 있는 거지만.

『유고, 피하는 거 잘 못하니까. 언니도 그걸 알고 있었던 거야.』

그렇겠지.

그렇기 때문에 이 [로즈]의 컨셉은 **또 하나의 사용방식**까지 포함해서 정말 나를 위해 마련된 것이다.

언니가 나를 봐주고 있었다는 것을 증명해주는 거나 마찬가지다.

……다음에 메일을 보내야지. 스승님을 만났다는 것까지 포함해서.

『음~, 어떻게 할까~.』

잠시 내가 생각에 잠겨 있자니 스승님이 그렇게 말했다.

『스승님?』

『유 쨩. 나는 구슬을 찾으러 가고 싶은데, 여기 전부 혼자서 상대할 수 있어?』

『………….』

그 말을 듣고 나는 눈을 감은 뒤 생각했다.

예전에 나는 고즈메이즈 산적단의 구성원들을 거의 전부 혼자서 섬멸한 경험이 있다.

그래서 가능한지 불가능한지 따지면 가능하다고 판단했다.

하지만 '쓰러뜨려야만 한다'고 판단해서 섬멸했던 그 고즈메이즈 산적단과 비교하면 이 황하 마피아는 어떨까…….

『참고로 내가 미리 조사해본 이 〈신기루〉 카르디나 지부의 죄목은 살인, 강도, 집단폭행, 금지된 약품 거래, 유괴 후 노예 매매입니다. 뭐 뒤쪽은 이 나라에서는 돈만 주면 합법이지만!』

『……제 마음을 읽은 것 같은 타이밍에 이유를 만들어주시네요.』

마치 어디 사는 은발처럼.

그래도 무슨 이야기인지 이해도 되었고, 각오도 되었어요.

『스승님, 이곳은 제가 제압하겠습니다.』

『오케이~, 맡길게. 나는 구슬을 찾을 테니까.』

스승님은 그렇게 말한 다음 [오페라]를 움직여서 등에 달린 장치── 고대전설급 특전 무구 [천제익 에일 클러스터]를 기동시켰다.

그 직후, 도박장 안에서 [오페라]의 모습이 사라졌다.

순식간에 굉음과 파쇄음이 발생한 직후, 그 자리에 있던 모두가 어디로 갔는지 파악하지 못하고 있었다.

벽을 보니 [블루 오페라]가 통과할 수 있는 크기로 구멍이 뚫려 있었다.

……구슬을 가지고 있는 사람은 이미 밖으로 탈출한 모양이네.

『자…….』

[오페라]가 사라졌기 때문에 모든 공격이 [로즈]에 집중되었다.

그럼에도 불구하고 하얀 장갑에는 얼룩 하나 묻지 않았다.

주위에 있던 구성원들은 마치 괴물을 보고 겁을 먹은 듯이 [로즈]를 보고 있었다.

'무적인가?'라는 생각을 하고 있을 것이다.

하지만 내부에 있던 내가 품고 있던 생각은 무적이라는 안심감과는 전혀 다른 것이었다.

『……내 MP 소모가 너무 심하네. 이대로 가다간 5분도 버티지 못할지도 모르겠어.』

『그렇네.』

이 [로즈]가 지닌 다중 결계 장갑 [플뢰르 디베르]는 [방패거인]이 사용하는 《사우전드 셔터》를 참고하여 설계된 것으로 일정 대미지 차단 결계를 전개한다.

〈엠브리오〉의 보정도 없고 레벨도 그리 높지 않은 하급 직업 티안의 공격 마법이라면 딱히 움직이지 않아도 막아낼 수 있다.

하지만 계속 전개하면 MP 소비가 심하다.

다른 스킬을 사용해서 전투 기동을 할 것까지 감안하면 기존 기체보다 소비량이 몇 배는 된다.

[포션]으로 MP를 회복하는 것도 한계가 있기 때문에 이대로 장기전에 돌입하는 건 불리하다.

『큐코, 상대방의 카운트는?』

『평균적으로, 20 정도.』

우리의 주무기인 《지옥문》 판정에 사용하는 수치, 동족 격파 카운트.

20이라는 수치는 《지옥문》을 사용할 때 결코 뛰어난 효과를 발휘할 수 있는 수치가 아니다.

거의 확실하게 장기전으로 돌입하게 된다.

그러니까 **그쪽은** 이번에 쓰지 않을 것이다.

『——《제2(deuxième)》는?』

『그쪽은 괜찮겠네, 아마도.』

그럼 그쪽으로 제압하자.

『자, 〈상급〉이 된 코큐토스가 처음으로 선보일 거야.』

『그래. 사상누각에 심연의 얼음꽃을 장식하자.』

『어라? 나은 거 아니었어? 중2병.』

『……시끄러워.』

나도 모르게 나와버린 말 때문에 얼굴을 붉히며 공세에 나섰다.

◆◆◆

■도박도시 헬마이네 교외

"…………."

〈신기루〉의 카르디나 지부장, 챵은 그저 홀로 사막에 서 있었다.

오아시스 주위에 발전한 헬마이네, 하지만 그 영역에서 벗어나면 카르디나의 대사막이다.

그는 푸른색과 흰색 기체가 모습을 드러낸 시점에서 이미 도박장을 빠져나와 대사막으로 이동해 있었다.

그것은 구슬과 자신의 목숨을 지키기 위한 도주──**가 아니었다.**

"……왔나."

챵이 하늘을 올려다보자 날카로운 노랫소리 같은 기관음을 울리며 푸른 기체…… [블루 오페라]가 내려오고 있었다.

"밤인데도 정말 소란스러운 쇳덩이로군."

하지만 공격하지는 않았다. 챵이 가지고 있는 보물수 구슬이 부서질 우려가 있기 때문일 것이다.

AR·I·CA의 첫 번째 목적은 구슬의 회수이며 내부에 있는 〈UBM〉의 섬멸은 구슬이 부서져버렸을 경우의 차선책이기 때문이다.

그래서 AR·I·CA는 우선 챵에게 말을 걸었다.

『안녕! 당신이 구슬을 가지고 있는 〈신기루〉의 높은 사람 맞지?』

"그렇다. 용케도 여기 있다는 걸 알았군."

『레이더…… 특전 무구로 레벨이 가장 높은 사람을 쫓아온 것 뿐이지만.』

"……그렇군."

그럼 도망칠 수가 없지, 챵은 그렇게 말하며 한숨을 쉬었다.

『그런데 구슬을 넘기지도 않고, 멀리 도망치지도 않고, 이렇게 어중간한 곳에서 기다리고 있는 걸 보니 **그런 거**라고 생각하면 될까?』

"그래."

챵은 대답하는 것과 동시에 손을 뻗었고—— 두 손으로 [부적] 수십 장을 쥐었다.

"네놈과 싸우는 것은 피할 수 없으니, 각오했다. 그래서 장소를 옮겼을 뿐."

그렇다, 챵은 도망치기 위해 이 사막으로 온 것이 아니다.

〈초급〉인 AR・I・CA와 맞서기 위해 이곳에서 기다리고 있었던 것이다.

"그곳에서 온 힘을 다해 싸우면 내 손으로 부하를 죽일 수도 있으니 말이야!"

챵은 그렇게 말하며 두 손을 뻗었다.

그 직후, 그의 등 뒤에 모래 기둥 다섯 개가 솟구쳤고, 긴 그림자 다섯 개가 모래 속에서 모습을 드러냈다.

그것은 이곳 카르디나에서 자주 볼 수 있는 웜과 비슷하면서도── 전혀 다른 것이었다.

"나는 〈신기루〉 카르디나 지부장 [대령도사(그레이트 소울 타오시)] 챵 잔치. 내 별명인 '오성기룡'의 유래인 오대 강시로 하여금 네놈을 격멸한다."

그것은 다섯 마리의 [용].

전부 다 이미 눈에서 빛이 사라져 있었고, 이마에 [부적]이 붙어 있었다.

그것은 [용]이면서도 그와 동시에 [강시]라 불리는 괴물이었다.

그리고 어떤 술법을 사용했는지…… 다섯 마리가 모두 온몸에 번개를 두르고 있었다.

『호오, 초급 직업이구나. 황하 버전 [명왕(킹 오브 타르타로스)] 같은 위치겠지. ……느낌이 좀 다르긴 하지만.』

영도사 계통은 서쪽으로 따지면 사령술사 계통에 해당된다.

그렇기에 그들이 다루는 [강시]는 '언데드'에 속하는 몬스터다.

[부적]으로 다룰 수 있으며 직업으로 존재하는 [강시]와는 비슷하면서도 다른 존재이다.

『순룡 클래스 상위를 강시화시켜서 생전보다 강화. 그리고 그 손안에 있는 구슬로 더 강화시킨 거구나…… 이거 강하겠는데~.』

상대방의 전력을 AR · I · CA는 이미 자세하게 파악하고 있고,

얼마나 강한지도 이해하고 있었다.

하지만 말로는 강하다고 하면서도…… AR · I · CA의 목소리
는 들떠 있었다.

『아, 응. 그래도 구성원들을 박살 내면서 돌아다니는 것보다
는 이쪽이 더 낫겠어.』

진심으로 즐겁다는 듯이.

『역시 상대방도 크고 강해야…… 로봇을 타고 싸우는 맛이 나
니까 말이야!』

지금부터 싸우게 되는 것이 진심으로 즐겁다고.

『어찌 됐든 알겠습니다! 그 용기에 굿 잡!』

AR · I · CA는 평소에 맨몸일 때도 그랬던 것처럼 [오페라]의
오른손으로 엄지손가락을 치켜들었다.

그런 다음 그 오른손을 비틀어서── **엄지손가락을 땅으로 향
했다.**

그것은── 살의를 나타내는 사인.

『──그리고, 안녕.』

"──간다!!"

그렇게 카르디나의 대사막을 무대로 '창궁가희'와 '오성기룡'
의 전투가 시작되었다.

□[고위조종사] 유고 레셉스

『……종료.』

도박장에 있던 〈신기루〉 구성원의 제압은 시작한 지 2분도 지나지 않아 완료되었다. 내게 공격 마법을 날리고 있던 구성원들은 모두 신체의 일부, 또는 전부가 [동결]되어 있었다.

『해냈네, 유고. 엄청 손쉽게. 재미없어.』

『……큐코, 재미없다는 말은 하지 말아줄래?』

뭐, 손쉽게 끝났다고 하면 부정할 수 없을 정도로 손쉬웠다.

스킬 하나로 이 도박장의 제압이 완료되었다.

『그런데 《제2지옥문》은 실전에서도 써먹을 수 있는 스킬이었나.』

《제2지옥문(La Porte de l'enfer deuxième)》.

큐코가 제4형태로 진화함으로써 얻은 새로운 스킬.

그 이름대로 《지옥문》의 발전……이라고 해야 하나, 어레인지 버전.

효과 자체는 기존 《지옥문》과 비교하면 달라진 게 없다.

하지만 계산 방식이 다르다.

지금까지 《지옥문》은 '결계 안에 있는 대상을 13초마다 『[동족 격파수]%의 확률로 [동족 격파수]%의 범위』만큼 육체를 [동결]시킨다'는 효과였다.

《제2지옥문》의 경우, '대상에게 입은 대미지(감산된 분량 포함)×『동족 격파수』÷결계 안에 있는 대상의 HP'의 범위 만큼 육체를 [동결]시키는 효과다.

다시 말해 나(라기보다는 〈마징기어〉)에게 대미지를 1000 입히고 지금까지 '인간'을 20명 살상한 상대의 HP가 1000이라면 1000×20÷1000이니까 20% [동결]된다. 대미지가 2000이라면 40%가 되는 계산이다.

상대방의 공격을 맞는 것이 전제이지만, 기존 《지옥문》보다 더 상대를 가리지 않고 효과를 발휘할 수 있는 스킬이라고도 할 수 있다. 운 같은 요소도 없다.

진화한 시점이 언니에게 [로즈]를 받고 난 뒤니까 그것까지 감안해서 내구도 전제인 스킬이 나온 거겠지만.

그 이전에 이 스킬은……

『완전히 네메시스의 《복수는 나의 것》을 의식한 거지.』

『……응.』

그 기데온 사건 때 마지막으로 그에게 쓰러졌던 것이 계기가 된 걸까.

아니면 두 사건 때 보았던 그의 존재 그 자체 때문일까.

어찌 됐든 레이의 영향이 없다고 하기 힘든 카운터 스킬이라 할 수 있다.

『어찌 됐든, 제압은 완료.』

이런 소동이 일어났으니 금방 카르디나의 헌병이 올 것이다.

구성원들도 저항하기 힘든 상태니까 이곳은 이제 내버려두고 스승님이 있는 곳으로 가야지.

[로즈]와 큐코의 합체를 해제하고 전개하고 있던 장비를 원래대로 되돌렸다.

『그건 그렇고.』

『왜?』

『**제2전투 모드**, 거의 쓸 기회가 없었네.』

『……그건 소모가 심하니까 어지간하면 오래 쓰고 싶지 않아.』

이번 내 역할은 끝났다.

이제 스승님에게 달렸지만, 아마 스승님이라면 문제없을 것이다.

왜냐하면…… 나는 스승님만큼 승산이 보이지 않는 사람을 알지 못하기 때문이다.

딱 잘라 말해…… 그 [파괴왕]조차 스승님을 쓰러뜨릴 수는 없을 테니까.

□■도박도시 헬마이네 외교── 상공

어두운 밤, 사막에 번개가 가로질렀다.

구름이나 대기의 수분이 없는 사막 환경에서 그 현상은 원래 있을 수가 없는 것이었다.

하지만 지금 이때, 하늘을 날아다니는 [용] 다섯 마리—— 그 슬픈 말로인 [하이 드래곤 강시]로 인해 어두운 밤에 빛이 장식되었다.

몸에 번개를 두른 [하이 드래곤 강시] 다섯 마리는 몸을 비틀어 겉으로 보기에는 불규칙해 보이지만 완전히 통제된 움직임으로 푸른 기체—— AR · I · CA의 [블루 오페라]를 추격했다.

시체룡 다섯 마리는 제각각 불과 얼음, 바람과 석화독, 저주 브레스를 토해냈지만 푸른 기체는 전부 다 피하고 있었다.

『[용]을 상징으로 삼는 나라에서 [용]을 [강시]로 만들다니, 장난 아니네.』

"그렇기에 이곳 카르디나로 오게 되었다고도 할 수 있다만."

『그렇구나.』

번개를 두른 시체룡 중 한 마리의 등 위에는 그것들을 조종하는 [대령도사] 챵 잔치가 있었다.

하지만 번개가 그의 몸을 태우지도 않았고, [하이 드래곤 강시]의 이마에 붙어 있는 [부적]을 태우지도 않았다.

그러나 [블루 오페라]가 요격하기 위해 날린 라이플 포탄은 번개로 인해 타서 녹아내렸다.

그런 걸 해낼 수 있는 이유는 지금도 챵이 가지고 있는 보물 수 구슬—— 예전에는 [굉뢰견수 던가이]라 불리던 고대전설급 〈UBM〉의 힘 덕분이다.

예전에 온갖 공격을 번개 갑주로 막아냈다는 〈UBM〉의 힘은 오랫동안 봉인되었음에도 사그라들지 않았다.

『와~, 비겁하다~. 치트 장비잖아~.』

"헛소리. 다른 사람에게 비겁하다고 말할 만한 장비냐."

[던가이]의 힘을 사용하고 있는 챵의 얼굴에는 여유가 전혀 보이지 않았다.

지금까지 날아든 공격은 번개로 전부 막아내고 있다.

하지만 그와 동시에 시체룡이 날린 공격도 [블루 오페라]에 한 번도 명중하지 않았다.

왜냐하면 궤도를 읽고 공격을 날리더라도 명중하기 직전에 궤도를 **직각**으로 틀고 있었기 때문이다.

항공역학, 관성 법칙마저 무시하는 이상한 궤도.

그런 걸 해낼 수 있는 이유는 [블루 오페라]가 짊어지고 있는 특전 무구 [천제익 에일 클러스터].

예전에 카르디나에서 미확인 비행물체라고도 불리던 〈UBM〉의 말로.

그 장비 스킬은 《이너셜 컨트롤》과 《에어 캐노피》. 관성과 공기저항을 조작하는 힘.

그렇기에 원래는 있을 수 없는 궤도라 해도 [블루 오페라]는 초음속으로 자유롭게 날 수 있다.

"결판이 나지 않는군……."

AR·I·CA와 챵, 양쪽 다 지금 전투에 〈UBM〉의 힘을 하나씩 사용하고 있다. (AR·I·CA에게는 레이더 특전 무구도 있긴 하지만 그쪽은 사용해도 거의 소용이 없다)

그것들은 속도와 내구도, 각각 한쪽으로 치우쳐 있긴 하지만 성능으로 따지면 거의 호각이다. 챵이 날리는 공격은 [오페라]에 명중하지 않았고, AR·I·CA가 날리는 포탄은 번개의 방어를 뚫지 못했다.

챵은 생각했다. '만약 이 [던가이]를 가지고 있지 않았다면 이미 승부가 났을지도 모른다'라고. 그 정도로 AR·I·CA의 포탄은 정확하게 시체룡을 노렸다.

하지만 지금은 챵이 말했던 대로 결판을 짓지 못하고 있었다.

완전한 길항 상태라서 서로 결정타를 날리지 못했다.

그렇기 때문에 챵이 예상하는 싸움의 결말은 세 가지.

시체룡 다섯 마리를 부리는 챵과 고성능 〈마징기어〉를 타고 날아오르는 AR·I·CA가 서로 MP로 맞대결을 벌이는 것.

AR·I·CA가 어떤 비장의 수…… 번개의 방어를 뚫을 수 있는 수단을 사용하는 것.

그리고 챵의 공격이 [오페라]를 명중시키는 것.

챵이 노려야 하는 것은 세 번째 말고는 없었다.

"위치는 파악하고 있는데 말이지."

[블루 오페라]는 밤하늘에 녹아드는 푸른 장갑을 두른 채 자유자재로 날아다니고 있긴 했지만 챵은 결코 놓치지 않았다.

오히려 [블루 오페라] 때문이기도 했다.

그것은 [블루 오페라]의 기관음.

노랫소리처럼 날카로운 그 소리는 전투를 벌이는 동안에도 항상 울려 퍼졌다.

그렇기 때문에 어디 있는지 바로 알 수 있었다.

측면에 있더라도. 등 뒤에 있더라도.

방울을 단 고양이처럼 위치가 뻔히 드러났다.

챵도 처음에는 저 소리를 무슨 속임수를 위해 내는 거라 생각했지만, 싸우던 동안 아니라는 사실을 깨달았다.

속임수가 아니라 '아무리 발버둥을 쳐도 저 소리가 나 버린다'라는 사실.

저 기관음은 [블루 오페라]가 선천적으로 지니고 있는 불가피한 결함인 것이다.

◇ ◆

[블루 오페라]는 결함기였다.

보다 정확하게 말하자면, 중심에 있는 마력 변환기관에 결함이 있었다.

드라이프제 기계는 사용자의 MP를 동력으로 변환하여 움직이는 것이 대부분이다.

그렇기 때문에 그런 기능을 지닌 변환기관에 필요한 것은 적은 MP로 보다 방대한 에너지를 발생시킬 수 있는 변환효율, 그리고 기계에 탑재할 때 중요한 크기를 줄이는 것이다.

그 두 가지 시점에서 [블루 오페라]의 변환기관은 완벽했다.

〈마징기어〉용 변환기관으로 따지면 타의 추종을 불허할 정도로 변환효율이 뛰어난데다 크기도 오토바이에 탑재하는 엔진

정도에 불과했다.

우발적으로 만들어낸 기관이었기 때문에 대체할 수도 없고, 재현하는 것도 힘들지만 하나의 완성형이었다.

기관음이 매우 크다는 알 수 없는 단점을 제외하면.

정숙성이 전혀 없어서 은밀 작전은 물론 일반적인 전투 행동도 할 수 없다.

왜냐하면 움직인 순간에 멀리서도 위치를 뻔히 알 수 있기에 곧바로 원거리 공격 마법이나 활, 화기 스킬을 때려 넣을 수 있기 때문이다.

물론 개발한 프랭클린도 이 문제에 대처하려고는 했다. 소음 장치를 설치하는 등, 여러 가지 대책을 강구했다.

하지만 신기하게도 그런 대책을 적용하면 변환효율이 떨어졌던 것이다.

마치 변환기관 스스로가 기관음을 내는 것을…… 노래하는 것을 원하는 것 같았다.

"천지의 꼭두각시나 레전더리아의 정령인형도 아니고……, 대체 어떻게 된 걸까, 이 괴짜 기관."

제작자인 프랭클린도 그렇게 말하며 포기할 정도였다.

어찌 됐든, 이런 소리를 내는 기관을 사용해 〈마징기어〉를 만들 수는 없다. 그런 기체에 타고 있으면 너무 눈에 띄고, 금방 격파되어 버리기 때문이다.

그렇기 때문에 프랭클린은 나중에 기술을 해석할 수 있게 되기를 기원하며 창고에 넣어둘까 하는 생각까지 하고 있었다.

하지만 그 과정을 옆에서 지켜보던 AR · I · CA가 말했다.

"눈에 띄어도 상관없잖아. '맞지만 않으면 아무런 문제가 없다'니까!"

프랭클린은 친구였던 그녀가 한 말을 듣고 살짝 놀란 뒤, 흥미롭다고 느꼈다.

그와 동시에 '그래, AR · I · CA라면 가능하겠구나'라고 생각했다고 한다.

정숙성이 전혀 없는 속도 특화, 그런 모순된 존재이긴 했지만, 프랭클린은 AR · I · CA에게 어울릴 거라고 생각하고 처음으로 손해나 이익을 신경 쓰지 않은 기체, [MGFX]를 만들기로 결정했다.

그렇게 태어난 것이 [MGFX-001]. AR · I · CA의《조종》스킬이 합쳐지면 지상을 초음속으로 뛰어다닐 수 있는 유일한 〈마징기어〉.

나중에 [에일 클러스터]를 얻음으로써 날아오르게 되는 기체.

프랭클린이 친구에 맡긴 가장 빠르고 가장 크게 **노래하는** 존재.

그것이 [블루 오페라]이다.

[블루 오페라]는 지금도 밤하늘에 그 노래를 울리며 날아오르고 있다.

소리를 향해 시체룡 다섯 마리가 차례차례 공격을 날렸지만, 한 발도 [블루 오페라]에 맞지 않았다.

마치 바람의 요정처럼 다섯 마리의 용을 놀리는 듯이 푸른 기체가 하늘을 내달렸다.

(어째서 맞지 않는 거지…….)

챵은 하늘을 날아다니는 [블루 오페라]를 보고 의아했다.

드라이프의 〈마징기어〉는 아무리 기술과 자재를 쏟아부어도 기체의 한계는 '순룡 수준'이 아니었나?

물론 상대가 그 [격추왕]이긴 하다. 《조종》 스킬 레벨은 만렙일 것이다. 그렇기에 기체 성능을 200% 끌어내어…… 아니, 그 이상일 가능성조차 있다.

그렇지만 챵이 조종하는 건 상위 순룡을 강화한 [하이 드래곤 강시] 다섯 마리다.

성능면에서 차이는 거의 없고, 다섯 마리라는 숫자를 고려하면 챵이 더 유리할 것이다.

그럼에도 불구하고 눈앞에 펼쳐지고 있는 것은 길항 상태.

(대등할 텐데……, 아니.)

[격추왕]과 [대령도사].

[에일 클러스터]와 [딘가이].

[블루 오페라]와 [하이 드래곤 강시] 다섯 마리.

그것들이 거의 호각이긴 할 것이다.

하지만 결코 잊으면 안 되는 요소가 한 가지 있다.

그것은 이 전투가 앞서 말한 대로 호각으로 이루어지는 전투인 것과 동시에…… 〈초급〉과 티안이 벌이는 전투라는 점이다.

"하앗!"
챵은 [부적]을 이용해 시체룡 다섯 마리를 보조하여 완벽한 진형으로 기습을 가했다.
하지만 그 모든 것이 완전히 빗나갔다.
챵은 저 푸른 장갑에 공격이 한 번도 스친 적이 없다는 사실을 믿을 수가 없었다.
챵은 알고 있다.
[격추왕]인 AR·I·CA가 세계에서 가장 뛰어난 파일럿이라는 사실도.
그녀가 타는 기체가 〈마징기어〉 중에서 유일한 초음속 기체라는 사실도.
하지만 실력과 속도만으로는 설명이 되지 않았다.
그 이상의 무언가가 AR·I·CA에게 있다.
"……설마."
그렇게 생각하고 챵은 어떤 예상을 했다.
그리고 생각한 뒤 비장의 수 중 하나를 사용했다.
오페라의 소리를 듣고 가장 가까운 위치에 있던 [하이 드래곤 강시]를 확인했다.

그리고 그 용에게 다시 브레스를 토하는 동작을 취하게 만드
는 것과 동시에.

"——《사풍용권》."

——그 [하이 드래곤 강시]의 **배 속**에 심어두었던 [부적]으로
[블루 오페라]가 예상하지 못할 각도에서 큰 위력을 지닌 공격
마법을 날렸다.

공격 기관이 아닌 부분에서 날리는 완전한 기습.

뜻밖의 일격. 보통은 명중할 것이다.

하지만.

『영차.』

[블루 오페라]는——, [격추왕] AR · I · CA는 그 공격을 어렵
지 않게 피해냈다.

완전한 기습은 마찬가지로 스치지도 못하고 허공으로 사라
졌다.

"…………."

방금 가한 기습의 대가로 배가 찢어지고 지상으로 떨어지는
시체룡 한 마리가 챵의 눈에 들어왔다.

하지만 챵은 그것에 대해 생각하지 않았다.

창의 머릿속에 있는 것은 방금 일어난 현상에 대한 어떤 해답.

완전한 기습을 피해냈다는 것이 지니고 있는 의미.

AR · I · CA가 지니고 있는 힘의 정체.

그것은——.

"미래가, 보이는 건가?"

◇ ◆

 일부 직업이 지니고 있는 《신탁》처럼, 먼 미래를 막연하게 알려주는 스킬이 있긴 하다.
 다가오는 위기에 대해 직감을 보조하는 센스 스킬은 해를 끼치려 하는 적의 접근을 알려주는 《살기 감지》나 신변의 위협에 대해 알려주는 《위험 감지》 같은 것도 있다.
 하지만 미래를 정밀하게 파악하는 스킬 같은 것은 아무도 모른다.
 그것은 〈엠브리오〉라 해도 마찬가지다.
 〈엠브리오〉는 애초에 〈마스터〉가 독자적으로 초상적인 힘을 발휘할 수 있게 해주지만, 〈Infinite Dendrogram〉을 MMORPG라고 볼 경우에는 불가능할 거라 여겨지는 능력이 몇 가지 있다.
 예를 들면 시간 정지. 접속해 있는 사람이 별도로 있는 이상, 세계 전체의 시간을 멈추는 힘을 개인이 행사하는 것은 상식적으로 생각할 때 불가능하다. (단, '자신이 극도로 가속한다'는 방향으로 유사 시간 정지는 존재한다)
 예를 들자면 〈마스터〉의 정신 지배. 티안이라면 모를까, 플레이어인 〈마스터〉의 마음 그 자체를 조종하는 것은 불가능하다. (단, 육체만이라면 컨트롤할 수 있다. 또한 '정신을 조작할 수 없는 것은 플레이어 보호 기능 때문이 아닐까'라는 의견도 있다)

그런 것과 마찬가지로 '미래를 보는 것' 또한 〈엠브리오〉로도 불가능하다 여겨지고 있었다.

가장 큰 이유는 역시 〈마스터〉라고 한다.

미래시에 대해 어떤 유희파 〈마스터〉는 이렇게 고찰했다.

'이 〈Infinite Dendrogram〉을 MMORPG로 볼 때, 모든 것이 프로그램에 따라 움직이고 있다면 그것을 미리 읽고 미래를 볼 수 있다. 하지만 플레이어는 프로그램이 아니다. 무슨 생각을 하고 있을지 모르고, 어떻게 행동할지도 확실하지 않으니…… 그로 인해 미래의 모습이 지극히 다양해진다. 그렇기 때문에 『미래를 보는 것』은 불가능하다'라고.

그 〈마스터〉가 한 말은 정확하다.

미래는 사람의 의지로 얼마든지 변한다.

연산하는 것 또한 마찬가지로 불가능하다.

단, 한 가지 예외가 존재한다.

그 〈엠브리오〉는 미래를 보기 때문에 〈마스터〉를 포함한 사람의 마음까지 보고 있었다.

프라이버시 문제인지, 또는 기능상의 제약인지, 그 〈엠브리오〉는 다른 사람의 마음의 소리를 자신의 〈마스터〉에게 전하지는 않는다.

하지만, 계산한다.

다른 사람의 사고를 변조 데이터의 일종으로 간주하고 주위의 모든 것을 연산한다.

온도와 풍속, 지열, 중력변수, 각종 에너지 수치 같은 자연환경을.

현재 발생하고 있는 인위적인 물리변화 상태를.

그리고 주위 일대에 있는 사람들의 사고 전부를.

모든 것을 연산하고 〈마스터〉에게 다가오는 '위험'이라는 한 가지에 집중하여 해답을 이끌어낸다.

〈마스터〉는 몇 초 앞의 '위험'을 보고 그 모든 것을 회피한다.

그것이 [격추왕] AR · I · CA 의 〈초급 엠브리오〉—— [초월연산기 카산드라].

현재 유일하게 **미래를 보는** 〈초급 엠브리오〉이다.

AR · I · CA의 의안인 카산드라의 고유 스킬, 《재희의 예견》은 크게 구분하자면 《살기 감지》나 《위험 감지》와 마찬가지다.

하지만 힘의 차원이 다르다.

카산드라에게는 위험 그 자체가 보이기 때문이다.

[오페라]의 장갑에 닿을 공격의 모든 궤도가.

공격으로 인해 생겨날 공기의 팽창이.

우연히 날아와 진로를 가로막을 돌멩이가.

몇 초 뒤에 해를 끼치게 될 모든 위험의 궤도가…… 카산드라에게는 보인다.

《지옥문》처럼 처음 보는 상대에게는 치명적인 스킬이라 해도,

기척을 전혀 내지 않고 가하는 기습이라 해도, 모든 위험의 범위와 타이밍을 파악해버린다.

그리고 〈마스터〉인 AR · I · CA는 그 미래시를 제대로 다루고 있었다.

예전에 [가이스트]나 느린 [마셜 Ⅱ]를 탑승했을 때는 움직임이 미래시를 따라잡지 못했다.

하지만 초음속 기체, [블루 오페라]를 얻은 AR · I · CA는 달라졌다.

모든 것을 보고 모든 것을 회피하는…… 절대회피.

그녀가 전투 특화 〈마스터〉로 유명해진 이유── 중 **절반**이다.

"미래시라. 이쪽 공격은 전부 읽고 있다……고 봐야겠지."

미래시를 쓰는 존재라니, 수많은 전투를 경험해온 챵조차 알지 못했다.

"하지만 내가 알지 못하고 있을 뿐이겠지."

자신이 알지 못한 것이라도 눈앞에서 일어나고 있는 사상의 해답이 된다면 부정할 이유는 없다.

챵의 그 생각은 완벽한 정답이었다.

그리고 챵은 이렇게도 생각했다.

(그렇다면 어느 정도까지 내다보고 있을까…….)

만약 이 싸움의 결말까지 보인다면 챵에게 승산은 없다.

하지만 챵은 그러지 않을 거라 판단했다.

(그 정도로 미래가 보인다면 더 편한 방법이 얼마든지 있었겠지.)

아예 챵이 구슬을 받기 전에 배달부를 제압할 수도 있었을 것이다.

아니면 도박장에서 더 적절하게 행동할 수도 있었을 것이다.

그렇지 않은 이상, '미래시'는 겨우 몇 초에 불과할 거라는 생각이 들었다.

더 길게 내다볼 수 있다면 이미 결판이 났을 테니까.

그 생각도 마찬가지로 정답이었다.

(다시 말해── 몇 초 앞의 미래를 내다보았을 때, **이미 피할 수 없는** 상황에 몰아넣으면 된다.)

챵은 그렇게 할 수 있는 비장의 수를 한 가지 가지고 있었다.

챵은 말없이 자신이 타고 있던 한 마리를 제외한 시체룡……, 이미 땅으로 떨어진 것까지 포함해 네 마리를 보았다.

(마지막 임무다. ……가라!!!)

챵의 명령에 따라 시체룡 세 마리가 간격을 두고 날아가기 시작했다.

마치 [블루 오페라]를 포위하려는 듯이 날아올랐다.

하지만 그 포위 간격은 넓었고, 브레스도 닿지 않을 거리였다.

『응? ……아, 그렇구나.』

AR · I · CA는 눈치챘다는 듯이 말했지만── 그때는 이미 변화가 생겨나고 있었다.

시작은 기습의 대가로 땅에 떨어진 시체룡 한 마리.

그 시체가 터지자 수많은 [부적]이 바람을 타고 떠올랐다.

그에 맞추는 듯이 챵이 타고 있던 것을 제외한 시체룡 세 마리
도 터져서 공중에 [부적]을 흩뿌렸다.

수많은 [부적]이 소용돌이치며 새장처럼…… 또는 태풍의 눈
처럼 공중에 있던 [블루 오페라]를 둘러싸고 있었다.

간격을 넓게 두고 있긴 했지만, [부적]과 [부적] 사이로 [블루
오페라]가 빠져나갈 틈새는 없었다.

그 [부적]도 서서히 간격을 좁히며 틈새를 없애 [부적]으로
형성된 거대한 구체 감옥이 되어 완전히 [블루 오페라]를 가두
었다.

[부적] 중 하나라도 닿으면 [블루 오페라]를 안쪽으로 튕겨낼
정도의 위력을 발휘할 것이다.

그것은 새장이자 관.

[대령도사] 챵 잔치가 날리는 최대 최강의 마법 발동태세.

그 이름은.

"《진와진도── 선룡패》!!"

내부에 있는 모든 것을 강대한 바람의 칼날로 잘게 자르는 필
살 마법.

모든 [부적]을 사용해 날리는 마법이자 예전에 〈초급 격돌〉

때 그 신우가 사용했던 《폭룡패》와 동등하지만 다른 속성의 대마법.

시체룡 네 마리를 희생하여 날린 비장의 수.

그 기사회생의 일격은── 확실하게 [블루 오페라]를 효과 범위 안에 포착했다.

◇ ◆

[블루 오페라]를 《선룡패》로 포착함으로써 이 전투의 추세는 이미 결정되었다.

《선룡패》의 위력은 절대적이다.

맞기만 하면 [블루 오페라]를 먼지로 만들기에 충분하고도 남을 파괴력이 있다.

만약 AR·I·CA가 [구명의 브로치]를 장착하고 있다 해도 연달아 휘몰아치는 파괴의 폭풍으로 인해 [블루 오페라]가 확실하게 파괴될 것이다.

그렇게 되면 AR·I·CA는 확실하게 패배하게 된다.

그렇게 이 싸움은 끝난다.

챵의 승리로 결판이 난다──.

『──《재희(災姫)는 종언에 눈을 감는다(카산드라)》.』

──는 **미래**가 사라지고.

◇ ◆

챵은 이해할 수 없었다.

이 전투를 벌이는 동안 챵은 전투 경험을 통해 AR · I · CA의 수법을 대부분 밝혀내고 짐작했다.

하지만 지금, 이 순간 눈앞에서 일어나고 있는 일을 챵은 이해할 수 없었다.

필살의 폭풍 안에서…… [블루 오페라]가 마치 당연하다는 듯이 빠져나왔다.

[블루 오페라]가 날린 탄환이 번개의 방어를 빠져나와 챵이 타고 있던 시체룡의 이마와 [부적]을 뚫었다.

임시로 생명을 지탱하고 있던 [부적]이 파괴되자 시체룡은 모든 기능이 정지되어 낙하했다.

그 등 위에 서 있던 챵의 오른팔이 날아온 포탄으로 인해 터져나갔다.

[블루 오페라]가 찢겨나간 오른팔을…… 그 손으로 쥐고 있던 구슬을 회수했다.

땅으로 떨어지는 한 사람과 한 마리에게 [블루 오페라]는 수많은 금속 통── [그레네이드 봄]을 흩뿌렸다.

시체룡의 시체가, 빈사 상태에 빠진 챵이, 불꽃으로 물들기 시작했다.

챵은 자신이 어째서 그 상황에서 패배했는지 마지막까지 이해하지 못한 채 ……불꽃과 함께 사막으로 떨어졌다.

그렇게 패배자가 이해하지 못한 채 사막의 전투는 종언을 맞이했다.

◇ ◇ ◇

□[고위조종사] 유고 레셉스

〈신기루〉와 항쟁을 벌인 다음 날 아침.

나는 로그아웃해서 눈을 좀 붙인 뒤 〈Infinite Dendrogram〉에 로그인했다.

평소였다면 〈Infinite Dendrogram〉 안에서 자도 되겠지만, 그런 싸움을 벌인 뒤였기 때문이다. 자고 있다가 잔당에게 암살당했습니다, 또는 아이템 박스까지 통째로 기체를 빼앗겼습니다, 그런 상황이 벌어지면 웃기지도 않기에 현실 쪽에서 잤다.

그리고 하룻밤이 지난 헬마이네의 상황은 어제와 별다른 차이가 없었다.

이 도시에 자리 잡고 있었던 암흑 조직이 하나 사라졌는데도 일상 그 자체다.

이곳 카르디나에서는 어제 있었던 사건 같은 일이 자주 일어나는지도 모르겠다.

어제 벌어진 소동으로 인해 〈신기루〉 카르디나 지부의 구성원들은 모두 체포되었다.

스승님이 말했던 것처럼 그들은 많은 죄를 저질렀다.

하지만 나는 그들의 죄목이 정말 적용되는지 의문을 품고 있었다.

돈이 있으면 모든 것이 용납된다, 그것이 카르디나라는 말을 들었으니까.

하지만 스승님은 그들이 그 돈을 낼 수 없다고 말했다.

"이곳 카르디나는 돈으로 법을 일그러뜨릴 수 있어. 특히 금지된 제품을 거래하는 건 일상다반사지. 하지만 말이야, 유 쨩. 사람의 목숨을 해치는 죄는 싸게 먹히지 않거든. 그 죄를 일그러뜨리려면 그야말로 평생 열심히 일해도 부족할 정도로 많은 돈이 필요해."

스승님은 그래서 그들은 돈을 내지 못하고 그대로 벌을 받게 될 거라 말했다.

그와 동시에 '……내 지인 중 워스트 3중에는 그걸 일그러뜨려 버리는 멍청이가 두 명 있긴 하지만'이라고도 말했지만.

어찌 됐든 돈이 모든 것을 지배하는 나라인가 싶었는데 그래도 사람으로서의 윤리는 있는 나라라는 것을 알게 되어 조금 안심이 되었다.

그리고 스승님과 싸웠던 챵이라는 카르디나 지부장은 행방불명이다.

스승님도 '쓰러뜨린 건 확실한데, 그 뒤로 살았는지 죽었는지까지는 몰라. 생존과 사망…… 7대3 정도려나?'라고 말했다.

스승님이 보기에는 구슬을 회수하고 쓰러뜨린 시점에서 이미 끝난 일이었는지도 모르겠다.

지금은 그런 스승님과 합류하기 위해 기다리고 있는 중이다.

우리가 묵었던 호텔 로비에서 오전 9시에 합류할 예정이다.

그리고 지금 오전 10시다.

"······아무렇지도 않게 한 시간 지각하네."

"시간을, 아무렇지도 않게, 생각하면 안 되는데~."

······스승님이 지각하거나 마이 페이스로 일을 진행하는 버릇이 있는 건 이탈리아인이기 때문일까.

하지만 그렇게 따지면 나나 언니도 프랑스인스러워야 하는데, 그렇지도 않은 것 같다.

결국 어떤 나라 사람이라도 성격이나 행동은 사람마다 다른 거겠지.

"아, 왔어."

"이제야 오셨나, ··········어어?"

스승님은 한 시간하고도 10분 늦게 로비에 모습을 드러냈다.

단, 혼자가 아니라 어딘가에서 봤던 것 같은 여자와 함께.

스승님은 그녀의 허리를 끌어안은 채 다가왔고, 로비에 도착해서 헤어질 때는 키스까지 했다.

"정말, 멋졌어요······."

"나야말로. 하룻밤이었지만 평생 추억에 남을 거야. 침대 안에서 보여주었던 네 귀여운 모습을 잊을 수는 없겠지."

두 사람은 그렇게 이야기를 나눈 뒤 헤어졌다.

…………아, 생각났다. 저 사람, 도박장에서 스승님이 눈독을 들였던 아가씨다.

보아하니 전투를 벌인 뒤에 꼬셔서 지금까지 방에서 뭔가 하고 있었던 모양이다.

……언니, 나는 아무것도 몰라. 아직 열다섯 살이니까.

"여, 기다렸지? 유 쨩. 좋은 아침이야. 좀 졸리긴 하지만."

"…………스승님의 취미에 대해 뭐라 할 생각은 없지만요, 시간은 지켜주세요."

"미안, 미안. 나도 모르게 푹 빠져버렸거든. 아, 지금 생각해도 그녀가 부끄러워하던 모습은…… 최고였어!"

그러신가요.

""죽어버리면 좋을 텐데.""

"유 쨩하고 큐 쨩이 한목소리로?!"

스승님 말에 따르면 구슬은 어제 수송 담당자에게 넘긴 모양이었다.

그 구슬은 결계 같은 거라서 아이템 박스에 넣지 못하니 운반을 어떻게 할까 생각하고 있었기에 다행이었다.

이야기가 나온 김에 신경 쓰이던 부분도 물어보았다.

"우리가 〈신기루〉의 카르디나 지부를 박살 냈잖아요. 앞으로 〈신기루〉가 우리를 노리지는 않을까요?"

암흑사회에서도 유명한 조직이다.

앞으로 우리를 노리면 위험하다.

특히 우리는 [조종사]다. 〈마징기어〉가 없으면 허약하니까.

"그럴 걱정은 없을 것 같던데~."

"어째서요?"

"오늘 석간신문이라도 보면 알게 될걸~?"

"?"

신문에 날 만한 일이 뭔가 생겼나?

어찌 됐든 헬마이네에서 구슬을 회수하는 일도 끝났다.

나는 애초에 스승님이 그런 일을 하고 있다는 정보조차 몰랐지만.

사전 정보도 없이 국보가 걸린 국제문제의 중심에 내던져지게 되니 정신적으로 너무 지쳤다.

……아니, 알고 있었다 해도 이런 건 사절인데.

"이번에는 구슬을 무사히 회수할 수 있어서 다행이네요."

"응! **다음 회수**도 수행하고 함께 열심히 하자!"

수행이라…… 이번에는 뭘 하게 되려나.

그러고 보니 슬슬 [고위조종사] 레벨도 만렙이 될 테니 직업을 변경하는 것, 도……?

"……**다음**?"

"응. 말 안 했던가?"

스승님은 그렇게 말하고 두 손을 써서 손가락을 일곱 개 폈다.

"황하에서 도난당한 구슬은 전부 합쳐서 **일곱 개**거든."

호오, 일곱 개나 되는 건가요~?

그런가요~?

"……앞으로 여섯 번이나 이런 일을?!"

"응! 열심히 하자! 유 쨩!"

…………끄으.

◇

전략.

언니, 잘 지내시나요.

저는 이런저런 일 때문에 정신적으로 죽을 것 같아요.

아무래도 제가 천지에 가려면 한참 남은 것 같아요.

견문을 넓히고 있는 것 같긴 한데, 위에 뚫린 구멍도 넓어지고 있는 것 같아요.

드라이프를 떠난 제가 황하와 카르디나의 국제문제에 직면한 이유는 뭘까요?

언니도 세계를 여행할 때 이런 경험을 했나요?

……왠지 방금 '그럴 리가 없잖아?!'라고 말하는 언니의 목소리가 들린 것 같아요.

환청이네요.

피곤한 것 같으니 오늘은 이만 펜을 놓겠습니다.

또 무슨 일이 생기면 편지를 보낼게요.

그리고 언젠가 드라이프로 돌아가면 이야기를 많이 해요.

고생한 이야기보다 즐거운 이야기가 더 많은 여행이 되면 좋겠네요.

그럼 또 봐요.

유리 고티에

■황하 용도 모처 ──지하

그 공간은 황하의 수도인 용도 안에서도 특히 큰 상회 지하에 있었다.

상회에서는 실제로 장사도 하고 있다.

하지만 그 조직의 본질은 이 지하에 있었다.

〈신기루〉라는 조직의 본질.

"그래서, 일은 예정대로 진행되고 있는 거겠지?"

"네. 물론이죠, 향주님."

공간 안에는 U자 모양 탁자가 있었고, 그곳에는 남녀노소, 모두 합쳐 여덟 명이 앉아 있었다.

황하의 동서남북 지부장.

밀수 부문 책임자.

노예 매매 부문 책임자.

첩보 부문 책임자.

그리고 경비, 암살 부문 책임자인 초급 직업── [아신(더 팽)].

〈신기루〉에 소속되어 있으며 그중에서도 대간부라 할 만한 직책을 맡은 자들이다.

그리고 그들이 앉아 있던 U자 모양 탁자 너머에는 고저차가 있고, 사람 키 정도로 높은 위치에 의자가 놓여 있었다.

그곳에는…… 나이 어린 소녀 한 명이 앉아 있었다. 마치 황하의 귀족 같은 옷을 입고 높은 위치에서 〈신기루〉의 간부를 내려다보고 있었다.

그리고 그것은 착각이 아니었다.

"그거 좋군. 그 클랜의 협력을 얻을 수 있다면 황하는 '진정한 권력자'인 우리 손으로 돌아올 테니."

그녀의 이름은 후아 롱.

현재 〈신기루〉의 우두머리이자 불과 한 달 전에 그 지위를 이어받은 자.

그리고 현재 황족 이외에서 유일한 **고룡인**이다.

◆

고룡인이란 고대에 존재했던 고룡과 인간의 혼혈, 그 후예이다.

그들은 황족으로 황하에 군림하며 백성들을 지키고 대대로 황제와 [용제]를 배출해 왔다.

하지만 과거에 단 한 번, 고룡인들 사이에 싸움이 벌어졌다.

선선대 [용제]와 당시 황제가 죽은 뒤 벌어진 내란이다.

내란 때 고룡인들은 두 파벌로 나뉘어 싸움을 벌였다.

결과적으로 한쪽이 내세운 황제의 유복자가 계승권이 없는 [용제]로 태어났기 때문에 내란은 의미가 없어졌고, 종결되었다.

하지만 그때 문제가 하나 있었다.

유복자를 내세우던 고룡인 일파가 새로운 황제를 시해하려 한 것이다.

자신들이 내세우던 유복자를 써먹을 수는 없게 되었지만, 황제를 암살하면 승산이 생길 거라 생각하고.

그렇게 어리석은 생각으로 황제 암살을 감행하려 했다.

하지만 들켰다.

그 음모를 밝혀낸 것은 황제 파벌에 소속된 사람이 아니었다.

황제 파벌은커녕 황하 소속도 아닌 다른 나라 소속── [묘신]이 그 음모를 밝혀내고 황제에게 전한 것이다.

선선대 용제의 호적수 중 한 명이었던 [묘신]이 무슨 생각으로 그랬는지는 알 수 없지만, 결과적으로 암살은 미리 막을 수 있었다.

그리고 음모를 꾸미던 자들은 모두 처형되었다.

하지만 그때 처형을 면한 자가 있었다.

그 사람은 한 소녀.

암살을 계획하던 일파가 차기 황제로 점찍고 있던 소녀.

어린 나이였기에 음모에 대해서는 아무것도 모를 거라 생각했던 어린애였다.

그 파벌에 소속된 자 중에서 그녀만은 처형당하지 않았다.

어린애까지 죽이는 걸 황제가 꺼렸는지도 모른다.

하지만 처형을 면하기는 했지만, 황제 암살에 관련된 자를 궁궐에 둘 수는 없었다.

그로 인해 유일하게 살아남은 어린애는 궁궐에서 추방되었다.

신하 중에는 '고룡인의 피가 외부로 흘러나가지 않을까'라고 생각하며 '처형하는 게 낫다'고 주장하는 사람도 있었다. 또는 '죽을 때까지 감옥에 가둬야 한다'라는 주장도 나왔다.

황제는 그런 간언을 물리치고 그녀를 궁궐에서 추방하여 자유로운 몸이 되게 해주었다.

그것은 분명히 어린애의 목숨을 존중해주는 자상한 선택이긴 했지만, 나중에 황하에 커다란 화근을 남기게 된다.

추방당한 소녀는 몇 년의 세월을 거쳐 성장하여…… 암흑사회에서 널리 알려진 존재가 되었다.

애초에 그녀는 고룡인이다. 다른 사람들과는 생물로서 기본적으로 다르다.

그렇기에 다른 사람들보다 무용이 뛰어난 존재가 될 거라는 사실은 분명했다. (오히려 혼자서 살아갈 수 있을 거라 판단했기에 황제도 추방한 것이다. 암흑사회에 발을 내디딜 거라는 생각은 하지 못했지만)

그녀가 성인이 되었을 무렵에는 그 무용으로 부를 축적했고, 많은 부하를 거느리며 조직이라 할 만한 것까지 만들었다.

조직의 이름은—— 〈신기루〉.

그렇다. 〈신기루〉란 궁궐에서 추방당한 고룡인이 만든 조직이었다.

신기루란…… 환상의 누각이라는 뜻이다.

그것은 **자신이 원래 있어야 할** 궁궐과 비교해서 만든 아이러니한 이름이기도 하다.

"……내 대에는 닿지 못하겠네."

자신의 조직을 보고 그녀는 그런 느낌이 들었다.

닿지 못한다는 것은 황제의 자리를 말한다.

그렇다, 그녀는…… 자신이 어렸을 때 꾸미던 음모를 계속 가슴에 품고 있었다.

언젠가는 지금 황족을 없애고 황제의 자리를 차지할 수 있기를 바라고 있었다.

그녀는 아무것도 몰랐던 것이 아니었다.

다른 사람들이 모를 거라 생각했던 것뿐이다.

그녀는 계속 황제를 죽이고 새로운 황제가 되겠다고 생각했다.

"몇 대 정도는 세력을 확대하는데 힘써야지."

이대로 계속 확대시킨다 해도 자신의 대에는 결코 황하를 당해낼 수 없다.

그래서 그녀는 그 꿈이라는 이름의 음모를 그녀의 자손에게 맡기기로 했다.

그것이 〈신기루〉라는 마피아의 탄생과 발전의 이유.

그리고 〈신기루〉는 계속 확대되어 나갔고…… 수백 년이라는
시간이 흘렀다.

◆

"모두들, 때가 왔다."

옥좌를 본떠 만든 의자에 앉아 있던 현재 〈신기루〉 향주인 후
아 롱이 간부들에게 말했다.

여담이지만 후아 롱이 원래 황제 직계 남자들에게만 허락되는
'롱(용)'이라는 이름을 쓰는 것도 현재 황족에 대한 반감으로 대
대로 향주가 쓰는 이름이기 때문이다.

"지금, 수백 년의 세월을 거쳐 최심 보물고가 뚫리고 구슬 중
하나가 우리 손으로 넘어왔다. 그리고 그것을 대가로 최강의 원
군을 얻을 수 있었다. 양쪽 다 하늘이 '바로 지금 대사를 치러라'
라고 말하는 것이 분명하다."

많은 사람들이 '우연이다'라고 할 것이다.

하지만 그녀는 그 일들을 하늘이 내려준 좋은 기회라 믿고 있
었다.

그녀의 일족은 계속 황제의 자리를 손에 넣기만을 기다리고
있었기 때문이다.

"진정한 황제를 정할 싸움이 다가왔다! 그때야말로 우리 〈신

기루〉가 환상이 아닌 진짜가 되는 것이다!"

그렇기 때문에 그녀는 머릿속으로 그렸다.

자신의 미래를.

자신의 일족이──자업자득으로──계속 짊어지고 있었던 씁쓸한 역사를 쳐내는 순간을.

이곳 황하에서 쿠데타를 일으켜 황제의 지위를 찬탈함으로써.

물론 정당성은 없다.

국민들은 현재 황족에 대해 불만이 없었기에 성공할 가능성은 적었다.

하지만 강대한 힘으로 지배해버리면 해낼 수 있다고 생각했다.

지금은 〈초급〉들도 절반이 나라 밖으로 나간 상태다.

그렇기에 세계에서 손꼽을 정도라는 **어떤 클랜**과 연줄을 만들고 조력을 얻으면 국가를 전복시킬 수도 있다.

적어도 후아 롱은 그렇게 생각하고 있었다.

그녀의 그 생각에 대해 어리석다고 말하기는 쉽다. 오히려 왜 그런 결론에 이르렀는지 캐묻고 싶어질 것이다.

하지만 선대가 갑작스럽게 죽어서 그녀는 어린 나이에…… 향주로서 필요한 지식을 배우기도 전에 향주를 이어받게 되었다.

그리고 철이 들었을 때부터 일족의 역사와 〈신기루〉라는 조직의 강대함을 주입받은 그녀에게는…… 그 어리석은 생각이 유일한 정답이었다.

"후후후, 기대되는군요."

"그렇게 되면 저희는 대신이 되는 건가요?"

"저는 돈만 만질 수 있으면 상관없지만요."

"……그래서, 누굴 죽이면 되지?"

물론 간부들의 반응…… 품고 있던 꿍꿍이는 저마다 달랐다.

후아 롱과 같은 생각을 품고 있는 자.

후아 롱이 실패할 거라 확신하고 자신의 안전을 도모하는 자.

후아 롱의 망상과는 상관없이 자신의 역할을 다하려는 자.

간부들도 생각이 제각각 달랐다.

이제부터 후아 롱의 계획을 실행할 단계가 되면 조직 안에서도 여러 가지로 소동이 벌어질 것이다.

하지만 계획에 휘말리게 되는 민중들의 혼란과 비교하면 사소한 것일지도 모른다.

그렇다, 지금부터 시작될 것은 다시 일어나는 내란.

300년 만에 벌어지는 황하 최대의 싸움.

그들은 바로 앞으로 다가온 그 싸움에 대해 상상했고.

"네에~♪ 우민 여러분, 안녕~♪"

──그렇게 어울리지 않는 목소리로 인해 생각이 끊겼다.

후아 롱도, 간부들도, 모두가 목소리가 들린 쪽을 보았다.

그것은 이 공간으로 이어지는 유일한 문.

어느새 그 문 앞에…… 한 여자가 서 있었다.

그 여자는 믿기지 않을 정도로 아름다운 외모를 지니고 있었다.

만약 사람의 아름다움조차 예술품이라 간주한다면, 그 여자가 지금 지니고 있는 아름다움은 아득한 미래까지 전해질 아름다움이었다.

아름다움의 황금비.

감성에 호소하는 색채의 한계.

또는 귓가를 뒤흔드는 목소리의 진동.

완벽한 미모는 사람에 따라 다르겠지만, 대다수 사람들이 추구하는 완벽함이라면 그 모습 말고는 없을 거라는 생각이 들 정도의 미모.

암흑사회에서 이름을 떨치고 아름다움과 쾌락을 마음껏 맛보았을 〈신기루〉 간부 중 절반 이상이 그 미모로 인해 넋을 잃고 있었다.

하지만 정신을 차리고 있던 사람의 생각은 전혀 다른 것이었다.

"……'봉황'!"

"[무희(댄싱 프린세스)] 후우리인가!"

간부 중에서도 무력에 관련된 사람들이 그 여자의 이름을 외쳤다.

그 이름을 듣고 넋이 나가 있던 간부들도 정신을 차렸다.

그 정도로 그 여자의 이름은 충격적이었다.

"정다압~♪ 바·로·내·가 〈후우리 우민군〉의 오너, 후우리

란다?"

〈후우리 우민군〉.

황하의 클랜 랭킹 1위이자 구성 멤버 전원이 오너인 〈초급〉 후우리의 **신봉자**라는 이단 클랜.

그 숫자도, 질도, 황하에서 비교할 만한 존재가 없는 클랜 이다.

"······용건이 뭐냐! 〈초급〉!"

모방한 옥좌에서 후아 롱이 거친 목소리로 말했다.

하지만 후우리는 그 말을 아무렇지도 않다는 표정으로 흘려넘 겼다.

"어머어머? 당신이 〈신기루〉의 향주 쨩이야? 생각했던 것보 다 작고 귀여운 여자애구나. 나만큼 아름답지는 않지만♪"

"네놈······!"

그렇게 바보 취급하는 듯한 태도와 발언으로 인해 후아 롱이 더욱 화를 냈다.

"그런 것보다~. 저기, 향주 쨩♪ 들어봐, 들어봐~♪"

까불거리는 태도를 보고 후아 롱의 분노가 더욱 강해졌지 만······.

"──나 말이지~, 황제 폐하의 의뢰를 받고~, 〈신기루〉를 괴 멸시키게 되었어♪"

후우리가 한 말을 듣고 찬물을 끼얹은 듯이 머리가 싸늘해졌다.

"……뭐, 라고?"

"저기 말이지~. 지금까지는 '조직이 너무 거대해서 박살 내면 문제가 생긴다'고 했는데~, 구슬 사건도 있고~, 해외로 유출시키기도 했고~, 게다가 당신들이 쿠데타 계획을 세우고 있었잖아? 그래서 말이지, '이제 두고 볼 수 없다'고 하던데? 방치하는 디메리트가 괴멸시키는 디메리트를 넘어버린 거지~ ♪"

마치 지혜가 부족한 여자애 같은 말투였지만, 후우리가 말한 내용은 〈신기루〉에게 지극히 중대한 내용이었다.

구슬을 얻었다는 것도, 그것을 이용한 거래도, 쿠데타까지 들켰으니까.

그것은 최고로 중요한 기밀사항이다. 이곳에 있는 대간부밖에 모르고 거래를 담당하고 있던 카르디나 지부장에게도 전달하지 않은 내용이었다. (애초에 해외에 있는 간부에게는 조직이 품고 있는 야망조차 알려주지 않았다. 해외에 있는 간부는 실력이 뛰어나긴 하지만——너무 정상적이라——조직의 야망에 맞지 않는 인물이기 때문이다)

그렇기 때문에 후아 롱은 비밀을 알고 있는 간부들을 노려보았다. 그 시선에는 '누가 누설한 거냐'는 뜻이 담겨 있었지만, 다들 짐작 가는 바가 없다는 듯한 표정이었다.

그것은 사실이었고, 정보를 누설한 사람은 없었다.

자신의 안전을 생각하던 사람도 아직 실행하지는 않았다.

"참고로~, 정보를 제공한 곳은 〈DIN〉이거든~?"

"……그 신문팔이들이!!"

국경 없는 정보상 집단, 〈DIN〉.

설마 황하 최대의 비밀결사의 가장 중요한 계획조차 알아내 팔아넘길 줄이야, 〈신기루〉 간부조차도 예상하지 못했다.

"그러니까~, 황제 폐하에게 엄청난 보수도 받아버릴 테니까~, 〈신기루〉는 오늘로 끝장이야~ ♪"

후우리는 활짝 웃으며 후아 롱과 간부들을 보았다.

그 미소를 보고 간부 중 몇 명은 얼굴과 마음이 녹아내렸고, ──그 이외의 사람들은 모두가 전율했다.

그들은 알아버렸다.

그 미소가 결코 자신들의 마음을 풀어주지 않을 거라는 사실을.

몸을 풀어줘서 산산조각내버릴지도 모르는 의지가 담겨 있다는 사실을.

"아, 무투파 간부분들은 알고 있겠지만~."

후우리는 허리에 두 개 차고 있던 부채 중 하나를 꺼내 지하공간 천장을 가리켰다.

"──위에는 이미 아무도 없거든?"

지상에는, 그리고 이 지하 공간 회의장으로 이어지는 길에는 모두 합쳐 200명이 넘는 무투파 구성원들이 있었다.

그들은 이미 끝장났다, 후우리는 그렇게 말했다.

무투파 간부 중 한 명, 경비를 담당하고 있던 [아신]도 지상에서 아무도 오지 않는 걸 보고 그 사실을 짐작했다.

"……대체 몇 명이 이곳을 공격했지?"

"한 명인데~? 왜냐하면~, 너무 많이 움직이면 들켜버리고~, 오지장들은 다들 황하에 있는 다른 지부를 박살 내러 갔으니까~."

"?!"

오지장이란 〈후우리 우민군〉이 자랑하는 거대 전력이다.

황하 결투 랭킹 3위부터 7위까지로 구성된 황하에서도 손꼽히는 〈마스터〉들이다.

그렇기 때문에 간부들이 받은 충격은 두 가지.

그런 녀석들이 지부를…… 원래 자신들이 맡고 있던 곳을 박살 내러 갔다는 것.

그리고 그 오지장이 없는데도 후우리는 무투파 구성원 200명을 지하에 있던 그들에게 들키지 않고 해치워버렸다는 것.

"그러니까~, 〈신기루〉는 오늘로 끝장인 거야~."

후우리는 그렇게 말하고 두 손으로 부채를── 초급 무구 [봉황익 스린 얼]을 겨누었다.

──그와 동시에 간부 중 한 사람, 단검 특화 초급 직업 [아신]이 움직였다.

AGI형인 [아신]은 보이지도 않는 초음속 기동으로 후우리 뒤쪽에 섰고.

들고 있던 송곳니 같은 단검으로 후우리의 목을 따기 위해 움직였고.

"손으로 만지지 말아줄래~?"

——머리와 두 팔이 **소실**되었다.

"…………어?"

그 목소리는 후아 롱의 입에서 나온 목소리였다.

후아 롱은 방금 이곳에서 머리와 두 팔을 잃은 [아신]에 대해 잘 알고 있었다.

자신을 경호해 주는 사람인 것과 동시에 암살자로서 그녀의 적들을 다수 해치워온 가장 신뢰할 수 있는 간부.

그럼에도 불구하고…… 아무것도 하지 못한 채 단면을 세 군데 드러내고 피를 뿜어내며 죽었다.

"곤란하네~. 피 때문에 옷이 더러워져버렸어…… 머리만 때릴 걸 그랬나~?"

그렇게 말하며 곤란하다는 표정을 지은 후우리.

그녀의 두 손에는—— 피가 떨어지는 부채 두 개가 있었다.

그래서 다들 이해해버렸다.

——초음속으로 움직인 [아신]을 저 부채로 때려죽인 것이라는 사실을.

"마, 말도 안 돼……, [아신]이……, 우리의 최고 전력이……."

"……거, 거짓말이야. 아니, [무희]는 전위 직업도 아닐 텐데……."

"저 녀석이 이 정도라고……? 그냥 미모만으로 우두머리 자리를 차지하고 있었을 텐데……."

간부들이 동요할 만도 했다.

왜냐하면 후우리는 지금까지 무력에 대해 별로 알려지지 않았기 때문이다.

클랜 우두머리를 맡고 있는 것은 미모 덕분.

초급 무구를 지니고 있는 것은 〈SUBM〉과 전투를 벌일 때 자신의 클랜을 활약하게 했기 때문.

황하의 티안들은 그렇게 생각하고 있었다. [무희]가 전위나 후위 직업이 아니라는 것도 그런 생각에 박차를 가했을 것이다.

초급 무구는 자신의 세운 공적에 대한 판정으로 얻은 것이기에 그럴 리가 없지만…… 어쩔 수 없다.

이렇게_ 아름다운 후우리가 그런 괴물일 리가 없다는 상상이 그 누구도 알아채지 못하게 했을 테니까.

"[아신]이라~. 음~, 우리 우민 중에 얻을 만한 애가 있던가~? [신]은 좀 까다롭단 말이지~."

[아신]의 시체를 내려다보면서 후우리는 그렇게 중얼거린다음.

"당신들도 처리하면 초급 직업이 좀 더 비려나?"
──값을 매기는 듯한 눈초리로 나머지 간부들을 보고 있었다.

◆

그날, 〈후우리 우민군〉과 군대에 의한 〈신기루〉 괴멸작전이 진행되었다.

사전에 〈DIN〉의 정보를 통해 거점의 위치를 확실하게 알고 있었던 탓에 황하 안에 있던 〈신기루〉의 모든 거점과…… 그곳에 있던 모든 인원을 잃었다.

전부 다 살해당하거나 체포당하는 결말을 맞이했다.

그것은 〈신기루〉 본부도 예외가 아니었다.

200명이 넘는 무투파 구성원들은 전원이 사망하거나 체포당했다.

모여 있던 간부 여덟 명도 세 명이 죽고 두 명이 자살, 나머지 세 명이 항복.

그리고 향주인 후아 롱도 붙잡혔다.

순식간에 자신과 일족의 모든 것을 잃은 소녀의 얼굴을 보니 감정이라는 것이 빠져나간 것 같았다고 한다.

그렇게 수백 년 전의 화근과 바로 앞으로 다가와 있었던 새로운 내란의 위기는 마치 사소한 일처럼 쉽사리 정리되어 버렸다.

──실제로 그 이후로 대륙에서 일어난 대사건과 비교하면 사소한 일이긴 했지만.

■어떤 클랜 내부의 정보전달

일시 : 3월 28일 오전 6시 32분(세계 표준시).

전달 : 제타가 〈IF〉 멤버들에게.

보고 : 보물수 구슬, [굉뢰견수 던가이]의 수령 실패.

이유 : 거래 상대 〈신기루〉의 괴멸.

상세 :

카르디나 지부는 [격추왕] 외 1명(자세한 정보 없음)으로 인해
제압당함.

황하 본부는 [무희]로 인해 괴멸당함.

황하의 각 지부도 〈후우리 우민군〉과 군으로 인해 괴멸당함.

추가 보충 :

황하에서는 [무희] 이외의 움직임도 있음. 다른 구슬도 카르디
나로 유출되었다는 사실을 파악하고 황제의 명에 따라 [총사령
관]이 구슬을 회수하러 카르디나로 향한 것으로 보임.

또한 레전더리아와 천지의 유력자 중에도 카르디나 방면으로
이동한 자가 있음.

본건에 관련되어 있는지는 알 수 없으나 그럴 가능성은 충분
히 있음.

앞으로 구슬 쟁탈전이 카르디나에서 발생할 것으로 보임.

각 세력이 협조할 가능성은 없을 것으로 추측.

총평 :

예정대로. **내가 훔쳐낸** 구슬 일곱 개 중 여섯 개를 일부러 티안의 조직을 통해 황하를 거쳐 카르디나로 유출시킴으로써 목표를 달성하는데 성공한 것으로 보임.

정보가 많은 자들에게 유출되어 소동이 확대되는 것이 확정되었다.

앞으로 :

구슬 쟁탈전에서 카르디나와 황하를 비롯한 각 전력의 분석을 중점으로 삼을 예정.

'감옥' 안에 있는 오너에게도 메일로 보고할 예정.

나는 스케줄에 따라 대륙 서쪽에서 조만간 발생할 두 나라 간의 전쟁에 파고들 예정.

내가 가지고 있는 구슬은 앞으로 권유할 때 교섭 재료로 활용할 예정.

또한 결투도시 기데온에 잠복하고 있는 신입(가베라)과도 가능하면 만날 예정.

그녀는 예상과는 달리 자주적으로 활동하려 하는 모양이기에 사정 청취를 할 예정.

인사 :

카르디나에서의 활동은 카르디나에서 지명수배당하지 않은 멤버에게 인수인계.

정정 :

한 명도 없었다.

지명 :

[살인희(머더 프린세스)] 에밀리에게 인계함.

비고 :

[기신(더 웨폰)] 라스칼 더 블랙오닉스에게도 보조를 의뢰.

또한 사막에서 주운 **자**도 있기에 후임자에게 맡김.

주의 :

에밀리, 이번 안건에서 살상수는 **세 자리까지만** 할 것.

□2045년 4월 5일 [황기병] 레이 스탈링

한 주의 한가운데인 수요일, 카르티에 라탱 백작 저택의 어떤 방.

"…………."

"…………."

내 눈앞에서 두 여자가 마주 보고 있었다.

한 사람은 상대방을 지긋이 바라보고 있는…… 노려보고 있는 아즈라이트.

다른 한 사람은 바닥에 단정하게 정좌한 채로 이마에 식은땀을 흘리고 있는 선배.

내가 아는 사람 두 명이 척 보기에도 평화로운 것과는 거리가 먼 분위기로 마주 보고 있었다.

여자 상대로 들만한 예는 아니지만, 뱀과 개구리 같은 상태였다.

어째서 이렇게 되어버린 거지…….

『……뭐, 원인은 그대가 두 사람을 만나게 한 것 같다만.』

네메시스가 한 말을 부정할 여지도 없다.

분명히 이렇게 된 원인 중 일부는 내게 있다.

사건의 시작은 한 시간 정도 전…… 또는 이쪽 시간으로 한 달 이상 전으로 거슬러 올라간다.

◇

그날, 학교에서 돌아와 바로 덴드로에 로그인한 나는 어제와 마찬가지로 모험자 길드에 와 있었다.

오늘도 테이블이 꽉 차 있었지만, 그중 한 곳에 〈라이징 선〉의 두 사람이 앉아 있다가 자리를 찾던 나를 손짓하며 불러주었다.

블루스크린 씨하고는 처음 이야기하면서 인사도 나누었는데, 토르네 마을에서 사건이 일어났을 때 실버를 막았던 걸 사과했다.

"그때는 미안했다. 그렘린의 효과는 일시적이긴 할 텐데, 괜찮아?"

"네, 그 이후로는 딱히 문제가 없네요."

이곳 카르티에 라탱에서 사건이 벌어졌을 때도 평소처럼 날아다닐 수 있었고.

……그 고래와 전투를 벌일 때는 평소와는 다르게 움직인 것 같긴 하지만.

"잘 됐다, 블루. 또 황국 때처럼 큰 문제를 일으켜서 지명수배당하지 않아서 말이야."

"……그런 짓을 또 하겠냐고."

황국에서 지명수배?

"저기, 그게……?"

"…………내 입으로는 말하고 싶지 않아."

"그래. 이 녀석, 원래 황국 소속이었거든. 전쟁이 일어나기 전이었으니까. 마침 그때 이 녀석의 그렘린이 필살 스킬을 익혔는데. 그거야, 네 황옥마를 멈췄던 거."

그건가.

"시험 삼아 거리에서 가지고 있던 마력식 기계에 써봤는데, 처음이라 조절이 안 된 모양이라서. 효과 범위가 너무 넓어져서 그 일대를 정전…… 정마(?)시켜버렸다는데. 덤으로 국가 소유의 기계까지 이것저것 멈춰버려서. 인적 피해는 발생하지 않았지만 곧바로 테러범으로 지명수배당했다더라."

"아…….."

"그런 일도 있는 모양이로구나."

……생각해보니 나도 [장염수갑]이나 《바람발굽》을 시험하다 실패했었지. 앞으로도 그런 시험을 할 때는 안전한 곳에서 해야겠다.

그렇게 두 사람과 근황 이야기를 하고 있자니.

"레이 군, 네메시스. 오래 기다리셨죠."

"음. 비 쓰리 아니냐."

"어? 선배?"

뒤에서 말을 거는 사람이 있길래 돌아보니 그곳에 비 쓰리 선배가 있었다.

분명 어제 '카르티에 라탱으로 가겠다'고 말하긴 했지만, 생각했던 것보다 빨리 왔다.

"으엑, 바르바로이……."

"…………으어어."

합석하고 있었던 〈라이징 선〉의 두 사람(특히 블루스크린 씨)는 선배에게 겁을 먹은 모양이었다.

"어라? 〈솔 크라이시스〉의 수괴와 처음에 박살 냈던 [고위기술사(하이 엔지니어)] 아닌가요? 이 두 사람이 왜 레이 군하고 함께 있죠?"

토르네 마을 사건 때 가장 먼저 박살 났던 사람이 블루스크린 씨였구나. 그야 겁을 먹을 만도 하네.

그리고 선배가 매우 자연스럽게 큰 방패를 장비하기 시작했다.

임전태세다. 아마 눈에 띄니까 장착하지 않았을 뿐, 무슨 일이 생기면 곧바로 [매그넘 콜로서스]를 《순간 장비》할 것이다.

"…………!"

블루스크린 씨가 나를 '잘 말해준다고 했지! 부탁해!'라는 눈초리로 보고 있었기에 선배에게 설명했다.

"두 사람하고 이곳 카르티에 라탱에서 다시 만났어요. 사과를 받고 화해도 했죠."

"그렇군요. 그럼 딱히 문제는 없겠네요. 저도 이의는 없습니다."

내가 간단히 설명하자 선배도 납득하고 큰 방패를 집어넣었다.

겨우 유혈사태가 벌어지지 않게 화해할 수 있었던 것 같다.

그 이후로 선배도 자신의 이름을 이용하던 것을 용서해주었다.

선배 왈, 이름을 사칭하는 것은 상관없지만 〈흉성(매드 캐슬)〉의 전 오너로서 사칭당한 데다 아랫사람으로 두었다는 점을 용납할 수 없었던 모양이다.

하지만 〈솔 크라이시스〉가 붕괴되고, 지금은 〈라이징 선〉으로 이름을 바꾸었기도 했기에 두 사람을 용서했다고 한다.

그리고 〈솔 크라이시스〉 두 사람이 퀘스트를 하러 가자 테이블에는 우리 세 명만 남았다.

"선배, 벌써 왕도에서 여기로 오셨네요."

"오늘은 오후 수업이 휴강이었거든요. 그리고 이곳으로 타고 올 것도 있었고요."

"타고 올 거요?"

"토르네 마을로 가던 도중에 캐시미어하고 로자를 태우고 갔던 자동차 〈엠브리오〉가 있었잖아요? 그 〈마스터〉가 한가해 보이길래 여기까지 태워다 달라고 했어요."

그러고 보니 장갑차 같은 〈엠브리오〉가 있었던 것 같다. 토미카라고, 차와 매우 관련이 깊은 것 같은 이름이라고 기억하는데.

"택시비는 냈지만…… 애초에 로자에게 받은 돈이니까요."

"그렇군요."

참고로 지금 〈K&R〉은 PK 활동을 쉬고 있어서 한가한 모양이었다. 캐시미어가 자리를 비웠을 때 로자가 지휘해서 일을 저지른 것에 대해 반성하는 의미로 자숙 기간을 가지는 중이라고 한다.

"그런데 레이 군. 제게 소개하고 싶다는 사람이 누구죠?"

"아, 그랬죠."

그 이야기는 미리 전화해서 '만나줬으면 하는 사람이 있다'고 말해두었다.

"지금 시간이면…… 아마 카르티에 라탱 백작 저택에 있겠네요."

"백작 저택? 혹시 카르티에 라탱 백작 부인인가요?"

"그건 만날 때까지 비밀이에요."

선배는 고개를 갸웃거리면서도 딱히 이의는 없었는지 따라와 주었다.

그렇게 우리는 셋이서 백작 저택으로 향했고.

──처음에 봤던 것처럼 지옥 같은 구도에 이르렀다.

"…………."

"…………."

아즈라이트가 빌린 집무실로 가서 두 사람을 각자 소개시켜주었다.

서로 이름을 들은 순간, 선배는 바닥에 정좌했고, 아즈라이트는 선배를 노려보았다.

……아니, 어째서 이렇게 되어버린 건데.

"……레이."

"……레이 군."

두 사람은 나를 보고.

"어째서 이 녀석을 데려온 거야?"

"어째서 이런 곳에 데려온 거죠?"

둘 다 비슷한 말을 했다.

"저기…… 뭔가 문제가 있었나?"

내가 한 말을 듣고 둘 다 '모르고 그랬나'라는 표정을 지었다.

아니, 아즈라이트하고 여자 괴물 선배 사이가 안 좋다는 건 알고 있지만, 선배에게는 딱히 문제가 없……잖아? 같은 서클이긴 하지만 이쪽에서는 딱히 관련도 없고…….

"여봐라, 레이. 나는 눈치채 버렸다만……."

내가 무슨 짓을 저질러버린 건지 고민하고 있자니 네메시스가 그렇게 말했다.

"……뭘, 눈치챈 거야?"

"그대도 눈치챌 만도 하다만. 뭐, 그대는 중요할 때 말고는 의외로 얼빠진 구석이 있으니 말이야……."

아니, 그렇게 차분히 말할 필요는 없으니까, 해답 플리즈.

"저번 달. PK. 초보 사냥. 왕도 봉쇄."

"…………아."

네메시스가 말한 힌트를 통해 두 사람과 지금 상황이 이어졌다.

비 쓰리 선배는 PK이다.

그것 자체는 문제가 없다. 〈마스터〉들끼리 발생하는 문제는

법률적으로 전혀 문제가 없다.

소문으로 들은 '감옥'에 갈 만한 범죄로 인정되는 것은 티안이 엮였을 때뿐이다.

하지만 비 쓰리 선배에게는 한 가지 문제가 있다.

사실 선배는 예전에 단 한 번, 티안에게도 직접적이지는 않지만 피해를 입힌 적이 있다.

그것이 바로 내가 마리에게 데스 페널티를 받았던 왕도 봉쇄 때다.

기본적으로는 PK였고, 티안이 습격당한 경우는 왕도 서쪽에서만 발생했다고 하지만, 그래도 PK 테러 때문에 겁을 먹은 티안도 드나들기를 꺼려했다.

특히 상인 중에 그런 사람이 많아서 왕국 제2의 도시인 기데온으로 이어지는 교역로가 끊겨서 경제적으로 꽤 큰 손실이 발생했다.

그리고 가장 큰 문제는 그 남쪽에서 테러를 벌인 것이 비 쓰리 선배…… 바르바로이 배드 번이 이끌던 〈흉성〉이라는 점이었다.

다시 말해 왕국…… 아즈라이트(국왕 대리)에게 선배는 '손해를 끼친 원흉'이며, 선배에게 그녀는 '자신이 예전에 저지른 일 때문에 폐를 끼친 상대'인 것이다.

내가 소개한 시점에서 서로 정체를 곧바로 알아챘기에 선배는 정좌했고, 아즈라이트는 노려본 것이다.

"이제야 이해한 모양이네……."

"레이 군……."

응, 내가 무슨 짓을 저질렀는지 이제야 알겠다.

"……저기, 범인으로 끌고 온 게 아니라서……. 그리고 선배가 있던 쪽에서는 인적, 물적 피해가 발생하지는 않았을 테고……."

"그래. 직접적인 피해는 발생하지 않았어. ……지명수배를 못할 것도 아니지만."

"어?"

아즈라이트 왈, 선배는 〈마스터〉들에게만 손을 댔기에 법률상으로는 세이프지만, 심각한 공무집행방해, 그리고 왕족의 권한으로 따지면 지명수배를 할 수 있는 모양이었다.

선배의 태도는 그 사실을 이해하고 있기 때문일 것이다.

"…………."

침묵이 집무실을 가득 채웠다.

갑자기 아즈라이트가 아이템 박스를 꺼낸 뒤 서류 다발을 꺼내들었다.

"저기…… 아즈라이트? 그건……?"

"이번처럼 왕도를 떠난 상황에서도 일을 할 수 있게끔 서류 사본을 가지고 다니는 거야. 이건 왕도 봉쇄가 이루어졌던 달 왕도 경제 자료고."

그 말을 듣고 선배가 움찔거리며 반응했다.

"봉쇄된 기간은 나흘, 이었나? 물류의 정지로 인해 손해가 몇 억인지…… 망명자도 증가했네……. 그쪽은 〈노즈 삼림〉에서 발생한 화재 소동 때문이기도 하겠지만."

그 뒤로 이어진 말을 듣고 이번에는 내가 움찔거렸다.

그 화재 사건(물리), 범인은 우리 형이다.

하지만 돌아보니 정말 아즈라이트……라고 해야 하나, 왕국이 입은 손해가 컸다.

선배와 마리, 로자가 왕도 봉쇄 테러를 일으켰고, 형이 목재 가공장이었던 〈노즈 삼림〉을 불태웠고, 프랭클린과 유고 일행이 기데온에서 테러를 일으켰다.

……왕국이 너무 손해를 많이 입어서 처음 만났을 때 그렇게 믿지 못하는 태도를 보였던 것도 당연한 상태다.

『이제 와서 따지는 것도 좀 그렇다만, 문제를 일으킨 사람들이 다들 아는 사람이로구나…….』

마음이 괴롭다……!

"…………으으."

정신을 차리고 보니 나도 자연스럽게 선배 옆에서 정좌하고 있었다.

……[자원주갑]의 장식이 허벅지를 찔러서 조금 아프다.

"………….."

아즈라이트는 그런 우리를 잠시 내려다보다가.

"……휴우. ……이번에는 불문에 붙일게."

한숨을 쉬고 나서 그렇게 말했다.

"……정말?"

"'현자의 마을 순례'…… 그쪽 말로는 '인생만사 새옹지마'라고 했던가? 그 사건이 일어났기에 그 뒤에 일어난 사건이 잘 풀리기도 했을 테니까."

아즈라이트는 나를 지긋이 바라보며 그렇게 말했다.

"그래도 법적인 구속력은 없지만 미안하다는 생각이 든다면 협력해줘야겠어. 앞으로는 〈마스터〉의 힘과 지혜를 빌리는 경우도 늘어날 테니까."

"……알겠습니다."

긴장한 듯이 그렇게 말한 선배에게 아즈라이트는 계속 이야기했다.

"안심해. 경제 손실을 메꾸기 위해 일하라는 말은 하지 않을 테니까. 일반적인 퀘스트처럼 보수도 마련할 거고."

"…………."

그 말을 듣고 선배는 안심했는지 스스로 보수를 사양할까 고민하는 모양이었다.

"그래서 바로 당신에게 물어보고 싶은 게 있는데……."

"뭔가요?"

"기계를 잘 아는 〈마스터〉 중에 아는 사람 없어?"

아즈라이트가 선배에게 물어본 것은 나도 어제 들은 이야기였다.

"무슨 뜻이죠?"

"〈유적〉 안에 있는 플랜트, 거기 있는 컴퓨터를 조작할 수 있는 사람이 없거든. 조작하는 걸 방해하는 보안 장치도 있어서 지금 왕국에 있는 기술자들은 손을 못 대는 모양이야."

내가 그 이야기를 듣고 나서 이쪽 시간으로 사흘이 지났는데도 아직 인재를 찾아내지 못했고, 키우지도 못했구나.

……응? 그러고 보니…….

"〈마스터〉라면 다룰 수 있는 사람이 있을지도 모르겠지만, 황국 쪽 사람이 잠입해 있을 우려도 있으니까. 그래서 당신이 아는 사람 중에 믿을 수 있는 〈마스터〉, 그리고 그런 작업을 할 수 있는 인재가 있으면 좋겠다 싶었는데……."

"잠깐 레이 군하고 둘이서 의논하고 싶은데요."

"………………허가할게."

역시 선배도 그 사람을 떠올린 모양이다.

마침 황국 출신이고 이런 일에 적합할 만한 사람과 알고 지내게 된 참이다.

바로 〈라이징 선〉의 블루스크린 씨다.

나와 선배는 잠깐 다른 방으로 와서 둘이서 의논했다.

참고로 아즈라이트가 있는 곳에는 네메시스가 남아 있다. 할 이야기가 있는 모양이었다.

"레이 군은 어떻게 생각해요?"

"그렇죠……."

전 PK이긴 하지만 황국에서 지명수배당했기에 어떤 의미로는 안심이라 할 수도 있다.

문제가 될 만한 신뢰 쪽도 이야기를 나눠보니 아마 문제가 없을 것 같은데…….

"저는 괜찮을 것 같은데요, 선배는요?"

"예전이라면 모를까, 지금처럼 둘만 남은 상태라면 괜찮겠죠. 그들도 스폰서나 수입이 필요할 테니 [계약서]까지 포함시킨 퀘스트라면 문제없을 것 같네요."

"그렇군요."

"덧붙여 말하자면 〈유적〉에서 무슨 일이 생기더라도 블루스크린이라면 대처할 수 있겠다는 예상도 들어요. 오리지널 황옥 마인 실버를 멈출 수 있었으니 〈유적〉에서 기계가 문제를 일으키더라도 정지시킬 수 있을 테니까요. 어떤 의미로는 더할 나위 없이 적합하다 할 수 있겠죠."

"그렇긴 하네요……."

그런 면에서는 실적도 충분하다.

그런데 그 사람은 왜 황국 출신인데 기계 킬러인 걸까.

아무튼 의논이 끝났기에 집무실로 돌아갔다.

"〈유적〉에서 일을 맡기기에 적합한 사람이 있습니다."

그리고 선배는 블루스크린 씨와 그가 소속되어 있는 클랜, 〈라이징 선〉을 아즈라이트에게 소개했다.

그런 다음 카르티에 라탱 근교로 퀘스트를 하러 나갔던 두 사람을 찾아 아즈라이트……가 아니라 카르티에 라탱 백작 부인에게 소개했다.

앞으로 〈유적〉은 백작 부인이 맡게 될 테고, 아즈라이트(제1왕녀)가 여기에 왔다는 사실도 일단 비밀이기 때문이다.

보수가 고액인 데다 계속 이어지는 의뢰가 들어오자 두 사람을 기뻐했고, 중개해준 것에 대해 고마워했다.

왕국과 그들에게, 그리고 예전에 입힌 손해를 어느 정도 메꾼 선배에게도 도움이 된 WinWin 같은 상황이라 할 수 있을 것이다.

"하마터면 '감옥'에 가게 될 뻔했네요……."

소개를 마친 다음 나와 퀘스트를 하러 가면서 선배가 그렇게 말했다.

그 목소리에서 정신적인 피로가 느껴졌다.

"죄송합니다, 선배……."

"……사과할 필요는 없어요. 아까는 그렇게 말하긴 했지만, 원인은 예전에 제가 했던 행동 때문이니까요. 그리고 레이 군이 소개해준 덕분에 나중에 지명수배를 당할 걱정도 대폭 줄어들었고요."

아, 그렇게 볼 수도 있겠구나.

"앞으로는 그녀의 심기를 건드리지 않게끔 조심할 필요가 있긴 하겠네요. ……이번에 의논할 때는 좀 위험했지만요."

"……?"

의논하는데 아즈라이트의 심기가 위험하다니…… 어째서?

"그러고 보니, 네메시스. 아즈라이트하고 무슨 이야기를 한 거야?"

"레이. 여자들의 비밀 이야기에 끼어드는 건 촌스러운 짓이니라."

그런가? 뭐, 두 사람은 사이가 꽤 좋다고 해야 하나, 마음이 잘 맞는 것 같으니까 할 이야기도 많겠지.

"……뭐, 대부분 그대의 패션과 인간관계 이야기였다만."

"?"

음, 내 패션하고 인간관계에 대해서 그렇게까지 이야기할 필요가 있나?

"……저번에도 이곳 기술자에게 무시무시한 것을 주문하지 않았는가."

"[스톰 페이스]말이야?"

어제 오더 메이드로 주문한 액세서리는 모험자 길드에 가기 전에 받았다.

성능은 리스트에 나온 대로 충분했고, 디자인도 내 장비와 매우 잘 맞았다.

역시 프로의 솜씨라고 감탄했다.

"어째서 그렇게 무시무시한 것을 만들게 한 게냐?!"

"[스톰 페이스]는 필요한 성능을 지니고 있었잖아. 그리고 디자인도 **조금** 다크한 느낌이라 멋지고."

"그런 구석 때문인 게다?! 장비한 모습을 보고 소름이 돋았다! 뭐냐? 그 무시무시한 풀 장비! 게다가 실전에서는 나도 그대의 장비 중 일부인데?!"

"그야 내 장비라면 네메시스를 빼놓을 수 없잖아."

"……그러니까아! 그런 구서억이이……!"

왜 얼굴을 붉히면서 툭툭 때리는 걸까.

선배도 '곤란한 사람이네요'라는 듯이 따스한 눈초리로 바라보고 있고.

……대체 뭘 잘못했다는 거지?

"레이 군, 조만간 '무선수죄'로 '감옥'에 가는 거 아닌가요?"

"그런 죄는 없잖아요?"

"…………."

"저기, 없는 거 맞죠……?"

만약 있다면 너무 무섭다. '무선수죄'라는 정체불명의 죄목이 정말 무섭다.

……음? '감옥'하고 '정체불명'이라는 말을 들으니 뭔가 생각날 것 같은데…… 뭐였더라?

분명 형이 그런 이야기를 했던 것 같은데…….

■2045년 4월 6일 '감옥' [궁수렵인] 가베라

난 가베라 ♪

본명은 키쿠코 버몬트. 꽃보다 아름다운 열일곱 살 가사 도우미 ♪

가베라라는 플레이어 네임은 내 이름에서 따왔지 ♪

파파네 나라에서는 가베라를 키쿠(국화)라고 부른대 ♪

본명을 다른 나라 말로 바꾼 똑똑한 이름으로 오늘도 기운차게 낮부터 덴드로 중…….

"……기운이 날 리가 없잖아~. 분위기도 안 살고~."

나는 지금 사는 곳 1층에 있는 카페의 카운터석에 엎드리며 무거운 한숨을 쉬었다.

아, 무거운 마음을 풀어보려고 억지로 신나게 독백을 해보았지만 오히려 대미지를 입었네…….

"가베라 씨, 로그인하자마자 갑자기 왜 그러시죠?"

내가 풀 죽어 있자니 우리 클랜 오너 겸, 내 '감옥'에서의 집주인 겸, 이 가게의 마스터를 맡고 있는 [범죄왕] 젝스 뷔펠이 걱정스럽게 말을 걸었다.

……아~, 아무리 봐도 사람이 좋아 보이네. 이 사람은 왜 [범죄왕]인 걸까.

"오너…… 아이스 커피 줘. 내가 좋아하는 돌고래 잔으로……."

"흐음. 알겠습니다."

내가 주문하자 오너는 아이스 커피를 솜씨 좋게 내주었다.

검은 액체가 담겨 있는 것은 정교한 돌고래 세공이 들어가 있어서 내가 좋아하는 잔이다. 이 가게에는 여러 가지 모양이라 재미있는 잔이 있어서 좀 좋다.

요즘에는 단골 사이에서도 '그 돌고래 잔은 가베라 아가씨가 좋아하는 거래', '그럼 못 쓰겠네', '……그러니까 오히려 써서 가장자리를 핥아야 하지 않나?'라는 이야기가 돌고 있었다.

참고로 세 번째, 변태의 나라(레전더리아) 출신 같아 보이는 녀석은 알하자드로 잘게 썰어줬고.

"드시죠."

"고마워, 오너."

아~, 여전히 커피가 맛있네.

문에 CLOSED 팻말이 걸려 있어서 손님이 아무도 없으니 가게 안이 매우 조용했다.

오너 말고 유일한 점원인 황옥인 아프릴도 지금은 의자에 앉아 눈을 감고 있다.

……저건 뭘 하고 있는 걸까? 로봇인데 자고 있는 건가?

뭐, 됐어. 가게 영업이 끝났을 때 정도는 저 애도 쉬어야지.

나도 커피를 마시면서 숨을 돌리고 있고.

아, 치유된다.

"그런데 왜 그러시는 거죠?"

내가 커피를 마시고 숨을 돌리자 오너가 기회를 살피다가 다시 그렇게 물었다.

그 말을 듣자 내 기분이 가라앉았던 이유가 생각났다.

"……방금 데스 페널티를 받았어."

"아, 그러고 보니 안 보이시던데. 그래서 이번에는 어떤 분이죠?"

"아마…… 후우타라는 녀석. 그 녀석 구역이라는 던전에 갔더니 영문을 알지도 못하고 시야에 버그가 생겨서 데스 페널티를 받았어."

"아. 후우타 군이라면 그렇게 되겠죠."

오너는 역시 그 녀석의 〈엠브리오〉에 대해서도 알고 있는 모양이네.

나는 진짜로 영문을 전혀 알 수 없는 공격이었지만.

"이제 '감옥'의 〈초급〉들과는 대충 다 싸워보셨네요."

"그렇지…… 그중 절반은 제대로 싸우지도 못했지만. 난 분명 '감옥'에서도 꽤 약한 편일 거야……."

내가 '감옥'으로 오게 된 지 이쪽 시간으로 대충 3주일 정도.

그동안 나도 생각을 고쳐먹게 되었어.

그것을 가장 단적으로 나타내주는 말은 중국의 '우물 안 개구리는 대해를 알지 못한다'라는 속담이다.

정말 잘 들어맞는 말인 것 같아.

얼마 전까지 내가 그런 느낌이었는데, ……막상 대해로 나온 지금의 나는 소금물 때문에 죽을 것 같으니까. 개구리는 바다에서 살아갈 수가 없다고…….

내가 최강이라는 자부심을 되찾기 위해 특훈하고 있는데, 특훈을 하면 할수록 최강이라는 자부심에서 멀어져가고 있는 것 같으니까…….

오너의 지도를 받고 강해진 것 같긴 하지만, 다른 〈초급〉들에게는 거의 이길 수가 없다.

오너는 죽여도 죽을 것 같은 생각이 전혀 들지 않고.

한냐…… 씨에게는 쉽사리 짓밟혔다.

그래서 자신감을 거의 잃고 있었지만, 혹시나 해서 나머지 두 사람이 어느 정도 강한지…… 나와 비교하면 어느 정도일지 확인하러 갔다.

……그 선택이 최악이었지.

캔디와 '감옥'에서 기르고 있던 〈UBM〉의 싸움에 끼어들었더니 온몸이 붕괴되었다.

그리고 후우타라는 녀석에게는 진짜로 무슨 짓을 당했는지조차 모르겠다.

틀어박혀 있다고 소문이 난 던전에 들어갔더니 갑자기 시야와 스테이터스의 표시가 **꺼져** 죽었어.

이곳으로 온 뒤로 연달아 4연패. 다행히 데스 페널티를 받았던 건 내가 자발적으로 시험하러 갔던 두 번뿐이었지만, 그래도 지면 마음이 상한다고…….

아니, 내가 자발적으로 행동하면 보통 안 좋은 결과가 나오지…….

알하자드로 카르디나의 국보를 훔쳤더니 금방 들켜서 지명수배당했고. (게다가 국보는 잃어버렸다)

기데온에서 [파괴왕]에게 이겨보려 했더니 '감옥'으로 떨어졌고. (게다가 루크에게 멘탈이 박살 났다)

하는 일이 전부 잘 풀리지 않는다.

나는 내 알하자드가 최강이라고 믿었는데, 세계는……, 특히 이 '감옥'은 그것을 부정하는 것 같은 녀석들밖에 없으니까.

"……'감옥'에는 치트 같은 〈엠브리오〉를 가지고 있는 녀석밖에 없는 거야?"

"그건 아마 가베라 씨도 제3자가 보기에는 마찬가지일 겁니다. 그리고 저 말고 다른 세 사람은 범위 공격…… 조건부 무차별 공격이 특기인 사람들이니 가베라 씨와는 상성이 안 좋겠죠."

"……그렇지."

한냐 씨는 '위를 잡히면 안 된다'.

캔디는 '다가가면 안 된다', 아니, '다가갈 수가 없다'.

후우타는…… 아예 영문을 알 수가 없어서 판단조차 못 하겠어.

"오너도 평소에는 개인 전투형이지. 그 녀석들에게 죽기도 했어?"

"아뇨. 저는 지금까지 슈우에게 당했을 때 말고는 데스 페널티를 받아본 적이 없으니까요."

……얼마나 강한 거야.

그리고 [파괴왕]은 어떻게 오너를 쓰러뜨린 거야.

"멀어……, 최강이라는 이름의 천장이 너무 멀어~."

"가베라 씨는 우선 다시 얻은 직업의 천장(만렙)부터죠."

"으으윽……."

그렇다, 오너의 지도에 따라 [흉수(데드 핸드)]를 비롯한 직업을 지우고 새로운 직업을 다시 얻게 되었다.

내가 '모처럼 여기까지 레벨을 올렸는데'라고 하자 '지금 직업은 알하자드와 시너지가 전혀 없으니까 낭비에 불과합니다'라는 대답을 들었다.

꽤 충격적이었거든?

"가드너 계열이니 레벨을 리셋하더라도 다시 올리기 편하잖아요? '감옥'에 있는 신조 던전은 경험치 효율도 좋고요."

"그렇긴 하지만……. 아, 수수한 노력이 너무 괴로워……. 금방 초급 직업 같은 걸 얻을 수는 없을까?"

지금 나는 오너의 지시에 따라 수렵인 계통의 직업 레벨을 올리고 있다.

우선 수렵인(헌터) 만렙을 찍고, 그 뒤를 이어 파생 하급 직업인 [함정수렵인(트랩 헌터)], [독수렵인(포이즌 헌터)], 그리고 [궁수렵인]을 차례대로 올리고 있다.

그걸 마치면 다음에는 상급 직업인 [대수렵인(그레이트 헌터)]이고.

전직은 '감옥' 안에 각 나라의 전직용 크리스탈이 갖춰져 있으니 다행이고.

그런데 수렵인 계통은 파생까지 포함해서 이미 초급 직업이 꽉 찬 상태지.

열심히 해봤자 초급 직업을 얻지 못한다는 사실을 알고 있으니 괴로워.

"초급 직업을 얻는다고 해도 실력이 어설프면 삼류가 됩니다. 저도 보조 직업으로 보충하고 있고요."

아, 그렇구나.

초급 직업을 얻은 다음에는 그것만 올리면 된다고 생각했는데, 그게 아니었네.

"그런데 오너의 보조 직업은 뭐야? 어떤 직업을 써먹고 있는데?"

"가장 사용 빈도가 높은 건 [유리 장인(글래스 마이스터)]이네요."

"보충한다는 이야기는 어디 갔어?!"

그건 절대로 전투에 도움이 안 되잖아!!

완전히 취미로 하는 생산직이잖아!

"꽤 도움이 많이 되는데요. 가게에 있는 잔도 만들 수 있고요."

"이거 오너가 만든 거야?!"

돌고래 잔을 보면서 나는 진심으로 놀라고 있었다.

기술자 직업을 가지고 있긴 하지만 이 센스는 꽤……

"여기에 온 뒤로 알게 되었는데요. 잔을 만드는 거…… 아니, 만든 잔에 커피를 따르는 게 좋더군요."

"……특이한 취미네."

"자주 그런 말을 듣곤 하죠. 그래도 아무리 형태가 복잡한 잔이라도 따른 커피가 구석구석까지 스며들잖아요? 그 모습을 보는 게 좀 즐겁거든요."

"음……."

이해가 되는 것 같기도 하고, 안 되는 것 같기도 하고.

하긴, 이 가게에 있는 잔은 형태가 복잡한 것들이 많아서 설거지하기가 힘들 것 같다고 생각하긴 했지만. (참고로 설거지는 [성녀(세인트)]의 정화 마법으로 했다)

"아마 비슷하니까 좋아하는 거겠죠."

"……비슷해?"

복잡한 잔에 커피를 따르는 게 누구랑 비슷하다는 거지?

……아, 그러고 보니 오너가 뭔가를 '좋아한다'고 한 건 처음이네.

"커피 한 잔 더 드릴까요?"

"줘. 이번에는 우유를 많이."

두 잔째 커피를 준비하기 시작한 오너에게 문득 신경 쓰이는 걸 물어보았다.

"오너는 왜 [범죄왕]이 된 거야?"

이 오너는 억지로 범죄왕을 할 타입이 아니다.

아니, 범죄의 동기가 될 만한 **욕심**을 이 사람에게서 느낀 적이 지금까지 한 번도 없었다.

항상 자상하고, 무언가를 '좋아한다'고 말한 것도 방금 처음 들었다.

그런 사람이 어째서 [범죄왕]이고, 〈IF〉의 오너를 맡고 있는 걸까.

조금 궁금했다.

"그렇죠. 딱히 이유는 없습니다."

"뭐어? 그럴 리가 없잖아. [범죄왕] 같은 건 '감옥'과 거의 한 세트…… 아니, 실제로 '감옥'에 올 정도로 위험한 직업인데."

그렇기 때문에 로스트 잡도 아닌데 얻은 사람이 없었던 직업이라고 들었다.

되려 해도 그 과정에서 〈마스터〉는 붙잡히고, 티안은 살해당하기 때문이라는 이야기도 들었다.

"아뇨, [범죄왕]이 된 건 어디까지나 결과입니다. 제가 범죄를 계속 저지르다 보니 전직 퀘스트가 개방되었다는 알림이 떴을 뿐이거든요."

"노린 게 아니었어?"

"네. 우연입니다."

……더더욱 범죄를 저지른 이유를 알 수가 없게 되었는데.

"그런데 가베라 씨는 처음으로 로그인하셨을 때 어떤 관리 AI가 담당하던가요?"

"쌍둥이 어린애였는데…… 다른 AI도 있어?"

"네. 저는 고양이였습니다."

호오. 좋다, 고양이. 나도 고양이는 좋아해.

나처럼 귀여우니까.

"로그인해서 처음 만난 그에게 물어보았습니다. '저는 뭘 하면 될까요'라고요."

"뭐?"

게임을 시작한 거니까…… 게임 아니야?

"부끄럽지만 저는 **저쪽**에서 할 일이 아무것도 없어서 이 게임을 시작했습니다. 하지만 그런 저라서 이쪽에서도 딱히 뭔가 하고 싶은 것도 없었죠. 그래서 지침이 필요했던 겁니다."

할 일이 아무것도 없어?

그러고 보니…… 가사 도우미인 나보다 로그인 시간이 길지.

일도 안 하나?

"제가 묻자 그는 이렇게 말했습니다. '영웅이 되거나 마왕이 되거나, 왕이 되거나 노예가 되거나, 선인이 되거나 악인이 되거나, 뭘 하거나 아무것도 하지 않거나, 전부 다 네 자유다'라고요."

"호오."

고양이가 그런 말을 하는 모습을 상상해보니 좀 재미있네.

내게도 쌍둥이가 비슷한 말을 했는데.

"그래서 저는 [범죄왕] 젝스 뷔펠인 겁니다."

"저기, ……무슨 뜻인지 모르겠는데?"

이야기를 너무 건너뛴 거 아니야?

"어려운 이야기는 아니에요. 그가 '영웅', '마왕', '왕', '노예', '선인', '악인'이라고 예를 여섯 가지 들었으니까요."

오너는 그렇게 말하고 카운터 안쪽에서 무언가를 꺼냈다.

그것은 가게에 장식되어 있는 것과 똑같은── **주사위**였다.

"주사위의 눈에 그것들을 각각 배정한 다음 굴려서 **나온 숫자로 정했습니다.**"

"………………………뭐?"

오너는 그렇게 말한 다음 주사위를 굴렸다.

그것은 간판에 있는 것처럼 6밖에 없는 주사위와는 달리 평범한 주사위였지만, 6이 나왔다.

……아니, 지금 나온 숫자는 중요하지 않아. 중요한 건…….

"주사위로, 정했다고?"

"마침 그 방에 주사위나 체스 같은 것들이 잔뜩 놓여 있었거든요. 주사위를 빌려서 굴려보니 **6이 나와서 '악당'이 되기로 했습니다.**"

주사위로 '악당'이 되기로…… 범죄자가 되기로 했다.

"그게, 다야?"

"네. 그게 다입니다. 그래서 제 이름은 주사위의 6(젝스 뷔펠)인 겁니다."

오너는 던졌던 주사위를 집어 들고 손바닥 안에서 굴리며 아무렇지도 않게 말했다.

"…………아하하."

아마 나온 숫자가 5였다면 다른 사람들을 도와주고 다니는 '선인'이 되었을 것이다.

4였다면 '노예'가 되었을 것이다.

이 사람은 진짜로 그렇게 한다.

그런 사람이라는 사실을 한 달 정도 함께 지냈기에 바로 이해해버렸다.

[성녀]일 때, 진짜로 성녀 같은 분위기도 알고 있으니까.

……아, 그렇구나. 하긴, 정말 비슷하긴 하네.

이 사람은…… 그릇에 맞게 차오르는 커피와 똑같아.

그게 어떤 그릇(역할)이라 해도 이 사람은 그에 맞게 내용물(자신)을 바꾼다.

이 '감옥'에서 무시무시한 힘을 지닌 〈초급〉들에게 연달아 지긴 했지만.

이 사람만큼…… **내용물**이 무시무시한 〈마스터〉는 없었다.

"그래도 범죄 클랜의 우두머리를 맡으려면 그렇게 무서운 편이 낫겠지."

아마 서브 오너 두 사람도 그렇게 생각했을 테니까.

그릇(역할)에 내용물(자신)을 맞출 수 있는 이 사람만큼 우리의 우두머리를 맡기 적합한 사람은 없다.

분명 그 누구보다 어울리게 우리의 왕([범죄왕]) 행세를 해줄 것이다.

"가베라 씨, 왜 그러시죠?"

"아무것도 아니야~. 그건 그렇고 오너, 오늘 특훈은."

내가 오너에게 오늘 특훈 메뉴를 물어보려 했을 때.

"[범죄왕]!! 여기 있다는 걸 알고 있다! 나오라고오!!"

그렇게 외치는 목소리가 가게 앞 큰길에서 들렸다.

……뭐지?

◆ ◆ ◆

■2045년 4월 4일 '감옥'

"젠장……!"

그날, 로그인한 곳이 '감옥'이라는 사실을 확인한 가키도 패거리, 〈육도혼돈〉은 제각각 짜증나는 마음을 숨기지 못하고 있었다.

가키도는 결투 10위, 〈육도혼돈〉으로 따져도 클랜 15위까지 올라갔지만, '감옥'으로 떨어져 버린 지금은 무의미한 순위다.

"이것도 전부 그 녀석들 때문이야!"

가키도가 견딜 수 없이 짜증 나게 여기는 사람은 두 명.

한 사람은 물론 자신들을 '감옥'으로 보낸 [산적왕] 빅맨.

그리고 다른 한 사람은 그 마을을 습격한 원인을 제공한 노예상인…… 라 크리마이다.

〈육도혼돈〉이 데스 페널티 기간 중에 인터넷 같은 곳에서 조사해보니 라 크리마는 그쪽에서는 유명한 지명수배자였다.

자신의 〈엠브리오〉를 기생시켜 **개조**한 티안을 주요 상품으로 다루며 암흑사회의 전투 노예나 애완 노예로 팔아넘겨 막대한 부를 축적했다.

하지만 그 스타일로 인해 적도 많기에 카르디나에서 [섬멸왕

(킹 오브 터미네이터)]과 [방탕왕(킹 오브 고져스)]라는 두 초급과 전투를 벌이게 되었다고 한다.

어떻게든 겨우 도망쳐서 천지로 넘어온 알 수 없는 남자라고 한다.

"그 기생충…… 라 크리마는 우리를 이용해서 호쿠겐인의 전력을 조사한 게 분명해!"

만약 호쿠겐인의 전력이 오지 않는다 해도 새로운 노예를 가키도 패거리가 데리고 올 테니 라 크리마는 손해를 보지 않는다. 그런 구조였다.

"빌어먹을 노예 상인놈. 우리를 속여서 장사를 하다니, 터무니없는 자식이야!!"

"그렇다니까요!"

물론 라 크리마의 제안을 받아들이기로 한 것은 그들이지만, 그 사실은 형편 좋게 잊고 있었다.

그리고 라 크리마와 교섭을 했던 멤버는 로그인하지 않았다.

면목이 없다기보다는 멤버들이 따지는 것이 두려웠기 때문일 것이다.

"두목, 이제 어떻게 하죠?"

"'감옥'에도 던전이나 가게가 있는 모양이긴 한데요……."

앞으로 〈Infinite Dendrogram〉에서 활동하려니 불안해진 멤버들에게 가키도는 사나운 미소를 보여주었다.

"우선 책임을 지게 해줘야지."

"네? 그래도 그 녀석들은 밖에……."

"아니야, 라 크리마의 상사에게 책임을 지게 해주는 거라고."

"상사……! 버, [범죄왕] 젝스 뷔펠에게요?!"

라 크리마에 대해 조사해보니 라 크리마가 클랜에 소속되어 있고, 그 오너가 '감옥'에 있는 [범죄왕] 젝스 뷔펠이라는 정보를 찾을 수 있었다.

그리고 그 정보는 〈DIN〉이 조사한 정보를 구입한 사람이 그 클랜…… 〈IF〉에게 보복하기 위해 퍼뜨린 것이었다. 하지만 거기에 포함된 정보는 너무 눈에 띄게 활동하는 라 크리마, 에밀리, 라스칼, 그리고 오너인 젝스에 대한 정보뿐이었다.

〈IF〉로 활동하는 모습이 눈에 띄지 않는(이라기보다는 범행 현장을 목격한 사람이 없는) 제타와 신입이고 큰 사건을 일으키기 전에 '감옥'에 오게 된 가베라는 정보에 포함되어 있지 않았다.

"〈초급〉에게 졌는데 〈초급〉에게 시비를 걸려고요? 아무리 그래도 그건 좀……."

"생각해보라고. 아무리 〈초급〉이라 해도 '감옥'에 있는 시점에서 이미 패배자잖아. 빅맨 정도로 괴물은 아닐 거란 말이지."

만약 '감옥' 경력이 긴 〈마스터〉였다면 '바보 같은 소리 하지 마'라고 태클을 걸었겠지만, 안타깝게도 그곳에는 이제 막 들어온 〈육도혼돈〉밖에 없었다.

혹시나 서방 삼국에서 활동하고 있는 〈마스터〉가 있었다면 그런 말을 했을지도 모르겠지만, 그들은 극동, 천지의 〈마스터〉였기에 [범죄왕]은 '[범죄왕]이다'라는 정보만 가지고 있었다.

"[범죄왕]을 혼내주고 쌓아둔 금품을 위자료 대신 받는다. 뭐,

범죄 클랜의 오너라 해도 여기서는 혼자잖아. 알 카포네도 형무소 생활 말년에는 꼴사나웠다니까."

만약 냉정한 〈마스터〉가 있었다면 '아니, 알 카포네는 〈엠브리오〉가 없으니까 그랬겠지'라고 지적했겠지만, 이곳에는 냉정하지 않은 〈육도혼돈〉밖에 없었다.

"우선 정보수집이다. 녀석의 행동이나 있는 장소, 그리고 방해받지 않을 타이밍을 살펴보고 기습을 가하자."

"오오!"

그런 다음 그들은 정보수집을 하러 나섰고, 사람들에게 물어 많은 정보를 얻었다.

신기하게도 모든 죄수들이 젝스에 대해 윗사람인 것처럼 이야기했지만, '강하다'는 말은 한마디도 하지 않았다.

젝스가 모범수라는 것, 카페를 경영하고 있다는 것, 취미가 독서라는 것, 커피를 맛있게 끓인다는 것, 성격이 매우 온화하다는 것, 가게에 있는 잔이 멋지다는 것, 카페의 종업원이 귀엽다는 것. 그렇게 여러 가지…… 해롭지 않다는 정보만이 〈육도혼돈〉에게 들어왔다.

"크크큭, 얼간이 녀석. 이 정도면 쉽게 끝낼 수 있겠군. 그리고 **기운을 내는 데** 딱 좋겠어."

정보를 얻은 가키도는 웃었고, 가게가 쉬는 날이라 손님…… 다른 〈마스터〉가 방해하지 않는 이틀 뒤에 습격을 가하기로 했다.

젝스 습격, 그리고 그 이후를 생각하며 그들은 의기양양하게 준비를 하기 시작했다.

하지만 그들 중 아무도 눈치채지 못했다.

그들의 질문에 대답해준 다른 〈마스터〉들의 눈초리가 **미지근**했다는걸.

마치 '아, 이번에는 이 녀석들인가'라고 불쌍한 희생자를 보는 것 같은 눈초리였다는 사실을 눈치채지 못했다.

질문에 대답한 모두가 하나같이 **해롭지 않다는 정보만** 제공했다는 사실을 눈치채지 못했다.

그리고 현실 시간으로 이틀 뒤, 〈육도혼돈〉은 카페 〈다이스〉를 습격했다.

■2045년 4월 6일 [궁수렵인] 가베라

"나오지 않으면 가게를 통째로 불태울 테다!!"

가게 밖에서 목숨이 아까운 줄도 모르고 소리를 지르던 건 척 봐도 지저분한 남자들이었다.

특히 선두에 서 있는 남자는 동물 가죽과 화려한 옷으로 온몸을 장식하고 있었다…… 파파네 나라의 가부키하고 비슷한 것 같으면서도 크게 착각한 것 같은 차림새네. 안쓰러워 보이는 글러브까지 꼈고.

음~, 그건 그렇고 차림새는 그렇다 치고 얼굴이 너무 투박한 거 아닌가? 캐릭터를 만들 때 조작할 수 있는데 왜 일부러 그런 얼굴로 한 거야?

……아, 얼굴 말인데, 나는 현실에서도 충분히 아름다워.

그래, 꽤 건드리긴 했지만 아름다움의 수치는 변함이 없을 정도일 거야.

…………가슴 크기를 건드리는 걸 깜빡했다는 게 생각나네.

오너는 내가 뽕을 넣었다는 걸 눈치채지 못했겠지?

"네, 네. 누구신지요."

그런 생각을 하고 있자니 오너가 경계심이 전혀 없는 듯한 표정으로 가게 문을 열었다.

내가 조심성이 없네~, 그렇게 생각하고 있자니 오너가 몸을 ㄱ자로 구부렸다.

보아하니 배를 얻어맞은 모양이다.

아, 바깥에서 지나가다가 그 모습을 본 사람이 도망가고 있네.

그야 그렇겠지~.

"문을 왜 이렇게 늦게 여냐고!!"

"죄송합니다. 그런데 당신은 누구죠?"

그 사람에게 얻어맞았는데도 오너는 딱히 신경 쓰지 않았다.

아, 그렇겠지.

물리 공격이니까 HP가 줄어들지도 않았을 테고.

"나는 [분쇄왕] 가키도 기가마루! 예전에는 천지의 결투 랭킹 10위였던 남자다."

가키도 기가마루, 특이한 이름이네. 그리고 천지 출신 녀석은 처음 봤어.

〈IF〉에는 천지 출신 멤버가 없고~.

……쿨 계열 미형 사무라이가 들어와도 되는데 말이지?

뭐, 그 이야기는 다음에 오너에게 하기로 하고, 지금은 가키도가 문제인데.

그래도, 말이지…….

"결투 10위는 별거 아니잖아?"

나는 결투의 메카, 기데온에 살고 있었지만 8위까지밖에 몰라.

……아, 그런데 7위 이름이 뭐였더라.

무슨 이름이었더라? 그 불꽃이라 땀내 날 것 같은…….

비, 비…… 비주얼?

"뭐라고오?!"

"아뇨, 아뇨. 가베라 씨. 그렇지 않습니다. 천지는 특히 결투가 많이 이루어지는 나라니까요. 참가자는 대충 다른 나라의 두 배, 그러니 10위라 해도 왕국의 5위 정도 실력이 있을 겁니다."

오너의 보충 설명을 듣고 고개를 끄덕였다.

하긴, 천지가 수라의 나라라는 말은 가끔 듣긴 했지.

"그런데, [분쇄왕]?"

왠지 많이 들어본 것 같은 직업인데.

"[분쇄왕]은 동방의 [파괴왕]이라 할 수 있겠죠. 이 직업도 마찬가지로 오브젝트 파괴 능력이 뛰어나고요. 단, [파괴왕]이 STR 하나만 특화된 것에 비해 [분쇄왕]은 밸런스가 더 좋아서 대인 전투에서도 충분히 활약할 수 있을 겁니다."

"오너, 정말 박식하네."

어찌 됐든 차림새가 특이한 가키도는 직업만 놓고 보면 그 [파괴왕]과 동격인 모양이다.

……아무리 봐도 그런 것 같지는 않지만.

"아, 가키도 씨의 이름을 들으니 생각나네요. 당신의 도적 클랜 〈육도혼돈〉은 5일 전에 천지의 토벌 랭킹 2위인 '산 베기', [산적왕] 빅맨에게 괴멸당했죠. 그렇군요, 그래서 지금은 '감옥'에 계신 거고요. 여죄를 포함한 죄목은 강도 살인 및 강간 살인, 아, 지명수배를 당할 만도 하겠어요."

오너, '감옥'에 있는데 너무 정보통인 거 아닌가……

아, 그렇구나. 천지라면 지금은 멤버 중에서 라 크리마가 활동 중이니까…… 그쪽에서 들어온 정보일지도 모르겠어.

"우리를 꽤 잘 알고 있는 모양인데. 그럼 우리의 목적도 알고 있겠지?"

"전혀 짐작이 안 되는데요. 가게에 손님으로 오신 건가요?"

"아니야! 우리를 속인 라 크리마의 상사인 네놈을 쓰러뜨리고! 위자료 대신 금품을 있는 대로 가져가야겠다."

"그게 전부인가요?"

"아니지! 졸개라고는 해도 〈초급〉을 쓰러뜨리면 유명해지니까! 이 '감옥'에 우리의 존재를 널리 알리고! 언젠가는 우리가 '감옥'의 정점에 올라서겠다!!"

"……콜록."

그 말을 듣고 나도 모르게 기침을 해버렸다.

……이유가 뭘까. 가키도를 보고 있으니 예전에 입은 상처가

욱신거려.

뭐라고 해야 하나…… 블랙한 히스토리의 기억이 열려버릴 것 같은 기척?

"저를 쓰러뜨리면 '감옥'의 정점에 설 수 있다는 규칙은 없습니다만."

"하지만 이 '감옥'에서는 너를 윗사람으로 보는 녀석들이 많잖아? 그런 너를 쓰러뜨리면 내가 그 녀석들보다 위에 설 수 있다는 거지!"

"콜록."

또 기침을 해버렸다.

그만해…… 그건 [파괴왕]을 노리던 때의 나와 완전히 겹치니까…….

겹치지 말라고, 가키도…….

너무 겹치면 쳐죽여버릴 거야.

"네에, 알겠습니다. 그럼 장소를 옮겨서 결투라도 하는 건가요?"

"아니, 이미 결판났어. 네 배를 봐."

내가 있는 곳에서는 오너의 등만 보이니까, 알하자드를 보내서 그쪽 시야로 확인했다.

그러자 오너의 배에는 동그라미 안에 'BAN'이라는 글자가 새겨진 도장이 찍혀 있었다.

"이게 뭐죠?"

"이건 내 〈엠브리오〉, 번천인의 각인이다. 어이쿠, 그 각인을 만지지 마라. 만지면 그 순간에 네놈은 산산조각이 날 테니까."

잘 살펴보니 가키도가 두 손에 끼고 있던 글러브, 타격할 때 닿을 것 같은 부분에 그 'BAN'이라는 도장이 있었다. 촌스럽네.

"그렇군요. 상대방의 몸에 접촉식 폭탄을 심는다, ……아니, 접촉 부위를 폭탄으로 바꾸는 〈엠브리오〉라고 해야 하나요?"

"그렇다. 그리고 새겨지면 끝장이지. 벗어난 자는 아무도 없어!"

호오, 그걸 아까 배를 때리면서 오너에게 새긴 거구나.

산산조각 나면 오너도 죽으려나.

……안 죽을 것 같은데~.

"네놈이 패배를 인정한다면 풀어줄 수도……."

"잠깐 실례합니다."

오너는 그렇게 말하고 가키도 옆을 지나 가게에서 거리를 두었다.

그리고 큰길 한가운데로 가서.

"이봐, 네놈 어디 갈 셈……."

"이렇게 말인가요?"

아무도 말릴 틈도 없이.

오너는 **스스로** 배의 각인을 만졌고—— 설명을 들었던 대로 산산조각 났다.

오너였던 검붉은 살점과 피가 주위에 튀었고, 포장되지 않은 큰길과 주위에 있던 가키도의 클랜 멤버로 보이는 녀석들에게 쏟아져 내렸다.

으아, 징그러워.

"으아아?!"

"이, 이 녀석. 자폭하다니……!"

아마 어쩌다가 가게 안에서 폭발하면 가게가 더러워질 테니 바깥에서 폭발했겠지.

……어차피 [성녀]의 마법으로 깨끗하게 만들 수 있으면서.

"뭐, 뭐, 됐어. 어찌 됐든 내가 [범죄왕]을 쓰러뜨렸다는 건 마찬가지니까. 최초의 일격으로 승패가 갈린 것뿐이다."

"그렇지~."

내가 별로 관심이 없는 듯이 그렇게 말하자 그제야 가키도와 동료들이 내가 있다는 걸 눈치챈 모양이었다.

"너는 뭐야?"

"얹혀사는 사람이야."

"그렇군. [범죄왕]의 **정부**인가?"

"…………뭐?"

왠지 엄청난 말을 들은 것 같은데요.

"얼굴은 반반한데 가슴은 가짜 같군. [범죄왕]도 여자 취향은 별로야."

"뭐? 누구 가슴이 가짜 같다고? 까불지 마라, 가키도."

누가 납작 가슴……이 아니라 누가 정부야! 누가!

예전 MMO에서나 봤던 직결충도 아니고, 덴드로에서 그런 상스러운 이야기를 꺼내는 바보는 처음 봤어!

아, 그래도 라 크리마는………… 뭐, 그 녀석은 사정이 좀 다르니까 됐고.

"…………"

그런데 이 녀석들, 내가 해치워버려도 되려나?

이 녀석들은 아직 아무도 바깥에 있는 알하자드를 눈치채지 못했으니 아마 해치울 수 있을 거다.

그러니까 할 수는 있을 것 같긴 한데…… 가키도는 초급 직업이란 말이지.

나는 '감옥'에 와서 초급 직업들에게 지기만 했고……, 어쩌지.

"뭐, 너는 상관없어. 지금은 이 가게에 있는 것을 모조리 다 가져갈 거니까. 이봐, 돈이 될 만한 것들을 들고 나가."

"넵!"

가키도는 그렇게 말하면서 클랜 멤버……라고 해야 하나, 부하 같아 보이는 녀석들에게 지시했다. 익숙해 보이는 걸 보니 그런 죄목으로 지명수배를 당한 거겠지만, 참 알아보기 편하다.

부하 녀석들은 당연하다는 듯이 가게로 들어오려다가.

『잠시만 기다려주십시오.』

그렇게 말하며 제지하는 자가 있었다.

"뭐, 뭐야? 누구 목소리…… 응?"

가키도의 부하가 목소리가 들린 곳을 찾아보다 바로 발견한 모양이었다.

그 목소리의 주인은 의자에 앉아 있었다. 방금까지 감고 있던 눈을 뜨고 가키도의 부하를 무기질적인── 인공적인 눈으로 보고 있었다.

그렇다, 그 목소리의 주인은── 황옥인 아프릴이었다.

오너가 폭발했을 때도 꿈쩍도 하지 않다가 이제야…… 일어섰다.

『당신들은 본점에 강도 목적으로 침입하는 겁니까?』

방금까지 이야기에 끼어들지 않았으면서 듣고 있긴 했던 모양이었다.

"이 녀석은 뭐야? 인간 같은데 관절이 구체고, [괴뢰사(마리오네테)]의 인형인가?"

"호오, 괜찮네. 완성도가 꽤 높아서 돈 좀 될 것 같은데. 이 녀석도 가져가……."

가키도의 부하는 아프릴을 가져가려고 가게 안으로 들어왔다.

그리고 가게 내부로 발을 내디딘 순간.

『외적으로 인식. 전투 모드 기동── 배제합니다.』

지금까지 딱딱한 말투로 말하던 것이 환청이었던 것처럼 아프릴의 입이 유연하게 움직였고.

"어?" "어?"

그녀에게 손을 대려 하던 남자가 두 동강 났다.

좌우로 갈라진 입에서 각각 목소리가 새어 나왔다.

그리고 쓰러지기 전에…… 추격타를 맞고 잘게 썰려서 바닥에 피가 한 방울 떨어지기도 전에 빛의 먼지가 되었다.

"?!"

"브, [브로치]를 달고 있었을 텐데?! 갑자기 즉사하다니……!"

……[브로치], 말이지. 양손으로 한 번씩 공격했으니까 첫 번째 공격 때 부서진 거 아냐?

지금은 매우…… **대미지를 입기 쉬울** 테고.

『가게 밖의 외적 소탕을 개시합니다.』

아프릴은 그렇게 유연한 말투로 말한 다음 가게 밖으로 나섰다.

특훈할 때도 생각한 거지만 저 애는 전투를 벌일 때는 말투가 유연하단 말이지. 평소에 시키고 있는 종업원 일이 아프릴의 인공지능에 이상한 부하를 걸고 있는 건가?

"쳇! 당황하지 마! 겨우 한 대라고!"

"로봇 같은 건 별거 아니야! 천지의 〈유적〉에서 가드 로봇을 여러 대 쓰러뜨렸잖아!"

〈유적〉이라~, 나는 가본 적이 없단 말이지~.

그래도 분명히…… 아프릴보다 강한 로봇은 없을 거야. 아.

"잡았다! ……응?"

숨어 있던 잠복무사 계통으로 보이는 녀석이 뒤에서 아프릴을 창으로 노리고 있었다.

그 창은 의도한 대로 아프릴의 등을 찌르긴 했지만…….

"뚜, 뚫리지 않아?! 말도 안 돼! 어째서 내 첫 번째 공격 기습이……!"

잠복무사 계통의 가장 큰 장점인 첫 번째 공격은 아프릴의 옷 조차 뚫지 못했다.

『──배제합니다.』

그 순간, 아프릴은 복수하겠다는 듯이 두 팔을 휘둘렀다.

그 손은 창의 사정거리 밖에 있던 남자에게 전혀 닿지 않았 지만.

"끄악?"

남자는 갈기갈기 찢어진 단면을 드러내며 목이 날아간 상태였 다. 징그럽네.

"와, 와이어?"

옆에서 보고 있던 다른 녀석들도 아프릴의 무기가 무엇인지 눈치챈 모양이었다.

그것은 아프릴의 손목 안쪽에서 뻗어 나간── 금속 와이어.

일부 암살자가 사용하는 강철 실과는 달리 두께가 두꺼워서 그야말로 와이어라 할 만한 물체였다.

저걸로는 사람의 몸 같은 걸 벨 수 없을 것 같은데, 저렇게 사 람을 잘게 썰고 있다.

"큭! 급소를 노리면서 싸워! 저런 와이어는 맨몸으로 맞지만 않으면 별것 아니야!"

그렇겠지. 저 와이어 자체는 그냥 튼튼하기만 하니까.

그래도 방어는 하지 않는 게 좋을걸?

"끄어억?!"

두꺼운 갑주를 입은 남자가 갑주까지 통째로 찢겨서 빛의 먼지로 변했다.

"가, 갑주까지 통째로 갈기갈기⋯⋯?!"

"뭐야, 무슨 일이 일어난 거야!"

아, 저걸 보고 있으니 아버지가 좋아했던 두부가 생각나네.

두부를 실로 자르는 듯이 인체가 간단히 산산조각 나고 있다.

저 와이어를 주의해도 소용없어.

왜냐하면 산산조각 나고 있는 이유는 그저 단순하게.

"뭐어?!"

"왜, 왜 그래?"

"4050이나 되는 내 END가⋯⋯ 겨, **겨우 50밖에 안 되는데?**"

──상대방이 **물렁해진 것**뿐이니까.

"그런데 마이너스 4000이라니, 오늘은 꽤⋯⋯ **소극적**이네, 아프릴."

『내구형 초급 직업이나 가드너도 부재. 이 출력으로도 충분합니다.』

아, 에너지 절약이구나~.

"바, 방어력을 깎는 스킬인가!!"

"하! 그렇다면 스피드로 농락해주⋯⋯ 끄아아악?!"

다리를 쓰려 하던 AGI형이 지면을 박찬 순간, 발이 복합골절되었다.

아니, 그걸 넘어서 발이 없어져 버렸네.

뭐, 그럴 만도 하지.

END가 너무 깎여서…… 분명 **마이너스**였을 테니까.

그렇다. 황옥인인 아프릴은 '주위에 있는 물질의 강도를 깎는'
기능을 지니고 있다.

특히 AGI에 특화되어 원래 END가 낮은 녀석들 따위……
END가 0 이하로 떨어진다.

원래 END가 낮은 AGI형이 함부로 달리면 자신이 달려가는
반동으로 인해 **뼈**가 부러지고 살이 뭉개진다.

END형도 장점인 내구도가 종이 장갑이 된다.

AGI형을 자멸로 몰아넣고, END형의 장점을 죽인다.

그야말로 모든 것을 **말살**한다.

그것이 황옥인 [다이아몬드 슬레이어(금강석지말살자)]가 탑재한
개변 병기, 《마테리얼 슬라이더》.

처음 이야기를 들었을 때부터 생각했던 건데, 저걸 만든 녀석
은 전투 밸런스 같은 건 전혀 생각하지 않았을 거야.

뭐, 덴드로는 전체적으로 그런 부분이 있긴 하지만.

"워, 원거리 공격이다! 원거리 공격으로 해치워!"

"아, 안 되겠어?! 화살이나 총알이 전혀 통하지 않아?!"

아프릴의 《마테리얼 슬라이더》는 주위의 강도를 깎는 것뿐만

이 아니라 자신의 강도를 올릴 수도 있다.

상대방의 공격은…… 추정치 10만이 훨씬 넘는 아프릴의 방어력으로 인해 전부 무력화된다.

"……대충 봐도 〈초급〉에 필적한다니까, 아프릴."

나도 훈련할 때 한 번도 못 이겼고. ……또 기분이 가라앉는다~.

"젠장! 모처럼 [범죄왕]을 쓰러뜨렸는데 이런 괴물이 있을 줄이야!! ……너희들! 비켜! 아무리 튼튼하다 해도 내 번천인이라면 산산조각낼 수 있어!"

가키도는 그렇게 말하고 번천인을 장착한 두 손으로 소리가 날 정도로 주먹을 쥐고는 복싱 파이팅 포즈를 취했다.

각인한 물체를 폭파시킬 수 있는 번천인이라면 아프릴도 파괴할 수 있긴 하다.

하지만 그것은 《마테리얼 슬라이더》로 인해 방어력이 종잇장처럼 변한 가키도가 몸에 걸리는 반동이 신경 쓰여서 전속력도 내지 못하는 상태로 아프릴의 간격 안으로 들어간다는 뜻이다.

서로 일격을 먹이면 끝장, 사정거리를 따지면 아프릴이 유리하겠네.

하지만 정작 아프릴은…… 가키도가 한 말을 듣고 고개를 갸웃거리고 있었다.

『소유자 각하(오너)를, 쓰러뜨렸다고요?』

"헤헷! 네놈의 주인인 것 같던 [범죄왕] 젝스 뷔펠은 내 번천인에 산산조각 났다고!"

그렇게 말하며 잘난 척하는 가키도를 보고.

『거기, 계신데요?』

아프릴은 가키도의 뒤를 손가락으로 가리켰다.

"?!"

가키도는 소리가 날 정도로 빠르게 뒤를 돌아보고 있었다.

하지만 그곳에는 가키도의 부하 세 명밖에 없었다.

"이 자식······!"

아프릴에게 속았다고 생각했는지, 곧바로 다시 아프릴을 돌아보았지만······ 아프릴은 여전히 가키도의 뒤를 손가락으로 가리키고 있었다.

그 모습을 보고 다시 돌아보자 그곳에는 역시 가키도의 부하 두 명밖에 없었다.

"··········어?"

아, 눈치챈 모양이네.

그동안 한 명이 데스 페널티를 받았다는걸.

"이봐! 너희들! 파펠 녀석은 어디 갔어! 있었잖아! 거기?!"

"··········."

"··········아."

부하 두 명은 가키도의 물음에 대답하지 않았다.

괴로움과 공포로 가득찬 표정을 지으면서······ 꿈쩍도 하지 않았다.

목소리도 내지 않았다.

마치 무언가가 안쪽에, 목······ 몸 안에 가득 차 있는 것처럼.

점점 두 사람의 몸에 변화가 생겨났다.

안쪽에서 눈알이 튀어나왔고, 입에서 피를 계속 토해내며 몸 전체가 물을 잔뜩 뿜어내는 호스처럼 이리저리 움직였다.

하지만 그렇게 이상한 현상을 일으키던 몸이 갑자기 사라지고 빛의 먼지가 되었다.

질식을 비롯한 괴로움 때문에 한계를 맞이해서 둘 다 〈자해〉한 모양이네.

그래서 두 사람이 빛의 먼지가 되어 사라진 뒤에는 그들이 드롭한 아이템하고.

——**검붉은 액체**만이 남았다.

"……어?"

그것은 주위에 튀었던 것과 같은 것.

큰길, 그리고 지금은 이미 전멸한 가키도의 부하들의 옷에 묻어 있던 것과 같은 것.

오너의 살점과 피.

가키도가 더 일찍 눈치챌 수도 있었을 텐데, 맥이 빠질 정도로 쉽사리 목적을 달성해서 머리가 돌아가지 않았던 건가?

그러니까 눈치채지 못했겠지…….

——산산조각 난 오너의 살점과 피가 빛의 먼지로 변하지 않았다는 사실을.

"……몇 번을 봐도 징그럽네……."

큰길에 튀었던 살점과 피가 꿈틀댔다.

방금 부하 두 명이 〈자해〉한 곳으로 모여들기 시작했다.

척 보기에도 인체의 체적보다 많은…… 수영장에 가득 찰 정도로 많은 살점이 섞인 혈액이 모여들자 그것이 솟구쳤다.

검붉은 액체가 위로 뻗었고, 사람 크기로 압축되어 기술자가 녹인 유리를 다듬는 것 같은 움직임으로 팔다리와 머리를 형성했다.

이윽고 옷까지 재현되었고—— 마지막으로 **착색**되었다.

그곳에는 평소처럼—— **오너**가 서 있었다.

"안녕하세요. 가키도 씨. 6분 27초만이네요."

"뭐, 어, 어어어어……?!"

아, 그야 놀랍기도 하겠지.

피와 살점…… 검붉은 액체에 불과했던 게 갑자기 인간으로 돌아오면 놀라울 거야.

하지만 오너라면 이상하진 않다. 산산조각 나더라도, 액체가 되더라도, 그런 다음 다시 **인간으로 변신하더라** 이상하진 않다.

목이 잘려도, 심장을 찔려도, 거대한 다리에 뭉개져도, 아무렇지 않다.

오너에게 그것은 그저…… **형태 중 하나**에 불과하니까.

왜냐하면 그런 몸…… 그런 종류의 **몬스터**니까.

오너는── 슬라임으로 온몸을 치환하는 유일한 〈마스터〉니까.

◆

전신 치환형.

그것은 암즈, 가드너, 채리엇, 캐슬, 테리터리, 메이든, 아포스톨, 그 어떤 것과도 다른 **보디**라 불리는 초 레어 카테고리다.

나도 자세한 건 모르지만 암즈의 일종인 손이나 눈을 〈엠브리오〉로 삼는 부분 치환과도 결정적으로 다르다고 한다.

전신 치환형은 〈엠브리오〉 중에서도 가장 희귀해서 거의 알려지지 않았다. 오너도 자기 말고는 온몸을 기계로 치환한 카르디나의 [섬멸왕]밖에 모르는 것 같고.

전신 치환형이 희귀한 건 당연히 이유가 있다.

〈엠브리오〉는 〈마스터〉의 인격을 읽어내 부화하고 진화한다.

정도에 차이가 있긴 하지만, 인격과 〈엠브리오〉는 관계가 있다.

그런데 문제가 하나 있거든?

온몸을 슬라임으로 치환하는 인간의 인격은 대체 뭐냐는 거지.

적어도 나는 이해할 수가 없다.

오너가 어째서 그런 〈엠브리오〉를 가지고 있는지, 그리고 어떤 식으로 세계를 보고 있는지도…… 전혀 이해할 수 없다.

온몸이 찐득찐득한 괴물이 되더라도, 수많은 조각으로 흩어지더라도, 완전히 다른 사람의 몸을 본떠 만들더라도, 그것을 받아들이고 자신의 몸으로 삼는다.

그런 인격은 상상하고 싶지도 않고, 상상해서도 안 된다.

오늘 오너가 그릇(역할)에 내용물(자신)을 맞출 수 있는 인간이라는 걸 알고 조금 이해가 된 것 같긴 하지만…… 그래도 분명진정한 의미로 이해하지는 못했을 것이다.

왜냐하면 전신 치환형은…… 자기 자신을 통째로 다른 것으로 바꿔버려도 **아무런 문제도 없는** 인간에게만 생겨날 테니까.

◆

"버, [범죄왕]?! 젠장……!"

눈앞에서 산산조각 났던 오너가 생채기 하나 없이 눈앞에서 복원되자 가키도는 매우 충격을 받은 모양이었다.

그야 그렇겠지.

번천인으로 죽이지 못했으니, 가키도가 오너를 쓰러뜨릴 방법은 없다.

"[분쇄왕]에게는 《파괴권한》이 없으니까요. 산산조각 나더라도 **그게 전부**입니다."

……봐, 온몸이 산산조각 났는데 그게 전부라고 하잖아.

그런 상황에 적응할 수 있는 정신을 가지고 있으니…… 슬라임으로 전신을 치환한 거겠지만.

오너는 사람 형태일 때와 슬라임일 때가 별다른 차이가 없다고 생각할지도 모르겠다.

[범죄왕]일 때와 [성녀]일 때 분위기가 달라지는 것과 비슷한 정도로 슬라임스럽게 행동하는 것뿐일지도 모르겠고.

아, 그렇지. 오너의 〈엠브리오〉는 슬라임이긴 하지만 변신 능력도 뛰어나다.

기본 모습, 그리고 자주 사용하는 [성녀] 모습일 때는 체세포까지 전부 다 인간 그 자체. 방금처럼 형태가 무너지면 슬라임으로 돌아가는 것 같지만.

게다가 오너 말에 따르면 [성녀] 쪽은 원본 인물과 DNA까지 완전히 동일한 모양이었다.

덴드로에 DNA 감정 같은 건 없는데 어떻게 그런 걸 아냐고 물어보니 'DNA를 체크해서 계승이 가능한지 판단하는 [성녀]의 크리스탈을 속여서 이렇게 무사히 [성녀]가 되었으니까요'라고 하던데. 어떤 경위로 [성녀]가 될 예정이었던 여자와 바꿔치기해서 그렇게 되었는지는 궁금하긴 하지만.

그리고 그런 걸 가능하게 해주는 오너의 〈초급 엠브리오〉의 이름은 [시원만변 눈]이라는 것 같아.

모티브는 내가 모르니까 분명 마이너한 거겠지. 민담(포크로어) 같은 건가? ……유명한 거라면 내가 창피한데, 마음속으로 한 말이니까 세이프.

할 수 있는 말이 하나 있다면.

"우리 오너는…… 쓰러뜨릴 수가 없어."

온몸이 슬라임이니까 목을 쳐도, 심장을 찔러도, 산산조각내도, 쉽사리 원래대로 돌아와 버린다.

타격이든, 참격이든, 폭파든, 물리적인 공격 수단으로 오너를 쓰러뜨릴 수는 없다.

마법도…… 글쎄.

오너는 항상 특전 무구를 여러 개 **몸속**에 몰래 가지고 다니니까.

스킬도 있으니까 슬라임이 약한 불꽃도 어떻게든 해버리지 않을까?

게다가 [범죄왕]의 **패시브 스킬** 때문에 스테이터스도 높고.

그리고 내 상상으로는 가장 악질적인 필살 스킬까지 있다.

정말 그 [파괴왕]은 용케도 이 오너를 '감옥'에 쳐넣었네…….

"가키도 씨. 이제 당신 혼자 남은 것 같네요. 이대로 저와 싸우시겠습니까?"

"으, 윽……."

가키도는 대답할 수가 없었다.

싸워도 질 거라는 사실을 알고 있으니까.

사실 이곳에서 도망치고 싶을지도 모르겠다.

내가 '자, 어떻게 하려나?'라고 구경하는 기분으로 보고 있자니.

"가베라 씨."

갑자기 오너가 나를 불렀다.

"왜?"

"아까 자신이 '감옥'에서 약한 편 아닌가 하고 고민하셨죠. 자신이 얼마나 변했는지 시험해보시겠어요?"

"……무슨 소리야?"

오너가 한 말이 무슨 뜻인지 알 수가 없어서 분명 물음표를 머리 위에 띄운 채 고개를 갸웃거리고 있을 나를 제쳐두고 오너가 가키도에게 말을 걸었다.

"가키도 씨. 싸울 상대로 제가 아니라 가베라 씨를 선택해도 상관없습니다."

"뭐?"

"어느 쪽이든 이기면 봐드리겠습니다. 그리고 이 가게도 드리죠."

"……흐에에?!"

오너가 갑작스럽게 꺼낸 말을 듣고 깜짝 놀라 이상한 목소리가 나와버렸다.

어, 잠깐, 내가 져도 가게가 없어지는 거야?!

여기는 내 집이기도 한데요?!

"하, 그렇다면 당연하지. 거기 있는 여자를 상대하겠어."

가키도가 매우 기쁜지 나를 보며 그렇게 말했다.

으아, 정말 살았다는 표정이라 열 받네.

"알겠습니다. 가베라 씨도 괜찮으시죠?"

괜찮지 않은데요?!

괜찮지 않은데………… 아, 안 되겠다.

오너의 눈초리…… 지옥 특훈을 할 때처럼 말해도 소용없는 눈초리네.

……각오를 다질 수밖에 없는 것 같아.

"…………하면 되잖아."

나는 투덜거리면서 오너가 말한 대로 싸우게 되었다.

그 [파괴왕]과 동격인 초급 직업…… 지면 어쩌지?

……뭐, 그때는 오너의 새집으로 이사 가서 얹혀살면 되겠지.

◆

장소를 큰길에서 '감옥' 거리 교외에 있는 황야로 옮겼다.

이야기를 들어보니 그곳에서 싸우면 상품인 가게가 망가질 것을 우려해 가키도가 온 힘을 다해 싸우지 못할 가능성이 있다는 모양이었다.

"[분쇄왕]에게는 《파괴권한》이 없지만, 범위 공격형 오의인 《분쇄파동권》을 가지고 있으니까요. 상품인 가게가 근처에 있으면 온 힘을 다해 싸우지 못할지도 모릅니다."

"쳇, 꽤 잘 아는 모양이로군."

"네. **어떤 곳**에 직업 리스트가 있거든요."

"호오?"

오너는 그렇게 말하고 왠지 모르겠지만 가게가 있는 쪽을 보았다.

가게 금고 같은 곳에 넣어둔 건가?

……그렇게 귀중한 리스트를 누가 훔쳐가지 않을지 걱정되는데.

아, 그래도…… 가게에는 아프릴이 있으니까 괜찮겠지?

299

"그럼 두 분 다 준비되셨나요?"

오너는 그렇게 말하고 우리 사이, 마치 심판 같은 위치에 섰다.

참고로 이 싸움을 벌이기 전에 [계약서]를 써버렸기 때문에 이제 지면 진짜로 가게의 권리가 가키도에게 넘어가 버리게 된다.

게다가 '[브로치] 사용 금지'라는 추가 규칙까지 붙어버렸다.

……싫다. ……좀 꼼수를 써볼까.

"그래, 다 됐고말고!"

"……딱히 상관없는데."

조금씩, 조금씩…….

"아, 가베라 씨. 그 이상 물러나지 말아주세요."

쳇, 들켰네.

전투를 시작하기 전에 거리를 더 벌리고 싶었는데.

"그럼 준비가 되신 것 같으니…… 시작."

"오오!!"

오너가 신호를 준 것과 동시에 가키도가 나를 향해 달려들었다.

아프릴과 싸우려 했을 때와 마찬가지로 복싱 스타일.

몸을 흔들면서 이쪽으로 거리를 좁히고 있었다.

상반신 움직임을 읽을 수가 없다.

능숙한 페인트, 아마…… 나는 대처할 수 없을 것이다.

하지만 나를 의식한 페인트는 별로 의미가 없다.

"?!"

가키도가 갑자기 쓰러졌다.

이유는 간단하다, 가키도가 감지할 수 없는 알하자드가 다리를 후렸기 때문이다.

하지만 정강이 보호대 같은 방어구의 성능이 다리를 절단하는 것만은 막아냈다.

꽤 단단하네, 저게 소문으로 들었던 천지의 무구라는 건가?

그래도 괜찮아. 내가 원했던 건 대미지가 아니니까.

"I am Unknown————《개기육식(알하자드)》."

내가 원했던 것은 필살 스킬을 발동하기까지의 시간.

베스트는 승부하기 전에 발동시켜두는 것.

그럴 수 없다면 발동할 시간을 번다.

"사라졌, 어?!"

선언한 직후, 내 모습은 알하자드와 융합하여 이 세상의 그 누구도 감지할 수 없게 되었다.

"어떻게 된 거야!"

"그래요. 당신의 〈엠브리오〉에 대해 이미 가베라 씨가 알고 있으니 어느 정도 공평함을 유지하기 위해 가르쳐드리겠습니다. 그녀는 다른 사람이 지각할 수 없게 되는 〈엠브리오〉를 가지고 있거든요."

오너가 내 알하자드의 능력을 가키도에게 밝혔다.

쓸데없는 말 하지 마, 진짜…….

"그럼 어딘가에는 있다는 거지?"

"네. 저도 지각할 수 없지만요."

"그럼…… 이걸로 끝장이다."

가키도는 그렇게 말하고 씨익 웃었다.

그는 두 주먹을 한데 모아서 들어 올린 뒤.

"——《대파괴증명인(번천인)》."

지면을 내리쳤다.

그 직후에 반경 100미터는 넘을 것 같은 거대한 각인이 지면에 떠올랐고.

——그 몇 배나 되는 범위에 걸쳐 대폭발을 일으켰다.

■'감옥' 거주 에리어 교외

《대파괴증명인》.

그것은 가키도 기가마루의 〈엠브리오〉, [인살권 번천인]의 필살 스킬.

각인한 자를 폭쇄시키는 번천인의 성질, 그 파괴력을 극도로 끌어올린 스킬이며 발동시키면 일반적인 각인과는 비교도 할 수 없을 정도로 거대한 파괴를 일으킨다.

상대방에게 직접 각인을 하지 않아도 이렇게 지면에 각인하여 그 거대한 파괴에 휘말리게 하는 것만으로도 어지간한 상대는 분쇄시킬 수 있다.

준 〈초급〉인 가키도의 비장의 수다.

"크크큭, 고맙군. 이런 황야를 전장으로 선택해줘서 말이야!"

하지만 그 거대한 파괴 안에서도 가키도는 죽지 않았다. 《대파괴증명인》의 거대한 파괴가 일어난 순간, 자신의 주위를 향해 《분쇄파동권》을 연달아 날려 상쇄시켰기 때문이다.

그리고 제대로 맞은 젝스도 살아 있긴 하지만…… 지금은 거대한 파괴에 휘말려 산산조각이 난 상태였다.

"사라진 그 여자도 날아가 버렸겠지. 이렇게 요란하게 날렸으니 말이야!"

가키도는 자신이 이겼다는 듯이 주위를 둘러보았다.

직경 1킬로미터 정도의 지면이 통째로 뒤집힌 듯한 상황.

가키도는 슬라임이 아니라면 휘말려서 무사하지 못할 거라 확신하고 있었다.

좀 전에 가키도의 클랜 멤버들을 말살했던 아프릴이라면 견뎌냈을지도 모르겠지만, 지금 이곳에는 없다.

"자, 결판도 났으니 [범죄왕]이 몸을 복원시키고 나면 가게를 받으러 가볼까."

이미 첫 번째 목적이었던 [범죄왕]을 쓰러뜨리고 '감옥'의 정점에 선다는 목적은 잊고 있었다.

정확히는 잊은 걸로 하기로 했다.

마음속으로는 정체도 알 수 없고 쓰러뜨릴 수도 없을 것 같은 [범죄왕]과 교전을 피하고 싶다는 생각이 컸다.

그런 의미에서는 그의 대전 상대였던 가베라와 비슷한지도 모르겠다.

……아니, 대전 상대**였던** 것은 아니다.

지금도 가베라는 그의 대전 상대이다.

"이봐! [범죄왕]! 어디 묻혀 있는 거야…………, 응?"

승리를 판정해줄 [범죄왕]을 찾아 뒤집힌 지면을 돌아다니던 가키도는 갑자기 넘어져버렸다.

"이상하네. 돌도 없는데 왜 넘어진 거지?"

그가 의아해하며 일어서려 했지만, 다리가 움직이지 않았다.

"……상태이상인가?"

그렇다면 치료해야만 한다고 생각하며 간이 스테이터스를 보았지만, 상태이상 표시도 없었고, HP가 줄어들지도 않았다.

"어? 그럼 어째서……."

그가 의문을 품고 다리가 움직이지 않게 된 뒤로 십몇 초가 지났을 때…….

"……………………어?"

언제부터 그랬을까.

그의 무릎 관절—— **뒤쪽에 보우건 화살이 열 몇 개나 꽂혀 있었다.**

정강이 보호대로 가려진 앞쪽을 피하려는 듯이 방어구가 없어서 약한 오금 쪽을 철저하게 파괴했다.

그의 무릎은 이미 무릎이 아니라 힘줄 잔해로 정강이와 허벅지가 이어진 것에 불과했다.

"아, 어, 어어어?"

간이 스테이터스에는 줄어든 HP가 확실하게 떠 있었다.

게다가 [출혈], [왼쪽 무릎 관절 파괴], [오른쪽 무릎 관절 파괴] 같은 상처 계열 상태이상도 확실하게 떠 있었다.

"회, 회복! 회복을······!"

그는 품속에서 아이템 박스를 꺼내 안에 들어 있던 약품으로 회복하려 했다.

하지만, 어째서일까.

그의 손가락은 꺼낸 아이템 박스를 만질 수가 없었다.

십몇 초 경과.

"어어어어어어?!"

그의 손에는······ **이미 파괴된** 아이템 박스만이 남아있었다.

내용물은 아이템 박스의 파손으로 인해 주위로 흩어진 상태였다.

"이게 뭐야, 이게 뭐냐고오오오오오!!"

이해할 수 없는 사태로 인해 당황한 가키도.

그런 그를 냉철하게 바라보고 있는 시선이 있다.

하지만 그는 그 시선을 전혀 눈치채지 못했다── 감지할 수도 없다.

즉.

『………….』

알하자드와 융합한 가베라가…… 조용히 가키도를 관찰하고 있었다.

지금 그녀는 알하자드와 융합해 있지만, 알하자드의 낫 같은 팔과는 달리 그녀 자신의 두 손도 사용할 수 있어서 《자동 장전 기능》이 달린 보우건을 두 손에 하나씩 들고 있었다.

그렇다, 가키도의 양쪽 무릎과 아이템 박스를 파괴한 건 그녀였다.

그 거대한 파괴에 가베라는 휘말리지 않았다.

왜냐하면 상대방의 눈앞에서 필살 스킬을 썼을 경우에는…… '곧바로 거리를 벌려야 한다'고 배웠으니까.

눈앞에서 적이 사라지면 누구든 경계하기 마련이다.

주위를 향해 마구 공격을 날려댈 수도 있다.

그 공격에 맞으면 아무리 숨어봤자 의미가 없다.

그렇기 때문에 상대방이 **진정할 때까지** 거리를 벌린다.

상대방이 냉정한 쪽이 절대로 감지할 수 없는 필살 형태의 알하자드로 대미지를 입힐 때 더 효과적이기 때문이다.

아무리 주의 깊게 관찰하더라도…… 감지할 수가 없으니까.

"[독]하고 [마비]…… 그리고 [어지러움]이라고……?!"

언제부터 그랬을까.

그의 간이 스테이터스에는 여러 가지 상태이상이 떠 있었다.

움직임이 둔해져서 치료하기 위해 약품을 들 수조차 없게 되었다.

십몇 초 전에 상태이상을 발생시키는 [독수렵인] 스킬을 가베라가 사용했기 때문이다.

"팔이, 팔이이이이이이이?!"

언제부터 그랬을까.

그의 왼손, 손목 아래쪽이 날아간 상태였다.

왼손을 잃고 나서야 겨우 눈치챘다.

그것도 십몇 초 전에 약품을 찾아 기어가다가 [함정수렵인]의 스킬로 가베라가 설치한 지뢰에 닿았기 때문이다.

모든 공격한 순간이 그에게서 빠져나간 상태였다.

그는 아무것도 인식하지 않았다.

그는 아무것도 인식하지 못했다.

필살 스킬, 《개기육식》으로 알하자드와 일체화한 가베라가 한 모든 행동은 **그 순간을 결코 인식하지 못하게 만든다.**

공격당했다는 결과조차 십몇 초 뒤에야 겨우 이해할 수 있다.

"부, 《분쇄파동권》!! 《분쇄파동권》?!"

남은 오른손을 사용해 반쯤 정신이 나간 상태로 [분쇄왕]의 오의인 범위 공격 스킬을 계속 날렸지만, 가베라는 그 스킬이 닿는 범위 안에 있지 않았다.

그저 멀리 떨어진 위치에서 보우 건을 들고 먹잇감이 약해지기를 계속 기다리고 있었다.

『⋯⋯⋯⋯.』

상대방이 윗몸을 일으킨 순간, 보우건으로 왼쪽 눈을 빼앗았다.

하지만 가키도는 시야가 가려진 것으로 인해 두려워할 뿐, 화살이 꽂혔다는 것을 눈치채지 못했다.

눈치채지 못한 채 박혀 있는 화살을 잡고 쓸데없이 상처를 벌리고 있었다.

이미 가키도는 멀쩡하지 않았다.

팔다리 중 세 개를 잃고, HP도 거의 바닥났고, 상태이상도 여러 개 걸렸다.

그럼에도 불구하고 가베라는 다가가지 않았다.

계속 기다렸다.

말없이, 최후의 순간을 계속 기다렸다.

지금 그녀는 상대방을 쓰러뜨릴 때까지── **자신을 과시하지 않는다.**

이곳 '감옥'으로 들어오기 전의 그녀와 가장 달라진 점이 뭔가 하면 바로 그런 부분.

그저 냉철하게 상대방이 죽을 때까지, 집요하게 상대방을 깎아낸다.

그 누구에게도 인식되지 않고, 방심하지도 않는다.

가장 무시무시한 헌터가⋯⋯ 그곳에 있었다.

『⋯⋯⋯⋯.』

가키도가 움직이지 않게 되었을 무렵, 멀리서 화염 마법 [젬]을 던져 숨통을 끊었다.

온몸이 타오르는 와중에 가키도는 데스 페널티를 받는 순간까지 그 불꽃을 알아채지도 못했다.

그저 가키도는 마지막으로 한 마디…… 어떤 말을 중얼거렸다.

"'악몽'이다……"라고.

■[궁수렵인] 가베라

갑자기 온 신기한 손님이었던 가키도 일파 사건도 끝났기에, 나는 다시 가게로 돌아와 오너의 커피를 마시며 간식을 먹고 있었다.

케이크는 맛있긴 했지만, 내 기분이 풀리지는 않았다.

"……저기, 오너."

"왜 그러시죠?"

"시험이라고 했는데…… 그건 상대방이 약했던 것 아니야? 전혀 싸웠다는 느낌이 들지 않는데."

내가 '감옥'에 오기 전에 싸웠던 루크보다 손맛이 덜했어.

그 [파괴왕]이나 한냐 씨, 캔디, 후우타와는 비교도 안 된다.

분명 그거겠지, 그 녀석이 오너가 말했던 초급 직업에만 의존

하던 삼류인 거야!

"그럴지도 모르겠네요."

아, 역시 그렇구나.

다시 말해 내가 이곳 '감옥'에서도 약한 편이라는 건 여전하구나…….

"아~. 역시 안 되겠어. 나는 분명 〈초급〉 중에서 가장 약할 거야……."

나는 다시 풀 죽어서 카운터석에 엎드렸다.

오너는 뭐가 웃긴지 평소와는 조금 다른 미소를 짓고 있었다.

진짜, 뭐가 웃긴데.

"아, 가베라 씨. 당신의 별명 말인데요."

"……'정체불명'은 아직 못 써."

그 [파괴왕]에게 이긴 다음에나…….

아, 그런데 오너를 쓰러뜨릴 정도로 강한 [파괴왕]에게 이기는 건 평생 불가능하지 않을까……?

…………또 기분이 가라앉기 시작하네.

"네. 그래도 당신이 쓰러뜨린 가키도 씨가 정말 멋진 별명을 줬어요."

"어?"

가키도가 언제 줬다는 거지?

서, 설마, '가슴이 가짜 같다'?

별명이 그거면 덴드로를 접을 수준인데?!

"별명은——— '악몽(알프트라움)'입니다."

알프트라움?

……음, 독일어로 '악몽'이었던가?

'가슴이 가짜 같다'보다는 낫지만…… 악몽이라…….

"……너무 흔하지 않아?"

한 나라에 여러 명 있을 것 같은 별명이잖아…… 이거.

"처음에는 그 정도면 괜찮을 것 같은데요."

음……, 이상하지도 않으니 괜찮으려나.

"그럼 당분간은 '악몽'의 가베라라고 할게."

"네. 단골분들께도 전해드리죠."

"……그건 왠지 창피하니까 그러지 마."

"뭐, 별명은 다른 사람들이 붙여주고, 다른 사람들이 불러줘
야 비로소 의미가 있는 거니까요."

"…………콜록."

방금 그건 '정체불명'이라 자칭하고 다녔던 내게 꽤 아프게 먹
혔어.

……화제를 돌리기 위해서 질문.

"그러고 보니 오너는 별명 있어?"

"있었을 텐데…… 요즘에는 부르는 사람이 없어서 잊어버렸네
요. 한냐 씨처럼 알아보기 쉬우면 잊어버리지도 않았을 텐데요."

그 사람은 별명이 이름 그대로 '한냐(귀신처럼 무서운 여자)'니까.

……생각나네, 오너하고 장을 보러 나갔다가 커플이라는 오해

를 사서 죽을 뻔했던 거.

갑자기 '이놈들, 『감옥』에도 커플이 있냐아아아아아아!! 나는 그 사람하고 만나지도 못하는데에에!!'라고 하면서 덤벼들길래 엄청나게 무서웠지. 내가 필살 스킬을 써도 아랑곳하지 않고 유린하니까……. 특훈으로 통각을 켜둔 상태라 아프기도 했고…….

오너가 [성녀]로 치료해주지 않았다면 그대로 데스 페널티 일직선이었겠지.

"한냐 씨도 요즘에는 안 보이네~."

이곳의 〈초급〉 중에서 오너 다음으로 자주 보던 사람이었는데.

현실 쪽이 바쁜가?

"아, 모르고 계셨나요?"

"어?"

"그녀는 어제 출소했습니다. 이 케이크는 그녀가 출소하기 전에 주고 간 거예요. 손수 만들었다던데요."

"아, 그렇구나."

이 케이크, 맛있던데 손수 만든 거였구나.

아, 그러고 보니 한냐 씨는 열 받은 상태가 아니면 여자력이 높은 언니였지~.

그건 그렇고 예전에 이야기를 들은 적이 있긴 한데, 진짜로 출소할 수 있긴 하네.

나는 오너 같은 사람들하고 탈옥할 생각이지만.

"……응?"

그 한냐 씨가…… 출소?

'감옥'에서 커플을 보기만 해도 살인 사건으로 발전하는 한냐 씨가 출소.

'감옥'의 건물 파괴 건수가 〈초급〉 중에서도 1위인 한냐 씨가 출소.

'감옥'의 〈마스터〉 중에서도 끓는점이 낮기로 소문난 한냐 씨가 출소.

"……금방 돌아오지 않을까?"

내가 그렇게 말하자 오너는 신기하게도 미소가 아니라 쓴웃음을 짓고 있었다.

□2045년 4월 6일 카르티에 라탱 백작 영지 〈유적〉

"아~."

플랜트의 콘솔 앞에서 한 남자…… 〈라이징 선〉의 블루스크린이 끙끙댔다.

그는 의뢰를 받아 〈유적〉을 조사하고 있다. 얼마 전에 화해한 레이와 바르바로이의 소개로 꽤 짭짤한 퀘스트를 받을 수 있게 되었다.

그건 정말 고맙다. 영세 클랜이 된 자신들에게는 부처님이 내려준 거미줄과도 같았다. 소설처럼 예전에 거미를 구해준 적도 없고, 오히려 거미, 아니, 레이 일행하고는 싸움을 벌였는데.

어찌 됐든 매우 짭짤한 일이긴 하다. 그들에게는 당분간 고개를 못 들고 살 것 같다.

문제는 그들 말고 이 의뢰를 받은 〈마스터〉가 없다는 점이었다.

지원자가 없는 것은 아니었다. 레이 일행의 소개와는 별도로 소개를 받은 사람들도 있었다.

보수가 좋았기에 받고 싶은 사람도 많았을 것이다.

하지만 조건이 레벨이 높은 기술사 계통 또는 정비사 계통이었기에 〈마스터〉 중에서도 황국에서 이적해온 소수밖에 없었다.

그중에서도 블루스크린처럼 적성이 있는 사람은 아예 없었던 것이다.

결과적으로 그는 혼자 〈유적〉의 컴퓨터에 도전하게 되었다.

"젠장, 덴드로를 하고 있는데 현실에서 일하는 거나 마찬가지네……."

그는 투덜투덜 불평하면서 콘솔을 두드리고 있었다.

하지만 불평하면서도 솜씨는 확실했기에 티안 학자가 쩔쩔매던 〈유적〉의 시스템을 차례차례 사용할 수 있게 만들어 나갔다.

"아, 또 순회식 보안 프로그램이구나. 《전기양의 꿈(그렘린)》."

그는 자신의 〈엠브리오〉를 사용하여 부분적으로 시스템의 기능을 둔화시키면서 〈유적〉의 데이터를 검색하고 있었다.

"이봐~, 하고 있어~? 밥 가지고 왔는데~."

그때, 플랜트 입구에서 덤덤이 블루스크린에게 말을 걸었다.

"진도는 많이 나갔어~?"

"그럭저럭. ……그런데 이제 와서 하는 말이지만, 이러면 PK 클랜에서 방향을 완전히 전환한 거 아닌가?"

"뭐, 지금 우리는 버민도 떠났고 구성원이 둘밖에 없는 영세 클랜이니까. 배부른 소리는 할 수 없으니까 이렇게 짭짤한 수입이 들어오는 일은 오히려 고맙지."

'그렇긴 하지', 블루스크린은 그렇게 말하며 납득한 뒤 덤덤이 가져다준 음식을 입에 넣었다.

"그런데 마을에 무슨 이상한 일은 없어?"

"아니, 딱히 없는데. 전부 다 건물 수선 작업이나 수색 작업만 하고 있어. 나도 유실물을 찾는 퀘스트만 하고 있고~. 아, 그러고 보니 이 〈유적〉의 숨겨진 방에서 작은 엔진을 찾았는데."

덤덤의 〈엠브리오〉인 메리는 추적 능력에 특화되어 있고, 그와 동시에 유실물을 찾거나 사람을 찾는데도 특화되어 있다.

토르네 마을 사건 때는 써먹지 않았지만, 원래 그쪽이 주요 능력인 〈엠브리오〉다.

PK 클랜을 이끌고 있긴 했지만, 자신들의 적성은 다른 쪽에 있는 것 같다는 생각도 들었다.

"엔진이라⋯⋯ 이름은 뭐라고 적혀 있었는데?"

"《감정안》만으로는 부족했는지 [동력로]라고만 적혀 있어서 마을에 주둔하고 있는 왕국의 조사단에게 감정해달라고 했어. 아! 맞다! 방금 거리의 광장에 영감님이 지휘하는 악단이 있는데 깜찍하지만 엄청난 악단이더라. 엔젤버그의 곡을 마구 연주하는데 장난이 아니야."

"아. 너는 그 작곡가를 좋아하지."

"그렇다니까. 요즘에는 신곡이 안 나오거든~. ⋯⋯아, 그래도 이제 나이가 많이 들었으니 은퇴할지도 모르겠다."

블루스크린이 덤덤과 그런 이야기를 주고받으면서 콘솔을 조작하고 있자니.

"⋯⋯응?"

어떤 데이터를 찾았다.

그것은 이 플랜트의 생산 라인에 입력하기 위한 설계 데이터였고, 모니터에는 어떤 기계의 도면과 '[크리스탈(수정지)■■■]'

라고 적혀 있지만 글자가 중간에 깨진 명칭이 있었다.

"데이터가 망가진 건가? 이건 그렘린으로는 어찌할 수가……
뭔가 더 있네."

블루스크린이 찾아낸 데이터는 그것만이 아니었다.

같은 폴더에 다른 기계의 도면도 들어 있었고, 그것들은 결함
이 없는 데이터였다.

그 도면——**기계 말**이라는 것을 확실히 알 수 있는 도면에는
'양산형 황옥마 세컨드 모델'이라고 적혀 있었다.

그것은 과거에서 온 선물.

일그러져 버린 희망이 담겨 있던 〈유적〉에서…… 일그러지지
않은 희망이 조용히 양지에 드러났다.

◇ ◇ ◇

□2045년 4월 6일 [황기병] 레이 스탈링

목요일. 카르티에 라탱에서 보낸 길고도 짧은 나날이 지나자
이곳을 떠날 날이 다가왔다.

아즈라이트가 왕도로 귀환하게 되었기에 그녀에게 맞춰서 우
리도 돌아가는 형태다.

오늘은 왕도까지 가고, 내일 기데온으로 돌아갈 예정이다.

홈 타운이라 생각했는데 왠지 꽤 오랫동안 떠나있었던 것 같
기도 했다.

조금씩 멀어져가는 마을의 입구에는 우리를 배웅해주러 나온 사람들이 있었다.

아즈라이트는 제1왕녀이긴 하지만 몰래 왔기에 여기서 알고 지내게 된 사람들만 배웅하러 나왔다.

샤리, 그리고 우리가 묵었던 여관에서 일하는 사람들.

카르티에 라탱 백작 부인.

그리고 벨도르벨 씨도 보였다.

이미 기데온으로 돌아간 톰 씨와는 달리 벨도르벨 씨는 이 마을에 남아 계셨지만 로그인 시간이 맞지 않아서 좀처럼 만날 수가 없었다.

그래도 거리에는 가끔 벨도르벨 씨가 연주하는 곡이 흐르곤 했다.

벨도르벨 씨는 이곳 카르티에 라탱에 좀 더 남아 계실 거라고 했다. '자신이 하고 싶은 일은 있지만, 지금은 이곳 사람들을 치유하는데 자신의 음악이 필요하니까'라고 했다.

그리고 이곳에서 알고 지내게 된 사람으로 따지면 〈라이징 선〉의 두 사람도 있지만, 그들은 다른 곳에 있다. 〈유적〉 쪽 일 때문에 바쁜 모양이었다.

이야기를 들어보니 플랜트에서 신형 황옥마 레플리카를 생산하는 방법을 발견했는지 그것을 증산하고 기사에게 배치하느라 매우 바쁜 모양이었다.

힘든 일을 떠넘겨버린 것 아닌가 싶었는데, 선배 왈, '그들도 얻을 것이 있으니 신경 쓰지 않아도 될 거예요'라고 했다.

우리가 그렇게 따스한 배웅을 받으며 카르티에 라탱을 떠났
는데…….

"…………."

실버가 끌고 가는 마차 마부석에 있어도 알 수 있을 정도로 안
의 분위기가 싸늘했다.

이 마차는 선배가 가지고 있던 매우 고급스럽고 쾌적한 마
차다.

하지만 그게 아즈라이트의 심기를 좀 건드린 모양이었다.

아즈라이트는 '왕국에 큰 손해를 입혀놓고 이런 걸 타고 다니
네'라는 분위기를 뿜어내고 있었고, 선배는 '……보상으로 뜯기
지 않을까요'라는 불안함을 내비치고 있었다.

"…………두 사람은 상성이 좋을 것 같았는데."

"뭐, 성격의 상성이 좋더라도 인간관계는 그게 전부가 아니니
말이다."

"그렇긴 하지……."

반대로 말하자면 인간적으로 상성이 나쁜 건 아니니 언젠가는
사이좋게 지내주면 좋겠다……고 생각한다.

"……휴우."

마지막에 한바탕 소동이 있긴 했지만, 〈유적〉 사건 이후로는
꽤 평온한 시간을 보냈던 것 같다.

기데온에서도 그랬지만, 연달아 커다란 사건이 일어날 때와
아무 일도 없이 평온할 때의 차이가 너무 심하다.

……돌이킬 수 없는 피해가 나올 수도 있는 소동은 앞으로도

일어나지 않았으면 하는데.

"글쎄다. 과연 그럴까? 왕국과 황국의 문제도 있을 터이고, 이곳은 〈Infinite Dendrogram〉이니 말이다. 분명 그대 주위에서 아무 일도 일어나지 않더라도 멀리 떨어진 어떤 곳에서는 여러 가지 사건이 일어나고 있을 게야. 이곳은 매우 넓은 세계이니 말이다."

"……그렇겠지."

그야말로 현실과 마찬가지다.

내게는 보이지 않고, 손도 닿지 않는 어떤 곳에서는 항상 무슨 일이 일어나고 있다.

"그러니 눈앞에서 비극이 벌어지면 그대는 그것을 뒤엎기 위해 손을 뻗을 수밖에 없는 것 아닌고?"

"……그럴지도 모르겠네."

뒷맛이 씁쓸한 걸 싫어하는 것뿐이지만, 결국 덴드로에 온 뒤로는 그런 사태에 계속 맞닥뜨리고 있다.

그렇다면 내 주위에서 아무 일도 일어나지 않았던 이 평온한 나날은…… 정말 귀중하고 소중한 시간이었던 건지도 모르겠다.

폭풍이 지나가고 맑아진 하늘처럼.

언젠가 다시 폭풍이 온다 해도, 폭풍만 있는 것이 아니기에 사람과 마음은 살아갈 수 있다.

폭풍 이후, 폭풍 전야.

요 며칠 동안은 그런 시간이었던 건지도 모르겠다.

To be Next Episode

고양이 "기념비적인 10권 후기. 매번 등장하는 고양이, 체셔입니다~."

6 "저번에 미리 나오긴 했지만, 본격적인 등장은 이번부터."

6 "제가 '6', 즉 젝스 뷔펠입니다."

고양이 "…………아, 숫자구나?"

6 "나쁜 슬라임이니 '악'으로 할까 고민했습니다만 이쪽으로 하려고요."

고양이 "……지금까지는 동물 쪽으로 굳어지나 싶었는데, 법칙이 무너지네~."

6 "슬라임을 한자로 표기할까 생각도 해봤습니다만, 그것도 애매하고요."

고양이 "참고로 슬라임을 한자로 표기하면 어떻게 되는데?"

6 "'修羅威武(수라위무)'입니다."

고양이 "……와~, [범죄왕]이라고 해야 하나, 폭주족 같네~. 쓸데없이 투박해……."

6 "그럼 제 자기소개가 끝났으니 작가 코멘트입니다."

독자 여러분, 구입해주셔서 감사합니다. 작가인 카이도 사콘

입니다.

얼마 전 애니메이션화 발표 이후 많은 분께서 기대된다고 말씀해주셨습니다.

인피니트 덴드로그램의 애니메이션은 코바야시 토모키 감독을 비롯한 스탭분들께서 정성껏 만들어주고 계십니다.

분명 여러분의 기대에 걸맞은 애니화가 될 거라 저도 믿고 있습니다.

그리고 아직 말씀드릴 수는 없습니다만, 이 작품의 애니메이션은 음악 쪽분들도 대단하십니다!

분명 다음 11권이 발매될 때쯤에는 그쪽 정보도 발표되었을 테니 이쪽도 기대하시면서 기다려주시기 바랍니다.

발표라고 하니, 줄리엣이 주역인 스핀오프 만화가 발표되었습니다.

이번 권이 나왔을 무렵에는 월간 코믹 얼라이브에서 연재가 시작되었을 겁니다.

La-na 선생님께서 그리시는 아름답고 귀엽고 멋진 그녀들의 활약을 기대해주세요!

그리고 각본은 제가 신규로 집필한 내용입니다. 커버 코멘트에서도 말씀드렸듯이 일이 늘었습니다.

기쁜 비명이긴 합니다만, 요즘에는 비명이 조금 절규 같은 느낌입니다. ……아직 괜찮습니다.

올해 이 작품이 여러모로 확대되고 있습니다만, 이마이 카미 선생님께서 그리고 계신 본편 코미컬라이즈도 절호조이니 잊지 마시길! 2권 클라이맥스가 엄청나게 뜨겁습니다!

그럼 다음 권, 제11권 이야기입니다.

애니메이션 방송 전에 마지막으로 간행될 예정입니다만, 그 시기에 11권 에피소드를 보내드릴 수 있다는 것에 약간 운명을 느끼고 있습니다.

애니메이션에서 레이 일행의 이야기가 다시 시작되기 전에 서적에는 어떤 과거 이야기가 나옵니다.

왕국을 습격한 사상 최초의 위기, 최강의 몬스터.

맞서는 자들은 왕국 최강의 〈마스터〉들.

묘사되는 것은…… 레이 일행의 이야기가 '시작될 수 있었던' 시기까지의 이야기.

인피니트 덴드로그램 사상 최대급 전투, 기대하며 기다려주시기 바랍니다.

카이도 사콘

6 "제11권, '영광의 선별자'는 2019년 10월 발매 예정입니다(일본 현지). 기대해주세요."

6 "……어라, 이번 공지는 커다란 글자가 아니네요."

고양이 "후기에 써먹을 수 있는 페이지가 그때그때 바뀌는데, 이번에는 3페이지밖에 없었으니까~."

고양이 "저번 권에서 미리 등장했던 젝스의 자기소개하고 작가 코멘트만 해도 아슬아슬했어~."

6 (그렇군요. 그래서 둘만 나온 거군요.)

고양이 "그럼 슬슬 헤어질 시간인데요. 앞으로도 덴드로를 잘 부탁드립니다~."

6 "그럼 또 만나죠. ……아, 저는 11권에도 나옵니다."

역자 후기

안녕하세요. 천선필입니다.

이번 인피니트 덴드로그램 10권, 재미있게 읽으셨는지 모르겠습니다.

지난 9권 후기에도 잠깐 말씀드린 바 있긴 합니다만, 이번 10권에는 제가 원했던 자잘한 이야기들이 잔뜩 실려 있었습니다. 크게 나누자면 8권과 9권에서 이어지는 뒷이야기, 그리고 다른 곳에서 전개되는 유고와 아리카, '감옥' 멤버(?)들 이야기 같은 것들이 다양하게 전개된 10권이었다는 느낌입니다. 독자 여러분들께서는 이 이야기들 중에서 어떤 게 마음에 드셨는지 궁금하네요.

여러 이야기 중에서 가장 분량이 많았던 건 유고와 아리카의 이야기였습니다. 저는 로봇물, 메카닉물도 굉장히 좋아하는지라 이 두 캐릭터의 이야기도 마음에 들었습니다. 특히 AR·I·CA, 아리카는 매우 노골적일 정도로 유명한 모 기동전사에 등장하는 캐릭터에서 따온 것 같은 캐릭터라 정겨운 느낌까지 들었네요. 제가 처음 입사해서 한동안 다녔던 게임회사에서 그 모 기동전사 게임 기획자로 일했기에 이런 캐릭터의 등장이 매우 반가웠습니다. 홍백, 그러니까 붉은색과 흰색, 이것만

봐도 '아, 그거네'라고 알아보신 분들도 많으실 것 같습니다. 캐릭터의 이름은 더 노골적이고요. AR(아무로 레이), CA(샤아 아즈나블), 혹시나 제가 착각한 건 아니겠죠…….

사실 저는 이번 10권에서 가장 뜻밖이었던 캐릭터가 바로 가베라였습니다. 비 쓰리 선배 때도 그렇긴 했지만, 1회성 악역으로 소모될 것 같았던 캐릭터였는데 이번 10권을 보니 이제 전혀 그럴 것 같지 않은 캐릭터가 된 것 같은 느낌이 드네요. 이렇게 자잘한 줄기를 살려가는 점도 이 작품의 매력 중 하나 아닐까 하는 생각도 듭니다. 이번 10권에서 밝혀진 그녀의 사소한(?) 비밀도 매력 포인트라 할 수 있겠고요. 어찌 보면 작가분께서 밀어주는 캐릭터 아닐까 할 정도로 비중을 챙겨가는 것 같습니다.

그런 생각을 하면서 이번 인피니트 덴드로그램 10권을 번역하였습니다. 반가운 캐릭터, 뜻밖의 캐릭터, 그리고 앞으로 전개될 이야기를 살짝 기대하게 만드는 마무리까지. 폭풍을 앞두고 있는 분위기로 보아 또 큰 사건이 전개될 것 같아 기대됩니다.

매번 그랬듯이 감사의 인사 드리고 후기를 마치려 합니다.

항상 고생이 많으신 담당 편집자분과 소미미디어 관계자 여러분. 감사합니다. 언제나 그렇지만 폐만 끼치는 것 같아 죄송스럽네요. 앞으로도 잘 부탁드립니다.

그리고 독자 여러분, 제가 이렇게 번역을 마치고 후기를 쓸 수 있는 것도 독자 여러분 덕분입니다. 진심으로 감사드립니다. 더욱 재미있게 보실 수 있게 노력하겠습니다.

다음 권은 그동안 잠깐씩 이야기가 나오곤 했던 알터 왕국 삼거두, 왕국의 〈초급〉들이 해결했던 큰 사건 이야기입니다. 각각 독특한 매력을 지니고 있는 곰 형님, 근육뇌, 괴물 같은 선배가 활약할 11권 영광의 선별자, 기대하셔도 좋을 것 같습니다.

항상 건강하시고 행복한 하루 보내시길 바랍니다.
감사합니다.

Infinite Dendrogram 10
© Sakon Kaidou
Originally published in Japan in 2019 by HOBBY JAPAN Co., Ltd.

인피니트 덴드로그램 10 폭풍 이후, 폭풍 전야

2019년 10월 15일 1판 1쇄 발행
2020년 2월 28일 1판 2쇄 발행

저 　　 자 카이도 사콘
일 러 스 트 타이키
옮 긴 이 천선필
발 행 인 유재옥
본 부 장 조병권
담당편집자 김민지
편집 1팀 정영길 김민지 조찬희
편집 2팀 김다솜 이본느
편집 3팀 박상섭 김효연
미 　　 술 강혜린 박은정
라이츠담당 김슬비
디 지 털 박지혜 이성호
인쇄제작처 코리아피앤피
발 행 처 ㈜소미미디어
등 　　 록 제2015-000008호
주 　　 소 서울시 마포구 토정로222, 403호 (신수동, 한국출판콘텐츠센터)
판 　　 매 ㈜소미미디어
마 케 팅 한민지 한주원
물 　　 류 허석용 최태욱
전 　　 화 편집부 (070)4164-3962, 3963 기획실 (02)567-3388
　　　　　　 판매 및 마케팅 (070)4165-6888, Fax (02)322-7665

ISBN 979-11-6389-964-8 04830
ISBN 979-11-5710-725-4 (세트)